Fabian Lenk

*Die Zeitdetektive im Land der Pharaonen*

Fabian Lenk

# Die Zeitdetektive
# im Land der Pharaonen

Mit Illustrationen von Almud Kunert

Ravensburger Buchverlag

Bibliografische Information der Deutschen Nationalbibliothek

Die Deutsche Nationalbibliothek verzeichnet diese Publikation in der
Deutschen Nationalbibliografie; detaillierte bibliografische Daten
sind im Internet über **http://dnb.d-nb.de** abrufbar.

Einmalige Sonderausgabe

Diese Sonderausgabe enthält drei Bände der Serie „Die Zeitdetektive",
erschienen im Ravensburger Buchverlag:
„Verschwörung in der Totenstadt" (Band 1, erstmals erschienen 2005),
„Geheimnis um Tutanchamun" (Band 5, erstmals erschienen 2006) und
„Kleopatra und der Biss der Kobra" (Band 15, erstmals erschienen 2009).

Das für dieses Buch
verwendete FSC®-zertifizierte Papier liefert
Arctic Paper Mochenwangen GmbH

1 2 3   13 12 11

© 2005, 2006 und 2009 Ravensburger Buchverlag Otto Maier GmbH
Umschlag und Innenillustrationen: Almud Kunert

Printed in Germany

ISBN 978-3-473-36981-2

www.ravensburger.de
www.fabian-lenk.de
www.zeitdetektive.de

# Inhalt

# Kim, Julian, Leon und Kija –
## die Zeitdetektive

Die schlagfertige Kim, der kluge Julian, der sportliche Leon und die rätselhafte, ägyptische Katze Kija sind vier Freunde, die ein Geheimnis haben …

Sie besitzen den Schlüssel zu der alten Bibliothek im Benediktinerkloster St. Bartholomäus. In dieser Bücherei verborgen liegt der unheimliche Zeit-Raum „Tempus", von dem aus man in die Vergangenheit reisen kann. Tempus pulsiert im Rhythmus der Zeit. Es gibt tausende von Türen, hinter denen sich jeweils ein Jahr der Weltgeschichte verbirgt. Durch diese Türen gelangen die Freunde zum Beispiel ins alte Rom oder nach Ägypten zur Zeit der Pharaonen. Aus der Zeit der Pharaonen stammt auch die Katze Kija – sie haben die Freunde von ihrem ersten Abenteuer in die Gegenwart mitgebracht.

Immer wenn die drei Freunde sich für eine spannende Epoche interessieren oder einen mysteriösen Kriminalfall in der Vergangenheit wittern, reisen sie mithilfe von Tempus dorthin.

Tempus bringt die Gefährten auch wieder in die Gegenwart zurück. Julian, Leon, Kim und Kija müssen nur an den Ort zurückkehren, an dem sie in der Vergangenheit gelandet sind. Von dort können sie dann in ihre Zeit zurückreisen.

Auch wenn die Zeitreisen der Freunde mehrere Tage dauern, ist in der Gegenwart keine Sekunde vergangen – und niemand bemerkt die geheimnisvolle Reise der Zeitdetektive ...

# Verschwörung in der Totenstadt

# Inhalt

# Die geheimnisvolle Tür

Mit heftigen Böen jagte der Herbstwind abgefallene Blätter über das Kopfsteinpflaster. Unablässig prasselte der Regen auf die drei Kinder herab, die geduckt durch die Straßen des malerischen Städtchens Siebenthann liefen, das inmitten einer wehrhaften Stadtmauer kauerte. Mittelalterliche Fachwerkhäuser lehnten sich dicht aneinander, als suchten sie Schutz. Aus den Fenstern der zahlreichen Häuser, Gaststätten und Hotels strahlte warmes Licht.

Die Kinder, zwei Jungen und ein Mädchen, erreichten eine Gasse, die steil bergauf führte. Sie kamen am Rathaus mit seinen zahlreichen Erkern und der Eisdiele *Venezia* vorbei, in der die Freunde oft nach der Schule saßen. Doch heute hatte das Trio keinen Blick für die Eisdiele. Der Regen trieb sie weiter den Hügel hinauf. An einem Brunnen bogen sie links ab. Da lag ihr Ziel: das Benediktinerkloster St. Bartholomäus aus dem Jahr 780.

Ein Blitz teilte die schwarzen Wolkenberge und erhellte für einen Sekundenbruchteil das düstere Gebäude, das einsam und abweisend vor den Freunden aufragte. Heutzutage lebte kein Mönch mehr in den geschichtsträchtigen Mauern. Das Kloster diente jetzt als Museum für mittelalterliche Geschichte und in einem Nebentrakt war eine Bibliothek untergebracht.

Und genau dorthin rannten die Freunde.

„Beeil dich, Julian!", rief der 12-jährige Leon, als sie vor der Tür zur Bibliothek standen.

„Hetz mich nicht!", gab der gleichaltrige Julian zurück. Er kramte mit klammen Fingern einen Schlüssel hervor und drehte ihn im Schloss. Die Tür schwang auf. Die Kinder schlüpften in das Gebäude.

Kim schüttelte die Regentropfen aus ihrer braunen Lockenmähne. „Super Wetter", sagte sie und lachte.

Julian betrat die Bibliothek. Wie immer, wenn der schmächtige Junge mit der Stupsnase und den leicht abstehenden Ohren in diese Räume kam, beschlich ihn ein seltsames Gefühl: eine Mischung aus Aufregung und Ehrfurcht. Die uralte Bibliothek schien voller Geheimnisse. Sie erstreckte sich über drei Stockwerke und bestand aus zahlreichen Sälen, Kammern, weitverzweigten Gängen und knarrenden Treppen. Tausende von Büchern, fein säuberlich nach Sachgebieten und Autoren sortiert, standen in den langen Holzregalen.

Die Bibliothek hatte einen öffentlich zugänglichen Teil: die Stadtbücherei Siebenthann. Doch Julian, der Bücherwurm, fand den alten Teil der Bibliothek viel interessanter. Hier wurden besonders schöne und alte Stücke, gut geschützt in temperierten Vitrinen, ausgestellt: unschätzbar wertvolle Bücher mit Goldrändern, historische Landkarten und Schriftrollen in alten Sprachen. Seit Jahrhunderten schon wurden im Kloster Bücher gesammelt und archiviert.

Für Julian war diese Bibliothek der spannendste Ort, den er sich vorstellen konnte. Und seit dem Tod von Opa Reginald vor einem halben Jahr hatte er einen Schlüssel zu diesem Schatz. Julians Opa war der Bibliothekar des Klosters gewesen. Er hatte dafür gesorgt, dass nach seinem Tod sein geliebter Enkel Julian einen Schlüssel zum Reich der Bücher erhalten hatte. Opa Reginald hatte gewusst, dass Julian es sehr schätzen würde, wenn er jederzeit ungehinderten Zugang zur Bibliothek haben würde. Es war auch äußerst praktisch, denn hier fanden er und seine Freunde Material im Überfluss für Hausaufgaben und Referate in ihrem Lieblingsfach Geschichte.

Kim setzte sich auf einen wackligen Stuhl und schlug ihre langen Beine übereinander. Aus ihrem Lederrucksack zog sie einen Schnellhefter und einen Kugelschreiber und legte beides auf den Tisch.

„Kommt, Jungs, lasst uns anfangen", meinte sie unternehmungslustig. Sie strich ein Blatt Papier glatt. „Übermorgen wollen wir doch Tebelmann mit unserem Ägypten-Referat beeindrucken!"

Tebelmann war ihr Geschichtslehrer, ein schüchterner Typ, der immer ein graues Cordsakko trug. Doch Tebelmann hatte die seltene Gabe, den Unterrichtsstoff sehr packend zu vermitteln.

„Schon dabei!", erwiderte Julian, der vor einem Regal mit Geschichtswerken unter dem Sammelbegriff „Alte Geschichte/Ägypten" stand und die Buchrücken studierte. Der Junge mit dem schmalen, klugen Gesicht wusste bereits eine ganze Menge über die alten Ägypter, aber die Pharaonin Hatschepsut war Neuland für ihn. Auch Leon, der einen halben Kopf größer als Julian war, suchte nach der richtigen Lektüre.

Julians Augen huschten an den Bücherreihen entlang. Plötzlich traf ihn ein kalter Windstoß. Julian sah zum Fenster. Offenbar hatte der Sturm es aufgedrückt. Rasch schloss Julian es wieder. Wütend klopfte der Regen an die Scheibe.

Was für ein Unwetter, dachte Julian fröstelnd und setzte seine Suche fort.

„Hier!", rief er plötzlich triumphierend. „Ein ganzer Band über Hatschepsut!"

Julian zog seinen schweren Fund aus dem Regal, trug ihn zu Kim und wuchtete das Buch auf den Lesetisch. Ihm folgte Leon mit einem Atlas. Im trüben Licht einer Leselampe beugten sich die Freunde über die Bücher.

„Klasse!", rief Julian. „In diesem Wälzer finden wir bestimmt genügend Material über Hatschepsut, die Königin vom Nil!"

Schon hatte er die ersten Seiten aufgeschlagen.

„Und auf der Karte in diesem Atlas können wir sehen, wie groß ihr Reich vor 3500 Jahren war", fügte Leon hinzu. „Ich werde die Karte kopieren." Während er mit der rechten Hand zu zeichnen begann, zupfte er mit der linken an seinem Ohrläppchen – wie immer, wenn er sich konzentrierte.

„Hatschepsut regierte Ägypten rund zwanzig Jahre", murmelte Julian, während er die Zeilen studierte. „Sie war sehr beliebt und hat gewaltige Tempel in Theben bauen lassen. Den Totentempel Deir el-Bahari etwa … was für ein Zungenbrecher! Schreib mal auf, Kim. Außerdem war Hatschepsut ziemlich mutig. Sie zog an der Spitze ihrer Truppen in den Kampf und konnte hervorragend mit dem Wurfholz umgehen. Hatschepsut war anscheinend die erste bedeutende Frau der Geschichte!"

„Eine Frau auf dem Pharaonen-Thron, das gefällt mir!", rief Kim begeistert.

„Das gab damals bestimmt mächtig Ärger", vermutete Leon, der gerade den Verlauf des Nils abzeichnete.

Abrupt wandte sich Kim Leon zu und fixierte ihn mit ihren bernsteinfarbenen Augen. „Was willst du damit sagen? Glaubst du, eine Frau ist nicht in der Lage, ein Land gut zu regieren?"

„Reg dich wieder ab", grinste Leon und strich sich eine dunkle Locke aus dem sommersprossigen Gesicht. „Ich meine doch nur, dass Hatschepsut wahrscheinlich viele Feinde gehabt hat."

„Er hat Recht", meinte Julian. „Hier steht, dass viele wichtige Männer in Ägypten es als einen Skandal betrachteten, von einer Frau regiert zu werden."

„So ein Quatsch!", meinte Kim verächtlich. „Das müssen ziemliche Pfeifenköpfe gewesen sein!"

Im Erfinden und Verteilen von Schimpfwörtern war Kim spitze.

„Hier steht auch noch, dass es Intrigen im Palast gab – sogar einen Plan, sie zu töten!", zitierte Julian weiter aus dem Buch. „Tja, der Platz auf dem Pharaonen-Thron garantierte viel Macht und Reichtum. Und das sorgte offenbar auch für Neid. Ich wüsste zu gern, ob es so einen Mordplan tatsächlich gegeben hat und, wenn ja, wer dahinter steckte!"

„Ich auch!", rief Kim, während sie Julian über die Schulter schaute. „Seht mal, da ist ein Bild von einer Hatschepsut-Büste. Was für eine schöne und stolze Frau! Ihr Leben mit all dem Prunk muss märchenhaft gewesen sein. Ich würde gerne einen Tag mit ihr tauschen."

„Pharaonin Kim", feixte Leon. „Eine interessante Vorstellung."

Kim überhörte die Bemerkung. „Stellt euch vor, was wir für ein anschauliches Referat abliefern könnten, wenn wir in Theben vorbeischauen könnten – im Theben vor 3500 Jahren. Blättere mal um, Julian!"

Doch Julian reagierte nicht. Unverwandt starrte er auf die aufgeschlagene Seite des Buches.

„He, was ist los mit dir?", wollte Kim wissen.

Julians Gedanken überschlugen sich. Seit dem Tod seines Opas hatte Julian ein Geheimnis vor seinen Freunden. Reginald hatte es ihm in seinem letzten Brief anvertraut. Sollte Julian jetzt seine Freunde einweihen? Oder sollte er schweigen? Ein lautes Krachen ließ ihn zusammenzucken. Ein Blitz musste in der Nähe des Klosters eingeschlagen sein.

„Schläfst du, alter Schnarchzapfen?", lachte Kim.

Julian sah seine Freunde an. „Nein, natürlich nicht", sagte er langsam. „Ich hatte gerade eine Idee. Wir könnten nach Theben reisen und …"

„Klar", unterbrach Kim ihn. „Wenn uns jemand die Flugtickets zahlt, düsen wir hin."

„Ich meine nicht das Theben der Gegenwart", korrigierte Julian sie. „Wir könnten in das Theben des Jahres 1478 vor Christus reisen. Als Hatschepsut zur Pharaonin gekrönt wurde, versteht ihr?"

„Nö", erwiderte Kim.

„Nö", meinte auch Leon.

Julian nickte. Natürlich konnten seine Freunde ihm nicht folgen.

„In dieser Bibliothek hier gibt es einen geheimnisvollen Raum", flüsterte er. Jetzt war es raus. „Einen Zeit-Raum, den mein Opa ‚Tempus' genannt hat." Julian ließ die Worte wirken.

„Einen Zeit-Raum?", fragten Kim und Leon wie aus einem Mund.

„Ja", meinte Julian. „Von dort kann man in die Vergangenheit reisen! Es soll in diesem Raum Tausende von Türen geben, für jedes Jahr eine. Man kann durch sie hindurchgehen und gelangt in die jeweilige Zeit. Opa Reginald hat mir dieses Geheimnis mit dem Schlüssel zu Tempus anvertraut."

„Aber woher weißt du, wo du landest?"

„Mein Opa Reginald schrieb, dass man sich nur auf den gewünschten Ort konzentrieren müsse", erläuterte Julian seinen Freunden.

„Das klingt ja irre!" Kim war sofort Feuer und Flamme. „Wir könnten erleben, wie Hatschepsut in Theben regiert hat und vielleicht sogar aufdecken, wer sie umbringen wollte! Aber so richtig glauben kann ich das mit dem Zeit-Raum nicht."

Auch Leon war misstrauisch: „Hast du es schon mal ausprobiert, Julian?"

Julian zog die Schultern hoch. „Äh, nein. Ich habe mich, ehrlich gesagt, allein nicht getraut."

„Wo ist dieser Zeit-Raum?", wollte Kim wissen. „Ich möchte mal einen Blick reinwerfen. Dann sehen wir ja, ob es wahr ist oder nur eine von Opa Reginalds Geschichten. Auf geht's, Jungs!"

„Langsam, langsam", bremste Leon sie. „Nehmen wir mal

an, wir kommen per Zeitreise in Hatschepsuts Krönungsjahr an: Wie kommen wir wieder zurück?"

„Na ja", druckste Julian. „Mein Opa schrieb, dass man sich nur den Ort merken müsste, an dem man in der jeweiligen Zeit gelandet ist. Dort gibt es dann eine Art Zeittor in die eigene Gegenwart zurück. Die gesamte Reise soll übrigens nur ein paar Sekunden dauern."

„Also würde es niemandem auffallen, wenn wir weg wären", schloss Leon daraus. „Zeig uns mal diesen Raum, Julian. Dann können wir immer noch ..."

Seine letzten Worte wurden von einem schrecklich lauten Donner verschluckt. Die Scheiben klirrten.

Julian atmete tief durch. „Wir müssen da lang, den Gang runter und dann die Treppe rauf", sagte er.

Draußen tobte der Sturm mit unverminderter Kraft. Unwillkürlich rückten die Kinder dichter zusammen. Sie erreichten eine Wendeltreppe, deren Stiegen ächzten. Oben angekommen tat sich ein weiterer Raum vor ihnen auf, an dessen Stirnseite ein einzelnes Bücherregal stand.

„Dort ist es", flüsterte Julian.

„Aber da ist doch nur ein Regal", erwiderte Leon enttäuscht.

„Das Regal steht auf einer Schiene, die hier im Parkett verborgen ist. Man kann das Regal zur Seite schieben und dahinter liegt eine Tür", wisperte Julian. „Die Tür zu Tempus!"

Mit vereinten Kräften schoben die drei das schwere Regal beiseite. Das Tor zum Zeit-Raum bestand aus dunklem, fast schwarzem Holz. Es war über und über mit Symbolen verziert. Sterne, Sonnen und Mondsicheln wechselten mit seltsa-

men Schriftzeichen, Fratzen und Totenköpfen. Matt glänzte der Türgriff im Licht. Die Freunde sahen sich unschlüssig an.

„Okay, wir gehen rein!", rief Kim aufgeregt. „Das ist eine einzigartige Chance."

„Meinst du wirklich? Die Sache könnte aber gefährlich werden", gab Julian zu bedenken.

„Wir tun es", sagte jetzt auch Leon. Seine Stimme war belegt. „Vielleicht hat sich dein Opa das mit der Zeitreise ja nur ausgedacht."

Er legte eine Hand auf den Türgriff. Kim folgte seinem Beispiel – und schließlich auch Julian. Noch einmal sahen sich die Freunde an. Dann drückten sie die Klinke gemeinsam hinunter.

# Der Puls der Zeit

Mit einem Krachen schlug das Tor hinter den Freunden zu. Bläuliches Dämmerlicht lag in dem Raum. Unscharf waren weitere Türen zu erkennen. Tausende von Türen, die auftauchten und wieder verschwanden. Tempus hatte keinen Anfang und kein Ende. Die Türen öffneten und schlossen sich, quietschten und ächzten. Über den Türrahmen standen Jahreszahlen. Sobald die Türen aufklappten und einen flüchtigen Blick in die düsteren Gänge dahinter erlaubten, drangen Geräusche an die Ohren der Freunde: das Dröhnen von Maschinen, der zarte Klang einer Geige, das Lachen von Kindern, der Geschützdonner einer Schlacht, der Lärm ausgelassener Menschen bei einem Fest. Sirenen gellten, Chöre jubelten, Schüsse knallten, Schreie ertönten, Feuer prasselte, Wasser gurgelte. All das vermischte sich zu einem verwirrenden und ohrenbetäubenden Durcheinander. Unwillkürlich machten Julian, Kim und Leon einen Schritt zurück. Doch das Tor, durch das sie Tempus betreten hatten, war in einem feinen Nebel verschwunden. Es gab kein Zurück.

Angst schnürte den Freunden die Kehlen zu. Andererseits faszinierte sie dieser unwirkliche Raum, der sich ständig veränderte.

„Spürt ihr das?", rief Julian und deutete auf seine Füße.

Jetzt merkten es auch Kim und Leon: Der Boden schien zu leben – er pochte und pulsierte.

„Der Puls der Zeit", sagte Julian mehr zu sich selbst.

Kim wagte sich ein paar Schritte auf dem Untergrund vor, der wie ein Herz klopfte. Leon und Julian folgten ihr. Unsicher wankten sie über den sich bewegenden Boden. Gemeinsam versuchten sie, die Jahreszahlen über den Türen zu entziffern.

„Da!", brüllte Leon plötzlich. „Da steht 1478 vor Christus!"

„Hatschepsuts Krönungsjahr", murmelte Julian. Er hielt sich die Ohren zu. Der Lärm wurde allmählich unerträglich.

„Kommt, wir wagen es!", rief Kim.

„Sollen wir nicht lieber den Ausgang suchen?", meinte Julian.

„Das bringt nichts!", schrie Kim gegen den Orkan aus Geräuschen an. „Der Ausgang ist weg. Wir werden den Rückweg nicht finden!" Schon stand sie vor der verschlossenen Tür mit der Zahl 1478 vor Christus.

„Warte!", rief Julian.

„Wo bleibt ihr denn, Jungs?", fragte Kim mit einem herausfordernden Lächeln.

Leon schob Julian zu der Tür und Kim riss sie auf. Ein großes, schwarzes Loch tat sich vor ihnen auf. Die Freunde fassten sich an den Händen und konzentrierten sich intensiv auf Theben. Mit einem Mal war das Rauschen eines gewaltigen Stroms zu hören. Dann wurden sie in die Dunkelheit gezogen. Sie hörten sich selbst schreien.

Plötzlich war es totenstill.

Es war, als glitten sie auf den Schwingen eines Traumes durch eine endlose Nacht. Als die Freunde wieder zu atmen wagten, bemerkten sie, dass sich alles um sie herum verändert hatte. Sie befanden sich nicht mehr im Zeit-Raum. Es war ungewöhnlich warm. Sie spürten Sand unter ihren nackten Füßen.

„Wo, wo sind wir?", fragte Leon verdattert.

„Irgendwo, wo es herrlich warm ist", gab Kim zurück. Hoch über den Freunden funkelten Sterne. Es war Nacht, doch wie spät es war, konnte sie nicht sagen. Kim drehte sich um. Eine mächtige Dattelpalme ragte unmittelbar hinter ihr in den Himmel. „Ich habe das Gefühl, dass wir gerade durch diese Palme gekommen sind", sagte Kim leise. „Wie ist das möglich?"

„Keine Ahnung", erwiderte Julian. „Das wird das Geheimnis des Zeit-Raums bleiben. Wir sollten uns aber diese Palme gut merken – wegen der Rückreise! Seht, daneben steht ein verfallenes Haus. Und dort ist ein Ziehbrunnen." Julian speicherte die Fakten in seinem Gedächtnis ab. Dann huschte ein Lächeln über sein Gesicht. „Jedenfalls scheint die Zeitreise geklappt zu haben. Ich habe doch gewusst, dass Opa Reginald keine Märchen erzählt hat!"

„He, ihr seht echt toll aus! Wie Tarzan im Doppelpack!", lachte Kim.

Leon und Julian standen nur mit einem Lendenschurz bekleidet im schwachen Mondlicht.

„Du siehst auch nicht schlecht aus", gab Leon zurück.

Kim trug ein eng anliegendes weißes Leinenkleid, das von zwei breiten Trägern über den Schultern gehalten wurde.

„Scheint, als wären wir tatsächlich in Ägypten gelandet!",
rief Julian begeistert. „Jedenfalls trugen die alten Ägypter
solche Klamotten. Das habe ich in einem der Bücher gesehen."

„Total abgefahren", meinte Kim. „Das kommt mir alles wie
ein Traum vor! Hört ihr auch dieses laute Rauschen?"
„Ja", sagte Julian. „Klingt ganz nach einem Fluss. Vermutlich sind wir in der Nähe des Nils! Theben liegt ja am Nil."
„Und was jetzt? Wie gehen wir weiter vor?", fragte Leon.
„Wir suchen den Palast von Hatschepsut", meinte Kim, als
wäre das das Selbstverständlichste von der Welt.

Das Trio lief Richtung Fluss und erreichte den Hafen im
östlichen Teil von Theben. Das Mondlicht ließ das Wasser des
riesigen Stroms silbern glitzern. Fischerboote aus gebündel-
tem Schilf lagen am Ufer, große Netze waren zum Trocknen
ausgebreitet. Kurze, breite Flachkähne aus Akazienholz warteten vertäut auf ihren nächsten Einsatz. Daneben schaukel-
ten im Wasser einfache Barken, die von Ruderern angetrieben
werden konnten, und Galeeren mit großen Segeln. Um den
Hafen gruppierten sich zahlreiche Schenken, aus denen Lärm
drang. In den schmalen Gassen war nicht viel los. Zwei Männer torkelten Arm in Arm an Julian, Kim und Leon vorbei und
grölten ein Liebeslied.

„Ich glaube, wir sind nicht in der besten Gegend von Theben
gelandet", meinte Leon mit einem Seitenblick auf eine Gestalt,
die ihn und seine Freunde sehr genau beobachtete.

„Seht mal!", rief in diesem Moment Julian. „Dort ist ein
Palast!"

Ein Stück hinter dem Hafen erhob sich ein stattlicher Bau

mit hohen Mauern. Der Palast wurde von Tausenden von Öllampen erhellt, die wie unzählige funkelnde Sterne wirkten.

„Ja, das wird er sein … der Palast von Hatschepsut", flüsterte Kim ehrfürchtig. „Kommt!"

# Die Jagd

Theben bestand aus einem Gewirr von Straßen, Plätzen, winzigen Durchlässen und Sackgassen. Die einfachen Häuser drängten sich dicht an dicht und ragten bis zu vier Stockwerke in die Höhe. Die Freunde liefen eine unbefestigte Straße entlang. Nach und nach ebbte der Lärm aus den Schenken ab. Die Straße wurde breiter und mündete auf einen Platz. Plötzlich standen die drei vor zwei mächtigen, etwa 25 Meter hohen Obelisken, die mit rätselhaften Symbolen verziert waren. Dahinter erhob sich der *Pylon* eines gewaltigen Tempels, trutzig, massiv, gebaut für die Ewigkeit.

„Dort liegt der *Naos*", sagte Julian ehrfürchtig.

„Der wer?", wollten Kim und Leon wissen.

Julian seufzte. „Das ist der Schrein, der einem Gott als Wohnort dient. Habt ihr in Geschichte nicht aufgepasst?"

„Doch klar, aber alles merke ich mir nun auch nicht", meinte Kim leicht verschnupft.

„Also, das ist so", hob Julian an. „Im Naos befindet sich …"

„Schon gut, Julian", bremste Leon ihn. „Erklär uns das ein anderes Mal. Ich glaube, es macht keinen guten Eindruck, wenn wir nachts vor einem Heiligtum herumlungern."

Julian hob bedauernd die Schultern. „Wie ihr meint. Dann lasst uns weiter zum Palast gehen." Rasch warf er noch einen letzten Blick auf den beeindruckenden Pylon, dann folgte er seinen Freunden, die bereits den Platz verlassen hatten und wieder in das Gassengewirr eingetaucht waren.

Obwohl es Nacht war, schien die Stadt Theben nicht zu schlafen. Immer wieder huschten Schatten durch die Gassen. Personen, die es offenkundig sehr eilig hatten. Julian überlegte, ob diese nächtlichen Gestalten Diebe waren oder ob sie eher selbst Angst vor Überfällen hatten und diese Furcht ihre Schritte beschleunigte.

„Hier geht's nicht weiter", sagte Kim in diesem Moment.

Julian stöhnte. Schon wieder waren sie in eine besonders düstere Sackgasse geraten. Dabei schien der Palast der Pharaonin greifbar nah. Je näher sie kamen, umso gewaltiger wirkte der Bau. Julian drehte sich um und erstarrte. Ein Fauchen war zu hören, dann flog etwas auf Julian zu. Instinktiv duckte er sich. Ein Schatten sauste dicht an seinem Kopf vorbei.

„War nur eine Katze", meinte Leon lachend. „Du bist doch wirklich ein …"

„Klappe! In Deckung!", rief Kim und zog ihre Freunde hinter eine Hausecke.

Ein Mann rannte auf sie zu. In der einen Hand hielt er ein Netz, in der anderen einen Dolch. Die Katze stand vor der hohen Mauer am Ende der Sackgasse und versuchte hinaufzuspringen, aber es gelang ihr nicht. Das Hindernis war zu hoch für sie. Jetzt war der Mann mit dem Messer nur noch wenige Meter von ihr entfernt. Die Katze ließ ihn nicht aus den Augen. Die Ohren waren flach an den Kopf gepresst. Der Schwanz war gesenkt und schlug schnell hin und her. Die Katze hatte große

Angst. Langsam kam der Mann auf das Tier zu. Die Klinge des Dolchs blitzte im Mondlicht auf. Dann warf der Mann das Netz. Die Katze machte einen Satz zur Seite, aber es war zu spät. Sie verhedderte sich hoffnungslos in den engen Maschen.

„Jetzt habe ich dich!", triumphierte der Mann. Vorsichtig kam er dem strampelnden Bündel näher.

„Er will die Katze töten!", flüsterte Kim. Ohne zu zögern trat sie hinter der Hausecke hervor und rief dem Mann mit dem Dolch zu: „Lass sie in Ruhe, du Tierquäler!"

„Was geht dich das an? Verschwinde!", herrschte dieser das Mädchen an. Aber er schien unschlüssig, ob er sich um die Katze oder um Kim kümmern sollte.

Kim nahm ihm die Entscheidung ab. Blitzschnell hatte sie sich gebückt. Sie griff in den Sand und warf ihn dem Mann ins Gesicht.

„Das wirst du mir büßen! Bei *Osiris!*", brüllte der Mann und rieb sich die Augen. Diesen Moment nutzte Kim und schnappte sich das Netz mit der tobenden Katze. Kim hielt ihren Fang am gestreckten Arm von sich, um nicht von den scharfen Krallen des Tieres verletzt zu werden. Dann rannte sie los, ihre Freunde im Schlepptau.

„Na wartet!", schrie der Mann wütend und nahm die Verfolgung auf.

Die Freunde hetzten ziellos durch das Labyrinth der Gassen. Sie gelangten auf einen Platz mit einigen Dattelpalmen, von dem vier Wege abgingen.

„Wohin?", fragten Leon und Julian atemlos.

„Woher soll ich das wissen?", gab Kim leicht verzweifelt zurück.

Die Katze tobte noch immer im Netz. Kim war klar, dass sie das Tier möglichst bald befreien musste. Also galt es, den Verfolger endlich abzuschütteln. Nur wie? Sie warf einen Blick über die Schulter. Der Kerl kam rasch näher. Nervös biss sich Kim auf die Unterlippe. Wohin? Da entdeckte sie eine Treppe, die auf das Dach eines Gebäudes führte. Kurz entschlossen rannte Kim die Treppe hinauf. Ihre Freunde folgten ihr. Auf dem Dach waren Lehmziegel gelagert. Offenbar wollte der Besitzer sein Haus umbauen. Kim drückte Julian das Netz mit der Katze in die Hand, packte einen der herumliegenden Lehmziegel und hielt ihn hoch über den Kopf.

„Bleib, wo du bist!", schrie Kim den Verfolger an, der bereits den Fuß der Treppe erreicht hatte.

Der Mann zögerte, als er sah, dass auch Leon sich mit einem Wurfgeschoss bewaffnet hatte.

„He, was ist da los?", ertönte in diesem Moment eine ärgerliche Stimme. Eine Frau streckte ihre Nase aus der Tür des angrenzenden Hauses. „Ruhe! Gebt endlich Ruhe, ihr Trunkenbolde!"

Der Mann mit dem Dolch beachtete sie nicht. Sein Blick war starr auf das Netz in Julians Hand gerichtet.

„Hört ihr nicht?", keifte die Stimme aus dem Nachbarhaus. „Verschwindet hier und lasst ehrbare Menschen endlich schlafen! Hoffentlich kommen gleich die *Medjai* und sperren euch ein!"

Bei der Erwähnung der Polizeihilfstruppen, die im nächtlichen Theben für Ruhe und Ordnung sorgten, kam Bewegung in den Mann mit dem Dolch. Er machte auf dem Absatz kehrt und verschwand in einer der dunklen Gassen. Erleichtert kletterten die drei Freunde vom Dach herunter.

„Puh, das war knapp!", meinte Kim, während sie Julian das zappelnde Bündel abnahm. Beruhigend sprachen sie auf die Katze ein. Dabei hatten die Freunde zum ersten Mal die Gelegenheit, das Tier in Ruhe anzusehen.

Es handelte sich um eine ungewöhnlich schöne Katze mit einem goldbraunen, seidig glänzenden Fell. Die Flanken waren heller gefärbt. Der Kopf war eher schmal, die Nase flach und ihre weit aufgerissenen Augen schimmerten smaragdgrün. Der Körper war feingliedrig und muskulös. Mit unvermindertem Elan versuchte das Tier weiter, sich aus dem Netz zu befreien.

„Warum wollte der Kerl das Tier töten?", wunderte sich Julian.

Kim zuckte mit den Schultern. „Gute Frage. Ich fürchte, dass wir sie nicht beantworten können. Aber jetzt sollten wir erst einmal schauen, dass wir die Katze aus dem Netz herausbekommen. Helft mir mal, aber achtet auf die Krallen!"

Die drei kamen nicht weit. Plötzlich hörten sie Schritte hinter sich. Ein Trupp Polizisten, ausgerüstet mit Fackeln und Krummschwertern, strömte auf den Platz. Der Hauptmann deutete auf die Kinder und rief: „Stehen bleiben!"

„Ich glaube, jetzt haben wir ein Problem!", flüsterte Julian.

Der Hauptmann, ein Hüne mit breiten Schultern und kahl rasiertem Schädel, kam auf das Trio zu, riss Kim die Katze aus den Händen und beäugte sie im Lichtschein einer Fackel.

„Tatsächlich, es ist Kija, die heilige Katze der Pharaonin!", stieß er hervor. „Ich danke *Bastet*, dass wir sie gefunden haben!" Er übergab das Tier einem der Männer und wandte sich nun wieder an die Freunde. „Ihr habt die Katze der Pharaonin geraubt. Das wird euch teuer zu stehen kommen", zischte der Hauptmann.

„Nein, so war es nicht", wagte Julian zu widersprechen. „Wir haben die Katze doch …"

„Schweig!", herrschte der Hauptmann ihn an. „Wir schaffen euch zur göttlichen Hatschepsut. Sie soll selbst über euch richten." Er lächelte dünn. „Wobei ich mir bei einem solchen Vergehen nur die Todesstrafe vorstellen kann."

# Audienz bei einer Göttin

Die Polizisten nahmen das Trio in die Mitte und trieben es auf den Palast zu.

„Die Katze der Königin", flüsterte Leon. „Wenn ich das gewusst hätte …"

„Was dann?", fragte Kim ebenso leise. „Hättest du sie dem Typ mit dem Dolch überlassen wollen?"

„Nein", erwiderte Leon kleinlaut. „Aber wegen dieser Katze stecken wir jetzt echt in der Patsche."

„Nur Mut", meldete sich Julian zu Wort. „Vielleicht können wir Hatschepsut davon überzeugen, dass wir ihrer Kija das Leben gerettet haben!"

Seine Freunde schwiegen bedrückt. Inzwischen hatten sie den äußeren Bereich der gewaltigen Palastanlage erreicht. Hier befanden sich unscheinbare Häuser, in denen die Diener lebten. Sie gelangten an einigen Wachen vorbei durch ein monumentales Tor auf einen Hof, der von Hatschepsut-Statuen umrahmt war. An den Hof schlossen sich die sogenannten offiziellen Räume des Palastes an: Die Polizisten trieben die Kinder an verlassenen Schreib- und Beamtenstuben, Galerien, Prunkzimmern und Empfangssälen vorbei. Schließlich erreichte der ungewöhnliche nächtliche Trupp die Privatresidenz der Pharaonin. Neben der vergoldeten Doppeltür standen zwei reich verzierte Statuen: *Hathor*, die Himmelsgöttin und *Re*, der falkenköpfige Sonnengott. Zwei Diener öffneten mit unbeweglichen Gesichtern die Doppeltür.

Die Kinder betraten mit klopfenden Herzen den heiligsten Raum des Palastes. Ihre Münder klappten auf. Eine solche Pracht hatten sie noch nie gesehen. Der Boden war vergoldet, die Wände des Saales waren über und über mit Götterdarstellungen aus reinem Gold sowie silbernen Bäumen und Tieren verziert. An der Decke funkelten herrliche Einlegearbeiten aus dunkelblauem *Lapislazuli*-Stein. Und auf dem *Horus*-Thron aus purem Gold saß eine bildschöne Frau Mitte zwanzig, die Göttin vom Nil. Krummstab und Wedel hielt sie fest in den Händen. Die Pharaonin war in orangefarbenes Leinen gekleidet und trug ein *Diadem* mit glitzernden Steinen. Ihr Kopf war mit einem gelb-schwarz gestreiften Tuch bedeckt, dessen Seitenteile auf ihre Schultern niederfielen. Am Stirnband, das das Tuch hielt, war das Symbol der absoluten Macht befestigt: *Sechemty,* die Doppelkrone mit dem Geier und der Furcht einflößenden *Uräusschlange*.

Hatschepsuts schönes Gesicht mit den mandelförmigen Augen, dem vorspringenden Kinn und der leicht gebogenen Nase verriet Neugier, als sich der Hauptmann vor ihr auf den Boden warf und mit der Stirn die Steinfliesen berührte. Julian, Kim und Leon folgten seinem Beispiel. Die Pharaonin gestattete ihnen, sich wieder aufzurichten. Während der Polizist seine Version von den Vorfällen im Hafenviertel von Theben erzählte, verfinsterte sich die Miene der Pharaonin. Doch als der Hauptmann einem seiner Männer ein Zeichen gab und dieser die Katze hereinbrachte, lächelte Hatschepsut.

„Diese Kinder haben Kija entführt, mächtiger Horus", fasste der Hauptmann am Ende seines Berichts zusammen und verneigte sich erneut. Dann trat er ein paar Schritte zurück.

Hatschepsut musterte das Trio aufmerksam und streng. Inzwischen hatte sich Kija beruhigt und strich der Pharaonin um die Beine. Dann setzte sich die Katze hin und leckte ihr Fell.

„Diese drei Streuner vergreifen sich also an meinem Eigentum", stellte die Herrscherin fest. Ihre Stimme klang hart und wütend. „Reichlich kühn, um nicht zu sagen: dreist. Wer seid ihr überhaupt?"

Julian wagte es, der Pharaonin direkt in die Augen zu sehen. Es kostete ihn viel Kraft, ihrem Blick standzuhalten. Aber er wusste, dass er etwas unternehmen musste, wenn er und seine Freunde dieses Abenteuer lebend überstehen wollten. Seine Gedanken überschlugen sich. Er musste sich möglichst schnell eine überzeugende Geschichte einfallen lassen.

„Unser kleines Dorf wurde von einem räuberischen Wüstenstamm überfallen. Wir drei konnten uns verstecken und mussten mit ansehen, wie unsere Eltern als Sklaven verschleppt wurden", begann er.

Er bemerkte, dass ihn Kim und Leon bewundernd anschauten. Das Reden und Geschichtenerfinden war schon immer Julians Stärke gewesen.

„Der Hunger trieb uns aus unserem zerstörten Dorf", fuhr Julian fort. „Ziellos wanderten wir umher, bis wir schließlich zum Nil kamen. Ein Handelsschiff nahm uns flussabwärts mit. Der Schiffsführer war zunächst sehr nett, aber dann merkten wir, dass er uns auch als Sklaven verkaufen wollte. In Theben gelang uns gestern die Flucht. Dort lief uns dann Kija über den Weg."

Hatschepsut zog die Augenbrauen hoch. Julian betete, dass sie ihm glaubte.

„Eine abenteuerliche Geschichte", sagte die Pharaonin wenig überzeugt. „Aus welchem Dorf kommt ihr denn?"

Julian geriet in Panik. Mit dieser Frage hatte er nicht gerechnet. Leon kam ihm zu Hilfe. Durch das Abzeichnen der Karte in der Bibliothek hatte er die Geografie der Region im Kopf.

„Von der Kurkur-Oase in Nubien", antwortete er der Pharaonin rasch.

Langsam nickte Hatschepsut. „Diese Oase kenne ich. Aber warum wolltet ihr meine Kija fangen oder gar töten?"

„So war es ja gar nicht", sagte Julian, der sich wieder gefasst hatte. „Wir wollten der Katze nichts tun. Im Gegenteil, wir haben sie vor einem Mann mit einem Dolch gerettet."

Kim und Leon nickten zustimmend.

Hatschepsut lachte hell auf. „Wie kommt es dann, dass sie in einem Netz gefangen war? Rettet man so eine Katze?"

Erneut redete Julian. Er redete um sein Leben – und um das seiner Freunde. Doch Hatschepsut schien nicht allzu beeindruckt. Während sie zuhörte, fütterte sie die Katze mit kleinen Fleischhäppchen, die ihr ein Diener reichte.

„Das klingt alles nach Ausflüchten", sagte die Pharaonin. Sie schnippte mit den Fingern. Ein weiterer Höfling eilte heran. Leise gab Hatschepsut ihm ein paar Anweisungen. Julian ahnte, dass es schlecht um sie stand.

Doch da bekamen die drei Freunde unerwartete Unterstützung: Kija verließ ihren Platz zu den Füßen der Pharaonin und stolzierte auf die Kinder zu. Ihre Bewegungen waren langsam und majestätisch und glichen denen einer Balletttänzerin. Kija stupste die Kinder nacheinander mit der Nase an und rieb ihr Köpfchen an ihren Beinen. Kim traute sich, die göttliche Katze zu streicheln. Mit unergründlichen grünen Augen schaute Kija das Mädchen an. Dann begann sie behaglich zu schnurren. Irritiert beobachtete Hatschepsut die Szene.

„Seht", meldete sich Julian jetzt wieder zu Wort. „Kija hat keine Angst vor uns. Das zeigt doch, dass wir …"

„Schon gut", unterbrach die Pharaonin ihn. „Mir scheint, ihr sprecht die Wahrheit und habt Kija tatsächlich gerettet. Sonst würde Kija euch eher die Augen auskratzen als sich von euch anfassen zu lassen."

Julian, Kim und Leon atmeten auf. Aber was würde jetzt weiter mit ihnen geschehen?

„Der Mann mit dem Dolch: Wie sah der denn aus?", wollte Hatschepsut als Nächstes wissen.

Doch das Trio konnte ihr nur eine äußerst vage Beschreibung geben. Es war einfach zu dunkel gewesen.

Enttäuscht sagte die Pharaonin zum Hauptmann: „Durchkämmt das Hafenviertel. Befragt die Leute, die dort wohnen. Vielleicht hat jemand etwas beobachtet." Dann erhob sich Hatschepsut. „Es ist spät", sagte sie. „Ich werde mich jetzt in meine Schlafgemächer zurückziehen. Die drei Kinder aus der Oase sollen am Leben bleiben und im Palast beschäftigt werden – als Zeichen meiner Dankbarkeit. In der Küche gibt es schließlich immer etwas zu tun. Und jetzt komm, Kija!"

Doch die Katze ließ sich weiter von Kim streicheln.

„Kija!"

Zögernd wandte sich die Katze von ihrer neuen Freundin ab und folgte der Pharaonin. Noch einmal drehte sich das elegante Tier um und warf dem Trio einen Blick zu. In den schräg stehenden, klugen Augen lag etwas Wissendes.

Der Hauptmann führte Julian, Kim und Leon aus dem prunkvollen Raum. Über Treppen und durch Gänge ging es zurück zu den einfachen Unterkünften der Diener. Mürrisch wies der Hauptmann Julian, Leon und Kim eine Kammer zu und warf die Holztür hinter ihnen zu.

Der kleine Raum wurde von einer Öllampe erhellt. Auf dem Boden lagen drei Binsenmatten und in einer Ecke stand ein Krug mit Wasser. Weitere Einrichtungsgegenstände gab es nicht.

„Willkommen in unserem neuen Zuhause", grinste Kim. „Wirklich nett hier!"

„Sei froh, dass wir nicht im Kerker gelandet sind!", meinte Julian.

Leon legte ihm eine Hand auf die Schulter. „Das war echt gut vorhin", sagte er anerkennend. „Deine Geschichte hat uns womöglich das Leben gerettet."

Bescheiden winkte Julian ab. „Deine Idee mit der Oase war auch nicht schlecht."

„Vergesst Kija nicht! Zum Glück hat sie uns freundschaftlich begrüßt!", warf Kim ein und legte sich auf eine der Matten. „Oh, ganz schön hart! Aber wir werden uns daran gewöhnen."

„Ein faszinierendes Tier", meinte Julian und gähnte. „Sie ist anders als alle Katzen, die ich bisher gesehen habe."

„Ja", stimmte Leon ihm zu. „Kija ist wirklich anders. Klug und sehr rätselhaft."

Kim hatte die Arme hinter dem Kopf verschränkt. „Rätselhaft ist das richtige Stichwort, Jungs: Wir müssen herausfinden, warum der Kerl Kija töten wollte. Und damit sollten wir gleich morgen anfangen."

# Der erste Anschlag

Bei Tagesanbruch fuhren die ersten Fischer auf den Nil hinaus, um Barben und Welse oder sogar einen *Latos,* einen großen Nilbarsch, zu fangen. Da es noch angenehm kühl war, begannen die Bauern jetzt schon, ihre Felder zu bestellen. Ochsen wurden vor den Pflug gespannt und legten sich ins Zeug. Die aufgehende Sonne tauchte den Palast in ein sanftes, rötliches Licht. Weniger sanft wurden die drei Freunde geweckt. Die Tür zu ihrer Kammer flog auf und ein Junge in ihrem Alter erschien.

„Aufwachen!", rief er fröhlich und klatschte ein paarmal in die Hände. „Ihr müsst die Neuen sein. Kommt, in der Küche gibt es eine Menge zu tun!"

Schlaftrunken standen Julian, Kim und Leon auf.

„Ich bin Ani, einer der Küchenhelfer! Ich soll euch in eure Arbeit einweisen!", rief der junge Ägypter, der die typische seitliche Jugendlocke trug. „Beeilt euch, sonst wird unser Küchenvorsteher Rechmire sauer."

Oberflächlich wuschen sich die drei Freunde an einem Brunnen vor dem Haus. Dabei stellten sie sich Ani vor.

„Das sind komische Namen", lachte Ani. „Aber macht ja nichts. Folgt mir!"

Ani führte sie in die Palastküche. Dort herrschte rege Betriebsamkeit. Ani erklärte, wer hier für welche Aufgabe zuständig war. Diener huschten mit Tonschüsseln voller Fleisch, Früchten und Brot sowie randvoll gefüllten Krügen hinein und hinaus. An langen Tischen wurden Unmengen von Gemüse klein geschnitten. In einer Ecke stand ein großer Ofen, in dem Brot gebacken wurde. Andere Helfer waren damit beschäftigt, *Henket* zu brauen, ein Gerstenbier, das mit Gewürzen und Datteln schmackhaft gemacht wurde. Aus etikettierten Krügen wurde *Irep* gezapft, ein mit Honig gesüßter Wein. Zwei Frauen nahmen Fische aus, zwei andere rupften Wachteln. Auf einem Hackklotz portionierte ein Metzger große Rindfleischstücke. Im angrenzenden Hof prasselten Feuer in mehreren Grillstellen. Überall in der Küche dampfte und qualmte es, und über alles legte sich der Geruch nach scharfen Gewürzen.

„Schneller, schneller, schneller!", kommandierte eine helle Stimme. Sie gehörte zu Rechmire, einem ungewöhnlich dicken Mann, der mit puterrotem Kopf in der Mitte der rußgeschwärzten Halle stand und versuchte den Überblick zu behalten. Rechmire trug eine fleckige Schürze über seinem kugelförmigen Bauch, an der er ständig seine Hände abwischte. Man habe ihm, so erzählte Ani den Freunden leise, den Spitznamen „Nilpferd" verpasst, weil er einen bulligen Kopf, kleine abstehende Ohren und ein großes Doppelkinn hatte.

„Da bist du ja endlich, Ani!", rief er und tupfte sich den Schweiß von der Stirn. „Gut, dass du die Neuen mitgebracht hast!" Er kam zu ihnen und strich ihnen freundlich über die Haare. „Hoffentlich stellt ihr euch auch geschickt an. Heute muss schließlich alles wie am Schnürchen laufen. Und jetzt macht euch nützlich. Die Jungen sollen Feuerholz herbeischaffen. Das Mädchen kann helfen, die Gurken mit Fleischpaste zu füllen. Aber denk daran: Die gehören zu Hatschepsuts Lieblingsspeisen! Mach schnell … sonst schaffen wir das bis zum Bankett heute Mittag nicht! Ich bete zu *Amun*, dass nichts schiefgeht! Sonst lande ich bei den Krokodilen!"

Während Julian und Leon zum Holzholen geschickt wurden, schob Ani Kim zu einem Arbeitstisch.

„Nachher gibt es ein festliches Bankett", erklärte er, während er Kim ein Messer gab, mit dem sie die Gurken aushöhlen konnte. „Unsere göttliche Hatschepsut speist mit Inebny, dem Vizekönig von Nubien, der seit zwei Tagen im Palast zu Gast ist." Ani begann, eine Gurke zu schälen. Dann senkte er die Stimme: „Ich habe gehört, dass Inebny Hatschepsut zur Frau nehmen wollte. Das ist der neueste Palastklatsch! Aber unsere Pharaonin hat ihn nicht erhört. Und jetzt ist der Vizekönig erzürnt."

„Ihr sollt aufhören zu quatschen!", brüllte Rechmire. „Was machen die Gurken?"

Ani und Kim arbeiteten einige Minuten schweigend weiter.

Ein abgewiesener Vizekönig … das klang spannend, fand Kim.

„Und wie geht es weiter?", fragte sie leise.

„Vizekönig Inebny ist sehr wütend, sagt man, weil er nicht gewohnt ist, dass man ihm einen Wunsch abschlägt. Er ist sehr stolz, gilt als brutal und jähzornig", wisperte Ani. „Die Diener versuchen, ihm aus dem Weg zu gehen. Hoffentlich reist er bald wieder ab."

Kim nickte. Ein anderer Gedanke war ihr gekommen. „Hast du gehört, ob man den Mann geschnappt hat, der Kija töten wollte?"

Ani stopfte sich ein Stück Gurke in den Mund. „Bisher wurde niemand festgenommen, soviel ich weiß."

„Ich habe auch Hunger", meldete sich Kim. Ani nickte, flitzte durch die riesige Küche und kehrte mit warmem Brot, ein paar saftigen Trauben und einem Krug mit *Irtet*, frischer Milch, zurück.

„Rechmire ist streng", erklärte Ani. „Doch wenn jemand Hunger verspürt, hat er dafür immer Verständnis."

„So sieht er auch aus", meinte Kim und grinste.

„Hüte deine Zunge!", warnte Ani sie. „Rechmire kann dich auspeitschen lassen."

„Schon gut", sagte Kim rasch. Mit ihren Lästereien hatte sie sich schon öfter Ärger eingehandelt, aber sie konnte es einfach nicht lassen. Doch im alten Ägypten würden die Strafen zweifellos härter ausfallen als im heimischen Siebenthann … Kim nahm sich fest vor, ihre Zunge im Zaum zu halten.

„Kannst du dafür sorgen, dass auch Julian und Leon etwas zu essen bekommen?", bat sie.

Wieder nickte Ani und gab einem anderen Küchenjungen ein Zeichen.

„Aber zurück zu Kija: Kannst du dir vorstellen, warum jemand versucht hat, die Katze zu töten?", fragte Kim kauend.

Ani zog die Schultern hoch. „Vielleicht hat es damit zu tun, dass Kija keine gewöhnliche Katze ist …"

„Wie meinst du das?", wollte Kim wissen. Es war wirklich ein großer Vorteil, dass Ani den ganzen Palastklatsch kannte und so gern redete.

„Kija ist ein heiliges Tier. Sie stammt aus dem Tempel der Bastet und steckt voller Geheimnisse. Außerdem ist sie unendlich klug", meinte Ani ehrfurchtsvoll. „Niemand wird aus ihr so richtig schlau – außer Hatschepsut. Man sagt, dass Kija die Herrscherin vor Gefahren warnt. Die Katze gilt als ihre beste Leibwächterin."

Kim verschlug es den Atem. „Vielleicht hat man deshalb versucht, Kija zu töten!", entfuhr es ihr.

„Die Gurken, ich brauche die Gurken!", rief Rechmire. Sein großer, runder Kopf tauchte wie ein roter Mond hinter den Kindern auf. „Wie sieht's aus?"

„Gleich fertig, Rechmire!", antwortete Ani schnell und füllte eine der Gurken mit der wohlriechenden Fleischpaste.

Rechmire ging kopfschüttelnd weiter zu einem anderen Arbeitstisch, schlug die Hände zusammen und jammerte: „Wir werden nicht fertig, nein, wir werden niemals fertig. Und ich lande bei den Krokodilen! Amun steh mir bei!"

Als der Küchenvorsteher außer Hörweite war, fuhr Ani fort: „Unsere Herrin hat leider viele Feinde in Theben, seit sie vor kurzem zur Pharaonin gekrönt wurde. Hochrangige Priester, hört man, trachten ihr nach dem Leben. Sie wollen nicht von einer Frau regiert werden. Ihrer Meinung nach gehört Thutmosis III. auf den Thron. Das ist der Sohn von Hatschepsuts verstorbenem Mann, Thutmosis II., und einer seiner Nebenfrauen. Aber Thutmosis III. ist ja noch ein Kind und kann die Regierungsgeschäfte nicht führen!"

„Aber ein Kind kann man viel besser lenken, wenn man seine eigenen Machtinteressen durchsetzen will", erklärte Kim. „Die selbstbewusste Hatschepsut hingegen lässt sich von den Priestern sicher nichts sagen."

Kims Gedanken überschlugen sich: ein abgewiesener Vizekönig und machtversessene Priester. Zweifellos gab es im Palast genügend Personen, die es auf das Leben der schönen Königin abgesehen haben könnten. Das musste sie unbedingt Julian und Leon erzählen. Kim legte das Messer beiseite und sah sich um. Gerade kamen ihre Freunde herein, beladen mit Körben voller Äste und Holz.

Erstaunt bemerkte Kim, dass Kija bei ihnen war! Geschmeidig sprang die Katze auf den Tisch und lief auf Kim zu. Sie nahm Kija in den Arm und streichelte sie. Bei Tageslicht war die Katze noch schöner, fand Kim. Das Mädchen stibitzte ein Stückchen Fisch und fütterte Kija damit.

„Ich glaube, du hast einen leichteren Job als wir", stöhnte Julian. „Die Körbe werden langsam schwer."

„Ach was", widersprach Leon. „Dafür arbeiten wir meistens an der frischen Luft und sitzen nicht hier in der stickigen Küche."

„Hört mal her!", sagte Kim, zog die Freunde aufgeregt beiseite und berichtete ihnen, was sie von Ani erfahren hatte.

„Hatschepsut ist anscheinend in großer Gefahr", vermutete Julian, als Kim fertig war.

„Und Kija ist es auch", fügte Kim hinzu. Die Katze lag in ihrem Arm, ließ sich den Rücken massieren und schnurrte mit halb geschlossenen Augen. „Also müssen wir gut aufpassen!"

Nubiens Vizekönig Inebny war ein großer, dunkelhäutiger Mann, der ganz offensichtlich schlechte Laune hatte. Das stellte Kim fest, als sie später mit einigen anderen Dienern die verschiedenen vorbereiteten Speisen in einem der Prunksäle auftrug. Julian und Leon mussten weiter in der Küche schuften.

Mürrisch saß Inebny mit einem seiner Diener an seinem Tisch und sprach kein Wort. Im Saal tafelten an die fünfzig Personen. Neben Inebny und seinem Begleiter waren es einige hohe Regierungsbeamte und Freunde der Familie. Die meisten Männer trugen Perücken, auf denen Duftkegel befestigt waren, die bei der großen Hitze langsam schmolzen und einen zart würzigen Geruch verbreiteten. An der Stirnseite des Raumes thronte die Herrscherin mit der Kobrakrone. Hinter ihr stand ein Sklave und fächelte ihr Luft zu. Neben ihr saß ein Kind, Thutmosis III., der mit trotzig vorgeschobenem Kinn und einem leicht arroganten Gesichtsausdruck das Treiben beobachtete. Zu Füßen der Herrscherin ruhte Kija mit halb geschlossenen Augen auf einem Kissen. Auf ein Zeichen der Pharaonin begannen drei Männer auf Lauten und Harfen zu spielen, während bildschöne Mädchen dazu tanzten.

Kim lief mit einer Platte, auf der sich verschiedene Speisen türmten, von Gast zu Gast.

„Gänsebraten? Antilope? Gefüllte Gurken?", fragte Kim den Vizekönig Inebny mit gespielter Unterwürfigkeit.

„Verschwinde!", rief Inebny barsch.

„Blöder Hammel!", rutschte es Kim heraus. Am liebsten hätte sie sich auf die Zunge gebissen.

„Was? Was hast du gesagt?", fauchte Inebny.

„Niemals würde ich es wagen, das Wort an Euch zu richten, hoher Herr", sagte Kim schnell und verbeugte sich tief.

„Das will ich dir auch geraten haben, du Kröte!", rief Inebny voller Verachtung.

Wütend ging Kim weiter. Am liebsten hätte sie dem Nubier eine Gurke an den Schädel geworfen, aber sie musste sich leider beherrschen, um ihre Freunde und sich nicht in Gefahr zu bringen. Ihr Blick fiel auf die Pharaonin, der gerade etwas zu trinken gebracht wurde. Mit einer devoten Geste füllte ein Diener den Kelch der Herrscherin. Die reichte ihn an ihren Vorkoster weiter. Nachdem er getrunken hatte, wollte er den Kelch der Gebieterin zurückgeben, doch plötzlich hielt er inne. Die Hand, die das Gefäß hielt, begann stark zu zittern. Dann fasste sich der Vorkoster an den Hals. Sein Mund klappte auf und er brach röchelnd zusammen. Augenblicklich erhob sich großes Geschrei. Die Herrscherin war aufgesprungen und wollte sich über ihren Vorkoster beugen. Doch ihre Leibwächter zogen sie sanft zurück.

„Ein Mordanschlag!", gellte eine Stimme. „Man hat versucht, die göttliche Hatschepsut zu vergiften!"

Jemand rief nach einem Arzt. Kim stellte ihr Tablett ab und bahnte sich einen Weg durch die aufgebrachte Menge. Als Kim an Vizekönig Inebny vorbeikam, bemerkte sie, dass dieser als Einziger völlig ruhig geblieben war. Unbeweglich saß er an seinem Tisch und tat so, als ginge ihn die ganze Aufregung nichts an. Fast schien es Kim, als ob er lächelte. Hatte Inebny etwas mit dem Anschlag zu tun?

Jetzt hatte Kim den Vorkoster erreicht. Er lag auf dem Rücken. Sein Gesicht war blass, die Augen waren halb geschlossen. Immer wieder wurde sein Körper von heftigen Krämpfen geschüttelt. Mit letzter Kraft machte der Vorkoster eine schwache Handbewegung in Kims Richtung. Das Mädchen kniete sich neben ihn. Wieder die gleiche Handbewegung. Kim verstand und hielt ihr Ohr an die Lippen des Mannes.

„Das Krokodil", röchelte der Vorkoster. „Das Krokodil in der Totenstadt."

Kim verstand nicht, was der Mann meinte. Sie sah sich um: Wie konnte sie dem Vorkoster nur helfen? Sie spürte, dass der Mann jeden Augenblick sterben würde, wenn nicht sofort Hilfe kam.

„Wo bleibt der Arzt?", schrie Kim verzweifelt. Endlich tat sich eine Gasse zwischen den Gaffern auf und der Palastarzt wurde vorgelassen, doch er kam zu spät. Der Vorkoster bäumte sich ein letztes Mal auf ... dann war er tot.

# Nachts auf dem Nil

Der Abend hatte sich über den Palast gesenkt. Der Mond stand rund und weiß über dem imposanten Gebäude. Doch die Ruhe, die normalerweise um diese Zeit langsam zwischen den hohen Mauern einkehrte, wollte sich an diesem Tag nicht einstellen. Nach dem Mordanschlag auf die Pharaonin war alles in Alarmbereitschaft. Sämtliche Wachen waren verdoppelt worden.

Küchenvorsteher Rechmire war verhört worden: Wie hatte das Gift in den Wein kommen können? Doch das blieb ein Rätsel. Der Krug, aus dem der Kelch für Hatschepsut gefüllt worden war, war spurlos verschwunden – ebenso der Diener, der dem Vorkoster den Kelch gereicht hatte. Fieberhaft wurde in ganz Theben nach ihm gefahndet.

Von Ani erfuhren Julian, Kim und Leon, dass der Mordanschlag durchaus hätte glücken können, denn nicht immer bediente sich Hatschepsut eines Vorkosters. Immer wieder kam es vor, dass die Pharaonin gleich selbst zu Speisen und Getränken griff.

Jetzt hockten die drei Freunde in ihrer kleinen Kammer auf den harten Matten und grübelten.

„Und du bist dir sicher, dass Inebny gegrinst hat?", fragte Julian noch einmal.

„Ich bin mir ganz sicher", bestätigte Kim. „Vielleicht wollte er Hatschepsut töten, weil sie ihn abgewiesen hat."

Leon schlug nach einer Mücke, die um ihn herumsurrte. „Das ist aber noch kein Beweis", widersprach er. „Wenn wir mit dieser vagen Vermutung zu Hatschepsut gehen, wird man uns auslachen."

„Ja", stimmte Julian ihm zu. „Oder an die Krokodile verfüttern. Apropos Krokodile: Was könnte der Vorkoster mit ‚Krokodil in der Totenstadt' gemeint haben? Krokodile gibt's doch nur im Nil!"

„Die Totenstadt liegt am anderen Nilufer, oder?", fragte Leon. Vorsichtig näherte er sich mit seiner Hand der Mücke, die nun direkt neben dem Öllämpchen an der Wand saß.

Julian nickte. „So ist es. Die *Nekropole* ist eine Stadt für die Toten mit vielen Gräbern und Tempeln. Dort leben Balsamierer, Sargbauer und Totenpriester. Aber es soll dort auch einen Hafen und einen Marktplatz geben, soviel ich weiß."

„Es klingt trotzdem ziemlich unheimlich", meinte Kim, während sie die Arme um die Knie schlang.

Leon schlug zu und erlegte die Mücke. „Wenn du eine erwischst, nehmen drei andere gleich Rache für ihren toten Kumpel. Ich bin schon total zerstochen", murmelte er. „Aber was sitzen wir hier eigentlich noch rum und lassen uns von den Mücken langsam auffressen? Warum schauen wir nicht einfach mal in der Nekropole vorbei? ‚Krokodil' könnte auch der Spitzname eines Menschen oder die Bezeichnung für ein Gebäude sein."

„Ist es nicht viel zu gefährlich, in die Nekropole zu gehen?", entfuhr es Julian.

„Nö", gab Leon trocken zurück. „Ich will jedenfalls nicht untätig hier herumsitzen." Wieder schlug er nach einer Mücke.

„Ich bin auch Leons Meinung", sagte Kim. „Dieses seltsame ‚Krokodil' ist die einzige halbwegs konkrete Spur, der wir nachgehen können."

Schließlich gelang es Leon und Kim, Julian doch noch zum Aufbruch zu überreden. In der Dunkelheit liefen sie Richtung Nil. Plötzlich hörten sie ein leises Miauen. Die Freunde fuhren herum. Hatschepsuts Katze Kija sprang hinter einer Akazie hervor und kam auf sie zu.

„He, was machst du denn hier, du Streunerin?", lachte Kim. „Du gehörst doch in den Palast." Sie beugte sich zu der Katze hinunter und kraulte sie hinter den Ohren. Das Tier schmiegte sich an sie.

„Und jetzt?", fragte Kim. „Sollen wir sie in den Palast zurückbringen?"

„Lieber nicht", antwortete Julian. „Sonst werden wir wieder verdächtigt, dass wir Kija etwas antun wollten."

Leon hatte eine andere Idee: „Dann nehmen wir sie einfach mit. Wir werden gut auf sie aufpassen."

„Und vielleicht passt sie ja auch ein bisschen auf uns auf", fügte Julian hinzu. „So, wie sie es bei der göttlichen Hatschepsut tut."

Die drei Freunde fragten Passanten nach dem Weg zur Nekropole. Kurz darauf erreichten sie den Nil. Glitzernd floss der gewaltige Strom dahin. Im Schilf quakten Frösche. In der Totenstadt am anderen Ufer blinkten vereinzelte Lichter.

„Um hinüberzukommen, brauchen wir ein Boot", stellte Leon fest und blickte sich um. Wenige Schritte neben ihm ragte ein schmaler Steg in die Fluten. Daran war eines der typischen Fischerkanus vertäut.

„Seht ihr, was ich sehe?", fragte Leon. „Das Kanu könnten wir uns doch kurz ausleihen. Kommt!" Schon war er auf dem Steg, der bedenklich zu schwanken begann. Kim folgte ihm mit der Katze auf dem Arm. Julian kam als Letzter.

„Meint ihr, dass es hier im Fluss tatsächlich Krokodile gibt?", fragte er, während er über die wackelige Planke balancierte.

„Klar", gab Leon zurück. Aber er war keineswegs so gelassen, wie er sich gab. Während er im Heck des Kanus nach einem Ruder oder Ähnlichem suchte, spürte er, wie die Strömung an dem Boot riss. Wie groß würde erst die Kraft des Nils sein, wenn sie in der Mitte des Flusses waren? Leon zog unter einem einfachen Sitz zwei Holzstangen hervor, die sich vorn zu einer Art Paddel verbreiterten.

„Okay, legen wir ab!", rief er. „Leinen los!"

Kim löste den Knoten des Seils, mit dem Kanu und Steg verbunden waren. Sofort trieb das Boot ab. Leon blieb im Heck und versuchte zu steuern. Vorn paddelte Julian, während Kim in der Mitte des Bootes saß und die Katze auf dem Schoß hatte. Ein Ohr hatte Kija angelegt, das andere aufgestellt. Das war ein deutliches Zeichen, dass Kija sich in ihrer Haut nicht wohl fühlte. Sie miaute kläglich.

Das Kanu wurde von der kräftigen Strömung wie ein Kreisel mehrfach um die eigene Achse gedreht.

„Du musst das Boot auf Kurs halten!", schrie Julian.

„Ach ne!", rief Leon zurück. Die Strömung war enorm. Die Freunde mussten erkennen, dass sie viel zu weit vom Hafen der Nekropole abgetrieben wurden. Aber das war zweitrangig. Jetzt mussten sie erst einmal heil das andere Ufer erreichen. Und das würde schwierig genug werden.

„Backbord!", brüllte Julian jetzt.

Leon drückte seine Stange noch tiefer in das Wasser und riss sie herum, doch das Kanu reagierte kaum.

„Backbord, Leon, mehr backbord!"

„Hör auf mit deinem verdammten Backbord!", brüllte Leon zurück. „Dem Nil ist völlig egal, ob wir nach backbord oder steuerbord wollen! Er steuert unser Boot – nicht ich, falls du das noch nicht begriffen hast!"

Plötzlich erhielt das Kanu einen heftigen Schlag. Leon rutschte vom Sitz und wäre fast auf Kim gefallen. Es gab ein knirschendes Geräusch und das Kanu legte sich bedenklich zur Seite. Wasser strömte ins Boot.

„Eine Sandbank! Wir sind auf einer Sandbank gestrandet!", rief Leon entsetzt. Er schätzte, dass sie etwa in der Mitte des Flusses waren. Wenn sie jetzt kenterten, würden sich die Krokodile über einen Mitternachtsimbiss freuen. Entschlossen rammte Leon die Stange in den sandigen Untergrund und stemmte sich mit aller Kraft darauf. Stück für Stück gelang es ihm, das Kanu von der Sandbank zu schieben. Endlich hatten sie wieder Wasser unter dem Boot. Das Kanu wurde erneut von der Strömung des Nils erfasst. Plötzlich wurde das Boot mit seinen vier Passagieren ans andere Ufer gespuckt. Das Kanu rauschte in einen Wald aus Schilf. Die schlanken, hohen Stängel schabten an den Außenwänden des Bootes entlang. Jäh wurde die flotte Fahrt gebremst. Dann herrschte eine merkwürdige Stille. Nur das Plätschern des Nils war zu hören.

„Wir sind da! Alles aussteigen!", sagte Leon und versuchte, locker zu klingen. Unwillkürlich hatte er seine Stimme gedämpft. Die Ruhe war unheimlich. Nicht mal Frösche waren zu hören. Seltsam. Vorsichtig schwang Leon die Beine über die niedrige Bordwand. Plötzlich hielt er inne. Aus den Augenwinkeln hatte er eine Bewegung im Wasser wahrgenommen.

„Halt!", warnte er seine Freunde, die auch gerade das Kanu verlassen wollten. Gebannt starrte Leon auf das Schilf: Ein langer, dunkler Schatten lag dort im seichten Nilwasser. Und dieser Schatten bewegte sich langsam, aber zielstrebig auf sie zu!

„Ein Krokodil!", schrie Leon. „Wir müssen vom Ufer weg! Schnell!"

Wie von Sinnen paddelte er rückwärts. Julian war vor Schreck wie gelähmt. Kim setzte die Katze auf den Boden des Bootes, riss Julian das Paddel aus der Hand und half Leon. Mit ein paar kräftigen Stößen entkamen sie dem tückischen Schilf und seinem hungrigen Bewohner.

Erschöpft ließen sie sich ein Stück in Ufernähe treiben, bis sie an einem schmalen Streifen Land anlegten, wo es kein Schilf gab. Leon vertäute das Kanu an einem Stein.

Schweigend lief das Trio in Richtung Totenstadt, in der Osiris, der Gott der Toten, herrschte. Da sie relativ weit abgetrieben worden waren, mussten Leon, Julian und Kim ein Stück zurücklaufen.

Endlich tauchten die ersten Lichter vor ihnen auf. Die Freunde erreichten den Hafen, in dem es jede Menge Schenken sowie Sargmacher-Werkstätten und Läden gab. Dort konnte man tagsüber alle Arten von Grabbeigaben wie Amulette oder *Ankh*-Kreuze kaufen. Neben einem breiten Steg für die Fähre lagen einige Holzboote zur Reparatur auf soliden Ständern.

Julian fragte einen alten Mann nach dem „Krokodil". Aber der Alte lachte nur und deutete in Richtung Nil. Ziellos liefen die Freunde im Hafen herum, bis sich plötzlich Kija mit einem energischen Maunzen meldete. Die Katze strebte mit nach oben gestrecktem Schwanz in eine ganz bestimmte Richtung.

„Komm hierher, Kija!", rief Kim.

„Lass sie ruhig", meinte Leon. „Sieht so aus, als wolle sie uns etwas zeigen!"

„Etwas zeigen? Eine Katze?", fragte Julian ungläubig.

„Vergiss nicht, dass Kija keine normale Katze ist", betonte Leon und ging dem Tier hinterher.

Achselzuckend folgten Julian und Kim den beiden. Kija flitzte in eine Gasse. Die Freunde hatten Mühe, hinterherzukommen. Der enge und finstere Weg stieg leicht an. Die Hütten und Ställe, die sich hier zusammendrängten, waren ziemlich schäbig. Kija lief immer weiter. Die Gasse wurde auf einmal breiter und eröffnete den Blick auf ein größeres Gebäude: ein Gasthaus. Lärm und Licht drangen auf den Platz hinaus. Kija setzte sich hin und starrte unverwandt auf die Wirtschaft.

„Seht mal, das Schild", wisperte Leon. „Der Laden heißt ‚Zum Krokodil'!"

„Danke", sagte Julian verdattert zu Kija. „War das jetzt ein Zufall?"

„Glaube ich nicht", meinte Leon. „Bei diesem Tier gibt es keine Zufälle."

Die Freunde liefen zu einem der Fenster und spähten vorsichtig hinein. Die Wirtschaft war trotz der vorgerückten Stunde noch gut besucht. Der Wirt und ein paar grell geschminkte junge Frauen huschten zwischen den Tischen hin und her.

Plötzlich stieß Kim einen leisen Pfiff aus. „In der Ecke da hinten hockt einer von Inebnys Dienern!", flüsterte sie ihren Freunden zu.

An einem Tisch saßen drei Männer vor ihrem Bier, einer davon mit dem Rücken zu den Freunden. Den zweiten, einen kleinen, dünnen Mann, hatte Kim noch nie gesehen. Aber der dritte war während des Festessens an Inebnys Seite gewesen!

Jetzt schob der Diener dem Mann, der mit dem Rücken zu den Freunden saß, einen Beutel zu. Der Unbekannte wog ihn in der rechten Hand, die von einer langen Narbe verunstaltet war. Dann öffnete er den Beutel, um den Inhalt zu kontrollieren. Für den Bruchteil einer Sekunde blitzte etwas Glitzerndes auf. Zufrieden nickte der Mann mit der Narbe und reichte Inebnys Diener ein kleines Gefäß. Der Diener zog die Augenbrauen hoch und steckte das Gefäß ein.

„Inebnys Diener!", flüsterte Kim Julian und Leon zu. „Bestimmt hat er noch mal Gift gekauft! Ich habe doch geahnt, dass Inebny hinter dem Mordanschlag steckt! Er hasst Hatschepsut, weil sie ihn zurückgewiesen hat!"

Doch jetzt kaufte auch der andere Gast ein Gefäß von dem Mann mit der Narbe. Und auch er bezahlte mit Gold.

„Köpfe runter! Die gucken!", warnte Leon in diesem Moment. Tatsächlich war der dünne Mann aufgestanden. Er schob seinen Stuhl zurück und kam auf das Fenster zu.

„Weg hier!", kommandierte Leon und lief los. Die anderen folgten ihm. Die drei verbargen sich hinter einem Eselskarren, der vor der Schenke stand. Das Gesicht des Dünnen erschien am Fenster. Wachsam musterte er den Vorplatz. Dann gab er hektische Zeichen ins Innere des Lokals.

„Ich glaube, der Kerl hat uns entdeckt!", flüsterte Julian. Keine Minute verstrich, bis Inebnys Diener und der Dünne aus der Schenke in ihre Richtung stürmten. Kim nahm Kija auf den Arm. Dann rannten sie, Julian und Leon in das Gewirr von Gassen. Dort gelang es ihnen, die Verfolger abzuschütteln.

Völlig erschöpft erreichten die Freunde wenig später das Kanu. Mit einem mulmigen Gefühl überquerten sie den Nil zum zweiten Mal in dieser Nacht. Doch diesmal gab es keine Probleme. *Sobek*, der Krokodilgott, hatte wohl seinen Geschöpfen Nachtruhe verordnet. So gelangten die Freunde sicher zum Ostufer von Theben.

„Inebnys Diener müssen wir morgen mal unter die Lupe nehmen", sagte Julian, während sie heimwärts trotteten.

Seine Freunde nickten stumm. Sie waren zu müde, um zu antworten. Doch der nächste Tag sollte eine ganz andere Überraschung für sie bereithalten.

# Eine Warnung wird überhört

Mit tränenden Augen schnitt Kim eine Zwiebel klein. In der Palastküche herrschte die übliche Hektik. Rechmire hüpfte wie ein riesiger Gummiball zwischen seinen Mitarbeitern hin und her und trieb sie zur Eile an.

„Auch wenn alles dafür spricht, dass Inebny aus gekränkter Eitelkeit hinter dem Mordanschlag auf die Pharaonin steckt, können wir ihn nicht anklagen", flüsterte Kim ihren beiden Freunden zu, die neben ihr standen. Gerade hatten Leon und Julian schwere Körbe mit Zwiebeln, Sellerie, Beeren und Broten hereingeschleppt.

„Das sehe ich auch so", stimmte Julian ihr zu. „Wir wissen schließlich nicht, ob tatsächlich Gift in dem Gefäß war, das Inebnys Diener gekauft hat. Wir wissen ja nicht einmal, ob es der Diener in Inebnys Auftrag gekauft hat."

Leon wiegte bedächtig den Lockenkopf und zupfte an seinem Ohrläppchen. „Aber warum hat der Vorkoster auf das Lokal hingewiesen, wenn dort alles mit rechten Dingen zugeht?"

„Vielleicht hat er irgendwo etwas aufgeschnappt", meinte Kim. „Ihr wisst schon: Palastklatsch …"

„Kommt, Kinder kommt, kommt!", ertönte Rechmires Stimme. „Ihr müsst schneller werden, Kinder! Mein Gazellenbraten mit zarten Gemüsesorten muss der Pharaonin auf der Zunge zergehen!" Schon war er wieder verschwunden. Aus einer anderen Ecke der Küche hörten ihn die Freunde rufen: „Ah, Mentmose, der neue Vorkoster!"

Die Freunde wandten sich um ... und erschraken. Da stand der dünne Mann, den sie gestern in der Schenke gesehen hatten! Die drei warfen sich bedeutungsvolle Blicke zu. Dann wandten sie sich mit klopfenden Herzen wieder ihrer Arbeit zu.

Leon und Julian schnappten sich ihre Körbe und verließen die Küche, um Ani weiter beim Heranschaffen der Zutaten zu helfen. Kim schnitt immer noch Zwiebeln. Ihre Gedanken überschlugen sich. Der neue Vorkoster war der Mann, der gestern vermutlich Gift gekauft hatte! Plötzlich spürte sie eine Hand auf ihrer Schulter.

„Sieh mich an!", befahl eine Stimme.

Kim gehorchte und blickte in Mentmoses schmales Gesicht. Er musterte sie eindringlich und kühl.

„Ich glaube, wir sind uns schon einmal begegnet", sagte er gefährlich ruhig.

Kims Lippen bebten, als sie antwortete: „Nein, das kann nicht sein. Ich, ich bin noch nicht lange hier in Theben." Und das war nicht einmal gelogen.

Langsam nickte Mentmose. „Vielleicht habe ich mich geirrt ... aber ich irre mich selten. Ich werde dich im Auge behalten." Damit ließ er Kim stehen. Dem Mädchen lief ein Schauer über den Rücken.

Kurz darauf konnte sich Kim aus der Küche davonstehlen. Im Hof traf sie auf ihre Freunde.

„Wir müssen Hatschepsut warnen!", flüsterte Kim den Jungen zu.

„Natürlich", erwiderte Julian. „Ich mache das schon. Nachher, wenn wir die Pharaonin und ihre Gäste bedienen."

Die Pharaonin Hatschepsut hatte zu ihrem heutigen Bankett nur eine handverlesene Schar Auserwählter gebeten. Rund zwanzig Adlige weilten im silbernen Saal. Der war zum königlichen Garten hin offen und gab den Blick auf einen Zierteich mit Seerosen frei. Im Saal waren Tische und Kissen über und über mit Lotusblüten geschmückt. Es wurden Erfrischungsgetränke gereicht, doch die Herrscherin fehlte noch.

Als die Kinder begannen, Speisen aufzutragen und weitere Getränke anzubieten, klatschte der oberste Herold zweimal in die Hände, holte tief Luft und verkündete die Ankunft der Herrscherin.

„Horus, geliebt von *Maat*, der erscheint als königliche Schlange, groß an Macht, jung an Jahren, Geliebte des Amun, Tochter des Amun: Hatschepsut!"

Sofort warfen sich alle auf den Boden und berührten mit der Stirn die kühlen Fliesen.

Als Hatschepsut den Silbersaal betrat, war es, als ginge eine Sonne auf. Die goldene Uräusschlange auf ihrem Kopf blitzte mit den Diamanten, die in ihr Haar geflochten waren, um die Wette. An Armen und Händen, sogar an den Riemen ihrer Sandalen glitzerten edle Steine. Mit einer huldvollen Bewegung erlaubte die Herrscherin ihren Gästen und der Dienerschar, sich wieder zu erheben. Dann nahm sie Platz. Wie üblich war Kija an ihrer Seite. Neu war allerdings der junge Windhund, der sich mit eingezogenem Schwanz neben die Pharaonin hockte.

Nun gab Hatschepsut den Musikanten ein Zeichen. Verträumte Melodien plätscherten durch den Silbersaal und die Gäste begannen zu speisen. Das war der Moment, in dem sich Mentmose – sich ständig verbeugend – der Pharaonin näherte.

„Los, Julian, jetzt musst du sie warnen!", zischte Leon und gab ihm einen Schubs.

Unfreiwillig machte Julian einen Schritt auf die Pharaonin zu. Er spürte kalten Schweiß auf der Stirn. Vorhin war er sich noch ganz sicher gewesen, dass er diese Aufgabe bewältigen könnte, aber jetzt … Nur für einen Moment streiften Hatschepsuts große, dunkle Augen den unbedeutenden Küchengehilfen. Die Herrscherin vom Nil nahm Julian gar nicht richtig wahr. Also machte Julian noch einen Schritt auf die stolze Frau zu und dann noch einen.

„Großer Horus", begann er leise, während er sich tief verneigte. „Bitte …"

„Was bildest du Sklave dir ein, die göttliche Königin anzusprechen? Verschwinde! Geh auf deinen Platz in der Küche!", herrschte Mentmose ihn an. Er funkelte Julian zornig an und kam drohend auf ihn zu. Doch so schnell gab sich Julian nicht geschlagen.

„Hört mich an!", bat Julian die Pharaonin noch einmal.

„Soll ich die Wachen rufen, damit sie den Kerl auspeitschen?", fragte Mentmose in die Runde. Aber er erntete nur Desinteresse – vor allem von Hatschepsut, die sich angeregt mit ihrem *Wesir* unterhielt.

Enttäuscht trat Julian den Rückzug an, was der Vorkoster mit einem Lächeln quittierte. Dann griff er zu einem Kelch mit Wein, nach dem die Herrscherin verlangt hatte, und nahm einen Schluck. Gebannt verfolgten Julian, Kim und Leon die Szene.

Aber auch Kija ließ den Kelch nicht aus den Augen. Ihre Rückenhaare sträubten sich, als wären es Stahlborsten. Doch nichts geschah. Es schien kein Gift im Wein zu sein. Schon atmeten die drei Freunde auf.

Hatschepsut nahm den Kelch und setzte ihn an ihre vollen, dunkelrot geschminkten Lippen. In diesem Moment sprang Kija die Herrscherin an. Erschrocken ließ Hatschepsut den Kelch fallen, und der Wein ergoss sich über den Boden. Die Herrscherin richtete ein paar tadelnde Worte an die Katze. Kijas Ohrmuscheln waren nach vorn gedreht, ihre Augen weit geöffnet. Dann wandte sie sich abrupt ab und huschte davon. Dabei wich sie elegant dem kleinen See aus Wein aus.

Ganz anders der Windhund. Offenbar angelockt vom süßlichen Geruch schnüffelte er an der Pfütze und begann sie gierig aufzulecken, noch bevor einer der Diener sie wegwischen konnte. Plötzlich begann der Hund zu würgen. Sein Körper erbebte, die Vorderbeine knickten ein. Schaum trat aus dem Maul des Tieres, dann kippte es zur Seite.

„Der Wein war doch vergiftet!", schrie Kim. Ein Tumult brach aus. Den nutzte Kim dazu, ungehindert zum Windhund zu laufen. Das Tier zuckte noch ein paarmal, dann war es tot.

„Der arme Hund", sagte Kim leise mit Tränen in den Augen.

„Hauptsache, Hatschepsut lebt! Kija hat ihr das Leben gerettet", flüsterte Julian, der sich mit Leon ebenfalls herangewagt hatte. „Diese Katze ist wirklich ihr bester Leibwächter."

Die Freunde sahen zur Pharaonin, die bleich und vor Zorn bebend dastand. Dann durchschnitt ihre klare Stimme den Silbersaal und sofort erstarb jedes Gespräch.

„Wo ist der Vorkoster?"

Doch Mentmose war im allgemeinen Durcheinander untergetaucht. Sofort ließ Hatschepsut nach ihm fahnden.

Es verging keine Viertelstunde, bis der Vorkoster geschnappt worden war und vor die Pharaonin gebracht wurde.

Drohend sagte Hatschepsut zu ihm: „Wer es wagt, die Geliebte des Amun anzugreifen, hat sein Leben verwirkt. Denn ich bin Maat, die Gerechtigkeit und der Richter, der über allem steht. Und ich bin Gott. Vorkoster, knie nieder! War das dein eigener feiger Plan? Oder steckt jemand anderes dahinter?"

Eine Wache stieß Mentmose in den Rücken und der Vorkoster fiel der Herrscherin vor die Füße. Doch trotzig erhob er seinen Kopf.

„Du bist nicht Gott! Und du bist auch nicht Maat!", zischte er voller Hass. „Zu Unrecht schmückst du dich mit der Kobrakrone. Eine Frau darf niemals auf dem Pharaonen-Thron sitzen!"

„Genug, Elender!", unterbrach Hatschepsut ihn. „Jetzt sage mir, wie du diesen Trank überleben konntest!"

Mentmose lächelte dünn. „Ein Gegengift, das ich vorher genommen habe, hat mich geschützt."

„Aber es wird dich nicht vor dem Tod schützen", sagte Hatschepsut kalt. „Wer sind deine Hintermänner? Rede!"

Der Vorkoster ballte die Fäuste. „Das wirst du nie erfahren. Aber du wirst ihnen nicht entkommen. Sie werden dich töten!"

# Der Mann mit dem Bogen

Am folgenden Mittag brannte die Sonne mit sengender Kraft. Die Hitze war lähmend. Kein Windhauch brachte Abkühlung. Auch im Palast war die sonst übliche Geschäftigkeit zum Erliegen gekommen.

Julian, Kim und Ani saßen draußen vor der Küche im Schatten. Rechmire hatte ihnen eine Pause gegönnt und Ani verteilte köstliche Äpfel. Dazu tranken sie Irtet.

Leon spielte etwas abseits mit Kija. Inzwischen wich die Katze den Freunden kaum noch von der Seite. Jetzt saß sie vor Leon, der sie mit einem Ball locken wollte, und schaute ihn mit ihren klugen, grünen Augen an. Leon warf den Ball, doch Kija legte nur den Kopf schief und leckte ihre rechte Pfote ab.

„Na gut", brummelte Leon und holte den Ball selbst. „Bist ja schließlich kein Hund."

„Habt ihr schon gehört?", fragte Ani mit vollem Mund. „Inebny hat heute Morgen den Palast verlassen. Hatschepsut hat ihn unbehelligt ziehen lassen."

Julian nickte. Damit hatte er gerechnet. Zwar hatte er es gestern noch einmal gewagt, die Pharaonin anzusprechen und war sogar zu Wort gekommen … aber welche Beweise hatten Julian und seine Freunde gegen Inebny?

„Wer hat Mentmose eigentlich eingestellt? War das Rechmire?", wollte Julian noch wissen.

„Ich habe gehört, dass Mentmose der Königin von einem Vertrauten empfohlen worden ist", erzählte Ani und spuckte einen Kern in einem kunstvollen Bogen über den Hof. „Angeblich hatte Mentmose einen tadellosen Ruf."

„Zum Glück wurde der Anschlag vereitelt", meinte Kim. „Der falsche Vorkoster wurde geschnappt und Inebny ist fort. Die Gefahr ist gebannt."

„Und was ist mit diesem dritten Mann aus der Kneipe?", gab Julian zu bedenken.

Kim winkte ab. „Was kann der schon allein ausrichten?"

„Dennoch: Wir sollten uns noch einmal in der Nähe der Kneipe umsehen. Vielleicht finden wir dort eine Spur dieses Mannes", beharrte Julian. Die Freunde beschlossen, der Stadt der Toten bei nächster Gelegenheit noch einmal einen Besuch abzustatten.

In den folgenden beiden Tagen kamen die drei jedoch nicht dazu. Rechmire hielt sie auf Trab, sodass die Freunde spätabends erschöpft auf ihre Matten fielen. An einen nächtlichen Ausflug in die Nekropole war nicht zu denken.

In diesen zwei Tagen hatte sich das Leben im Palast langsam wieder normalisiert. Das Klima des Misstrauens und der Angst wich langsam. Julian, Kim und Leon blieben jedoch wachsam.

Am Abend des dritten Tages rief Ani sie zu sich an ein Küchenfenster, von dem man in die Palastgärten schauen konnte. Dort arbeitete eine Heerschar von Gärtnern. Sie zupften Unkraut aus den Beeten mit den farbenprächtigen

Blumen, schnitten die Hecken und wässerten die exotischen Bäume.

„Seht nur! Unsere Pharaonin!", rief Ani aufgeregt.

Und tatsächlich, die grazile Gestalt der Königin tauchte keine zwanzig Meter neben dem rechteckigen Teich auf, wo prächtiger Lotus wuchs. Sie kehrte gerade vom täglichen Gebet im Tempel von *Karnak* zurück. Dort hatte sie dem höchsten Gott Amun Opfer dargebracht. Einige Höflinge liefen in gebührendem Abstand hinter ihrer Herrin. Hatschepsut ging auf eines der Gehege zu, die überall im Park verteilt standen und Löwen, Geparde, Hirschantilopen oder Hyänen beherbergten. Etwas huschte über die Rasenfläche und sprang in die Arme der Herrscherin.

„Kija!", erkannte Kim. Voller Bewunderung beobachtete sie die stolze Königin, die jetzt die Katze streichelte.

„Ich glaube, so toll ist ihr Leben auch nicht", wisperte Julian, als hätte er Kims Gedanken gelesen. „Gut, Hatschepsut ist unendlich reich und mächtig, aber ..."

„Sie ist wunderschön", fiel Leon ihm ins Wort. Auf seinem Gesicht lag ein versonnenes Lächeln.

„Ja", fuhr Julian fort. „Aber ich möchte trotzdem nicht mit ihr tauschen. Sie muss dauernd irgendwelche religiösen Rituale ausführen, das Land regieren ... und offenbar ist sie ständig in Gefahr."

Hatschepsut setzte die Katze ab und erreichte einen Löwenkäfig. Das mächtige Tier lief unruhig an den Gitterstäben auf und ab.

„Die Pharaonin liebt Tiere aller Art", erklärte Ani, während er mit seiner Jugendlocke spielte. „Sie geht oft in den Park."

„Ani, komm mal her!", erklang Rechmires Stimme hinter ihnen. „Du musst mir noch etwas auf dem Markt besorgen!"

Seufzend gehorchte Ani, während seine Freunde weiter die Pharaonin beobachteten. Der Löwe war stehen geblieben und schien Hatschepsut zu fixieren. Seine Muskeln spannten sich. Er war bereit zum Sprung. In diesem Moment hörten die Freunde ein schrilles Surren in der Luft. Sie sahen hoch.

„Ein Pfeil!", schrie Leon. Das Geschoss flog genau auf die Pharaonin zu!

Dann ging alles blitzschnell: Hatschepsut stolperte über Kija, die ihr zwischen die Füße gelaufen war und fiel nach vorn. Nur um Haaresbreite verfehlte der Pfeil sein Ziel. Er bohrte sich zitternd in den Stamm einer Akazie. Sofort umringten Leibwächter die gestürzte Pharaonin und schützten sie mit ihren Körpern.

„Der Pfeil kam von dort!", rief Leon und deutete zum Dach der Küche. Er lief in den Hof und sah hinauf. Eine Gestalt floh über das Flachdach.

Während Julian und Kim mit weit aufgerissenen Augen stehen blieben, folgte Leon kurzerhand dem Täter. Über eine Treppe erreichte er das Flachdach der Küche. Dort wäre er fast mit einem Soldaten zusammengestoßen, der ebenfalls die Verfolgung des Attentäters aufgenommen hatte. Der Bogenschütze rannte Richtung Palastmauer, die an die Küche grenzte.

Plötzlich blieb der Soldat stehen und holte mit seinem Speer aus. In einem hohen Bogen flog er auf den Schützen zu. Ein Schrei. Der Speer hatte das rechte Bein des Fliehenden

gestreift. Er taumelte, fiel aber nicht. Humpelnd lief er weiter auf die Mauer zu. Doch dann drehte er sich um. Leon stockte der Atem: Der Mann hatte den Bogen gespannt. Wieder war das todbringende Surren zu hören. Leon warf sich im letzten Moment zu Boden. Der Pfeil schoss knapp über ihn hinweg. Mit einem Fluch schleuderte der Bogenschütze seine Waffe fort und lief weiter zur Mauer. Sein Vorsprung schmolz. Gleich würde ihn der Soldat erreichen. Er hatte seinen Dolch gezückt. Leon hielt sich direkt hinter dem Soldaten. Gerade als der Bogenschütze die Mauer erreichte, packte der Soldat ihn von hinten. Der Attentäter rammte dem Soldaten den Ellbogen in den Magen. Der Soldat krümmte sich vor Schmerz. Ein Schlag traf seine rechte Hand, der Dolch fiel zu Boden. Der Bogenschütze trat dem Soldaten in die Beine, sodass er einknickte und zu Boden fiel. Blitzschnell bückte sich der Attentäter und hob die Waffe auf. Breitbeinig stand er über seinem Opfer und holte aus, um den Soldaten zu erstechen. In diesem Moment erhielt er einen Schlag in den Rücken. Leon hatte sich mit seiner ganzen Kraft von hinten gegen den Attentäter geworfen. Der Mann stürzte vornüber und verlor dabei seine Waffe. Er packte Leon, der halb auf ihm lag, und legte seine Hände um dessen Hals. Das Gesicht des Mannes verriet Wut und eiskalte Entschlossenheit. Leon wollte schreien, aber der Mann hatte ihn fest im Würgegriff. Er schlug und trat um sich. Er bekam etwas zu fassen und zog daran. Leon spürte ein Stück Metall in seiner Hand, dann sah er nur noch Sterne vor seinen Augen. Die Zeit, bis der Druck auf seinen Hals nachließ, schien Leon unendlich. Die Schleier vor seinen Augen wichen. Das Gesicht des Attentäters verschwand. Röchelnd kam Leon auf alle viere. Der Attentäter lag neben ihm, die Augen starr in den blauen Himmel gerichtet.

„Bei Amun! Das war ein Mann der Palastwache", stammelte der Soldat fassungslos. Der Dolch, mit dem er den Attentäter getötet hatte, glitt aus seinen Fingern. Rufe wurden laut. Ein Trupp Soldaten lief auf sie zu. Unterdessen kümmerte sich der Soldat um Leon.

„Alles in Ordnung mit dir?", fragte der Soldat besorgt.

Leon nickte. „Ja", krächzte er.

Erst jetzt bemerkte er, dass er noch immer das Stück Metall in der Hand hielt. Es handelte sich um ein goldenes, mit Edelsteinen verziertes Amulett, das einen Menschen mit einem schwarzen Hundekopf darstellte. Leon fragte die Wachen nach der Bedeutung des Amuletts, doch niemand hatte Zeit, ihm diese Frage zu beantworten. Zwar bedankte man sich bei ihm für seinen Einsatz, schickte ihn dann aber fort. Für das Amulett interessierte sich niemand.

Unschlüssig kehrte Leon in die Palastküche zurück. Dort erwarteten ihn Julian und Kim bereits. Nachdem Leon ausführlich von seiner Jagd auf den unheimlichen Bogenschützen berichtet hatte, zeigte er seinen Fund.

„Keine Frage, das ist der Gott *Anubis*", erkannte Julian sofort. „Er ist der Gott des Totenkults."

„Hhm, dann ist das noch ein Hinweis auf die Stadt der Toten?", schloss Kim daraus.

Leon zuckte mit den Schultern. „Ja, aber das bringt uns auch nicht viel weiter."

Julian untersuchte das Amulett noch einmal und wog es in der Hand. „Eine aufwendige Arbeit und bestimmt sehr wertvoll. So etwas kann sich bestimmt nicht jeder leisten. Schon gar nicht ein einfacher Wachsoldat. Wir sollten das Amulett Ani zeigen. Vielleicht kann er damit etwas anfangen.“

# In der Totenstadt

Als Ani vom Markt zurückkam, trug er in jeder Hand einen Korb mit den verschiedensten Gewürzen.

„Da bist du ja endlich", rief Rechmire aufgeregt. „Gib schon her! Hoffentlich hast du die Beeren des Johannisbrotbaumes nicht vergessen."

Argwöhnisch begutachtete er Anis Einkauf. Dann atmete der Koch erleichtert auf und lief mit den beiden Körben zu einer der Feuerstellen, ein Lied auf den Lippen.

Jetzt konnten Julian, Kim und Leon ihrem Freund Ani von den Ereignissen berichten und das Amulett zeigen.

„Hast du so etwas schon mal gesehen?", wollte Julian von Ani wissen.

Ani stieß einen anerkennenden Pfiff aus.

„He, das ist ziemlich wertvoll! So etwas wird nur in der Nekropole hergestellt. Manche Priester tragen solche Amulette."

„Ani!", brüllte Rechmire aus dem Hintergrund. „Du musst noch mal zum Markt. Ich brauche frischen Honig. Lauf, mein Junge, und keine Widerrede!"

Seufzend flitzte Ani erneut los.

„Wie kommt ein Wachsoldat an ein derart wertvolles Schmuckstück?", rätselte Leon, sobald sie allein waren.

„Für mich gibt es da nur eine Erklärung", meinte Julian. „Wahrscheinlich wurde er damit bezahlt!"

„Ja, das sollte sein Lohn für den Mord an der Königin sein", stimmte Kim ihm zu. „Dann hat der Attentäter also noch Hintermänner!"

Julian nickte. „Das glaube ich auch. Vielleicht der dritte Mann aus der Schenke? Wegen ihm wollten wir doch sowieso noch einmal in die Nekropole. Womöglich finden wir den Goldschmied, der dieses ungewöhnliche Stück hergestellt hat. Und vielleicht kann der sich auch daran erinnern, wem er es damals verkauft hat!"

„Wir können nicht schon wieder alle drei auf einmal verduften. Das fällt auf!", meinte Leon. „Aber vielleicht könnte sich einer von uns krankmelden oder so."

„Den Job übernehme ich", meldete sich Kim freiwillig. „Ich mag Schmuckgeschäfte."

„Du willst wirklich allein in die Totenstadt?", fragte Julian.

„Klar, warum nicht? Macht euch keine Sorgen."

Unter dem Tisch huschte Kija auf sie zu.

„Hallo!", begrüßten die Kinder die schöne Katze begeistert. Schnurrend ließ sich Kija von allen streicheln. Aber schon kam Rechmire wieder auf sie zu. Er schnaufte heftig und sein Bauch sah aus wie ein riesiger Blasebalg.

„Schnell, schnell, Kinder, helft beim Kleinschneiden. Unsere Herrscherin hat den Speiseplan geändert und für heute Geschnetzeltes in Weißwein verlangt!", rief er hektisch.

Nachdem das Mittagessen serviert war, kehrte eine bleierne Stille in der Palastküche ein. Sogar Rechmire gönnte sich eine kleine Auszeit. Er döste auf einem Stuhl vor sich hin, die Hände über dem Bauch gefaltet. Rechmire war glücklich, denn das Geschnetzelte hatte der Herrin vom Nil gemundet.

Auf Zehenspitzen schlich Kim an Rechmire vorbei zur Tür hinaus. Auf samtenen Pfoten folgte ihr lautlos die schöne Katze mit den grünen Augen.

Eine Fähre brachte Kim und Kija sicher auf die andere Nilseite. Bei Tage sah die Nekropole weitaus freundlicher aus als bei Nacht. Gleich neben der Anlegestelle begann der Markt. Einfache Verkaufsstände reihten sich aneinander. Dächer aus Stoffbahnen schützten die Waren – überwiegend Gemüse und Fisch – vor der unbarmherzigen Kraft der Sonne. Ein Schreiber hockte mit einem Schreibbrett, seinen Pinseln und einer Palette im Schatten eines Baumes und bot seine Dienste an.

Ziellos wanderten Kim und Kija umher. Schließlich fragte sie einen Händler, wo sie einen Goldschmied fände. Der Händler deutete vage in die Richtung eines Totentempels. Dort begann ein Gewirr von Gassen, die von einfachen Lehmhäusern gesäumt wurden. Nach ein paar Schritten rümpfte Kim die Nase. Wahrscheinlich war sie in der Straße der Leichenwäscher und Balsamierer gelandet.

Na großartig, dachte Kim. Da wäre sie lieber bei den Fischen in der Küche geblieben.

Sie ging zum nächstbesten Haus und klopfte. Vielleicht konnte man ihr hier den richtigen Weg zeigen.

Eine Stimme rief von innen, dass sie hereinkommen möge. Also trat Kim in das Haus, in dem dämmriges Licht herrschte. Kija blieb vor der Tür sitzen und leckte ihr Fell.

Im Haus schwirrten unzählige Fliegen umher. Der scharfe Geruch nahm Kim fast den Atem. Sie stieß gegen etwas Hartes und erkannte, dass es sich um ein wannenförmiges Becken handelte, in dem etwas schwamm. Das Mädchen schrak zurück: Eine Leiche lag in einer stechend riechenden Lösung.

Das war wahrscheinlich das Natronbad, in das die Toten getaucht wurden, um sie vor dem Balsamieren auszutrocknen. Davon hatten Kim und ihre Freunde schon gelesen.

„Was möchtest du, mein Kind?", fragte nun eine sanfte Stimme.

Kim sah hoch. Sie würgte. Die Stimme gehörte zu einem kleinen Mann mit dunklen, traurigen Augen, der gerade aus einem angrenzenden Raum kam.

„Ist in deiner Familie jemand gestorben?", fragte er hoffnungsvoll. „Ich bin Paheri und erledige Balsamierungsarbeiten stets zur vollsten Zufriedenheit." Er deutete auf die Wanne mit der Leiche. Darüber standen auf einem Brett vier *Kanopen* mit den Eingeweiden des Toten.

„Nein, nein", sagte Kim schnell. Sie atmete flach durch den Mund. „Ich suche einen Goldschmied."

„An unsere Straße schließt sich die Straße der Goldschmiede an", sagte der kleine Mann. „Und falls jemand in deiner Familie sterben sollte, denke immer an Paheri, den Meisterbalsamierer."

„Mach ich", versprach Kim und rannte hinaus. Kurz darauf hatte sie die Straße der Goldschmiede erreicht. Kleine Werkstätten drängten sich aneinander.

Oje, dachte Kim verzweifelt. Wie soll ich hier die richtige Werkstatt finden?

Da fiel der Blick des Mädchens auf Kija. Die Katze huschte plötzlich los, als verfolge sie ein konkretes Ziel. Kim lief dem Tier hinterher. Es flitzte zu einem unscheinbaren Gebäude und setzte sich davor. Einen Moment verharrte Kim unschlüssig vor der Tür. Dann gab sie sich einen Ruck und betrat mit Kija die Werkstatt.

Der Goldschmied war gerade dabei, einen *Skarabäus* aus Silber herzustellen. Der hagere Mann sah von seiner Arbeit auf und musterte die junge Besucherin argwöhnisch.

„Ein Kind und eine Katze", meinte er verdrießlich. „Meine Erfahrung lehrt mich, dass ich mit euch kein gutes Geschäft mache."

„Vielleicht doch", sagte Kim schnell. „Denn ich habe auf der Fähre ein Schmuckstück gefunden, das ich gerne seinem Besitzer zurückgeben will. Und wenn Ihr wisst, wem es gehört, will ich den Finderlohn mit Euch teilen."

Schon hatte Kim das Amulett hervorgezogen und zeigte es dem Goldschmied. Dieser schien zu überlegen, ob er die Geschichte glauben sollte. Kim spürte, wie ihr unter seinem bohrenden Blick heiß wurde. Doch dann sah sich der Goldschmied endlich das Amulett an.

„Natürlich, das kenne ich", sagte der Handwerker etwas freundlicher. „Dieses Stück habe ich selbst gefertigt."

Kims Puls beschleunigte sich. „Das hatte ich gehofft", antwortete sie. „Wisst Ihr noch den Namen desjenigen, für den Ihr diese herrliche Arbeit gefertigt habt?"

„Ich verlange die Hälfte des Finderlohns", sagte der Goldschmied kühl.

„Abgemacht."

Der Goldschmied stand auf und wanderte in der Werkstatt auf und ab. „Tja, leider ist es schon mindestens ein Jahr her, dass ich das Amulett geschaffen habe", murmelte er. „Ich weiß noch, dass es für einen Priester bestimmt war. Aber der Name ..."

„Bitte, erinnert Euch!"

Der Goldschmied ließ eine Minute verstreichen. Kim hatte schon Angst, vor Neugier zu platzen. Doch er schüttelte den Kopf.

„Nein, tut mir leid. Den Namen habe ich vergessen. Ich werde langsam alt. Aber an eines kann ich mich gut erinnern: Der Mann hatte eine lange Narbe auf dem rechten Handrücken."

Kim war wie elektrisiert. Eine Narbe auf der rechten Hand, genau wie der Mann in der Schenke! Schnell verabschiedete sie sich, nachdem sie versprochen hatte, die Hälfte des Finderlohns vorbeizubringen, falls sie den Besitzer des Amuletts finden sollte.

Keine Stunde später waren Kim und Kija wieder bei Julian und Leon in der Palastküche.

„Ja, der Ausflug in die Nekropole hat sich wirklich gelohnt", rief Kim aufgeregt, sobald sie ihren Bericht beendet hatte. „Und das haben wir wieder mal Kija zu verdanken!" Kim nahm die Katze auf den Arm und streichelte sie.

„Zu dumm, dass sich der Goldschmied nicht mehr an den Namen des Käufers erinnern konnte", sagte Julian. „Aber jetzt wissen wir wenigstens, nach wem wir suchen müssen: nach einem Priester mit einer Narbe an der rechten Hand!"

„Du sagst es", stimmte Leon ihm zu. „Ani erzählte doch, dass es einige Priester gäbe, die eine Frau auf dem Pharaonen-Thron untragbar fänden."

# Die verbotene Welt

In den nächsten Tagen hielten die Freunde die Augen auf. Das Auftragen der Speisen in den Prunksälen bot immer wieder Gelegenheit, die Anwesenden genau zu mustern: Wer hatte eine Narbe an der rechten Hand? Zahlreiche Priester gingen im Palast ein und aus. Darunter waren mächtige Männer wie Hapuseneb, der Hohepriester des Amun, oder Senenmut, Wesir und Verwalter des Amuntempels.

Aber keiner von diesen Männern hatte eine Narbe auf der Hand.

Ani versorgte die Freunde immer wieder mit Neuigkeiten. So erfuhren sie, dass der Leiter der Palastwache unmittelbar nach dem letzten Anschlag auf Hatschepsut des Amtes enthoben worden war. Aber neben diesen Fakten gab es auch immer wieder zahlreiche Gerüchte im Palast.

„Habt ihr schon gehört?", wisperte Ani mit Verschwörermiene, als er mal wieder vom Einkaufen auf dem Markt zurückkam. „Der Nubier Inebny soll sich noch in der Nähe von Theben aufhalten!"

Kim zog die Augenbrauen hoch: „Du meinst, dass er hinter dem neuerlichen Anschlag auf die Pharaonin stecken könnte?"

„Ja", meinte Ani. „Vielleicht sinnt er noch immer auf Rache. Aber wenn Inebny wirklich noch hier in der Nähe ist, wird man ihn sicher schnell vertreiben."

Doch es gab keine Festnahmen. Inebny blieb genauso unsichtbar wie der Mann mit der Narbe.

Nach zwei Tagen, die Kinder waren gerade mit ihrer Arbeit fertig, schlug Kim vor: „Wenn der Priester nicht zu uns kommt, dann müssen wir eben zu ihm gehen."

„Wie bitte?"

„Ist doch ganz einfach: Wir müssen uns im Tempelbezirk von *Karnak* umsehen!"

Julian und Leon überlegten kurz, dann nickten sie.

Nachdem sie sich den Weg hatten erklären lassen, liefen sie in der hereinbrechenden Dämmerung zum Hauptheiligtum. Über eine Allee mit widderköpfigen *Sphingen* gelangten sie zunächst zu den Mauern, die den Bezirk der Göttin Mut umschlossen. Dahinter lagen der heilige See und der Tempel mit dem goldenen Schrein der Gottheit. Aber das Tor blieb für drei unbedeutende Küchenhelfer fest verschlossen. Die Tempelwachen ließen sie nicht ein. Nicht besser erging es ihnen im angrenzenden, viel größeren Bezirk des Amun. Staunend standen Julian, Kim und Leon vor dem gewaltigen Pylon, den beiden massiven Türmen, die das Steintor zum Tempel flankierten. Die Türme waren über und über mit Reliefs verziert, die religiöse oder kriegerische Motive zeigten. Masten, an denen Fahnen im Wind flatterten, überragten die Türme noch. Auch hier ließ man die Freunde nicht hinein. Nur Priester und die Pharaonin durften den Tempel betreten. Enttäuscht liefen

sie zum dritten Tempelbereich, der dem Kriegsgott *Month* gewidmet war. Aber die Wachen lachten die Kinder nur aus.

„Was für eine Pleite", jammerte Kim, als sie sich wieder auf den Rückweg machten.

„Macht nichts", tröstete Leon sie. „Einen Versuch war es auf jeden Fall wert."

Schweigend gingen sie weiter.

Julian fühlte sich auf einmal unendlich müde und mutlos. Er sprach das aus, was wohl auch die anderen beiden dachten: „Sollen wir zurückkehren? Zurück in unsere Welt?"

Weder Kim noch Leon antworteten sofort.

„Nein", sagte Kim schließlich. „Ich will noch nicht aufgeben."

„Ich auch nicht", sagte Leon nachdenklich. „Lasst uns noch ein paar Tage warten. Bisher sind wir doch immer einen Schritt weitergekommen. Wir haben das Lokal gefunden und sind dem Priester mit der Narbe auf die Spur gekommen! Das ist doch was. Wir sollten uns nicht so schnell entmutigen lassen."

„Gut", sagte Julian. „Aber wie sollen wir vorgehen?"

Wieder schwiegen sie. Der Weg machte eine sanfte Kurve und die Freunde gelangten zum Nil. Frauen kamen ihnen entgegen. Sie balancierten schwere Wasserkrüge auf ihren Köpfen und wurden von einer Schar vergnügt lärmender Kinder umringt. In der Mitte des Stroms, der im letzten Licht des Tages glitzerte, warfen zwei Fischer ihre Netze aus. Sanft wiegte sich das Schilf im Abendwind.

„Wir sollten weiter die Augen aufhalten", schlug Kim schließlich vor. „Wenn der Täter Hatschepsut töten will, muss er sich ihr nähern."

Kurz darauf hatten die Freunde ihre Kammer im Palast erreicht. Gerade als sie sich auf ihre Matten fallen lassen wollten, kam Ani herein, ein zu einem Bündel gebundenes Tuch über der Schulter.

„He, wo habt ihr gesteckt?", wollte er wissen. Aber er wartete die Antwort gar nicht ab. „Schaut, was ich aus der Küche stibitzt habe!" Er griff in das Bündel und hielt den Freunden etwas herrlich Duftendes unter die Nase.

„Mmh", meinte Leon begeistert. „Honigkuchen!"

„Genau, und dazu gibt es Feigen!", rief Ani und griff erneut in das Bündel. „Aber ich habe noch etwas mitgebracht!" Nun zog er ein Brettspiel hervor. Während sie aßen, erklärte Ani die Regeln. Julian, Kim und Leon erkannten sofort, dass es sich um eine Art Damespiel handelte.

Ani zog die Spielsteine mit einer unglaublichen Geschwindigkeit und gewann im Schein des Öllämpchens ein ums andere Mal. Dabei redete er unaufhörlich und machte Witze über Rechmire. Erst nach zwei Stunden erhob er sich und sagte: „Bei Amun, es ist schon spät. Zeit, dass auch ich mich hinlege. Schließlich ist morgen ein besonderer Tag!"

„So?"

„Ach, ihr armen Unwissenden von der Oase!", lachte Ani. „Wisst ihr denn nicht, dass morgen das große *Opet-Fest* ist?"

Die Freunde zuckten mit den Schultern.

„An diesem Tag verlassen die Götter Amun, Month und Mut ihre Tempel und werden dem Volk gezeigt! Und auch die göttliche Hatschepsut wird zu sehen sein", erklärte Ani strahlend. „Die Priester tragen die Barken der Götter zum Fluss.

Und jeder darf zuschauen! Natürlich werde ich auch da sein – mit meiner ganzen Familie!"

Kims Augen blitzten: „Die Priester, sagst du?"

„Ja, sicher. Nur sie dürfen die Barken der Götter berühren."

„Das ist ja wirklich sehr interessant", meinte Kim vielsagend. „Ich glaube, das Fest sollten auch wir uns nicht entgehen lassen, Jungs!"

# Narbenhand

Weihrauch waberte durch den Tempel, in dem völlige Stille herrschte. Vorsichtig, als wollte er diese heilige Stille nicht stören, zerbrach der Oberpriester mit dem kahl rasierten Kopf das Lehmsiegel, das den Schrein des Amun schützte. Ein feiner Strahl der späten Nachmittagssonne hatte sich in den düsteren Raum verirrt und fiel jetzt auf die sitzende Statue von Amun. Seine große, göttliche Gestalt aus purem Gold blitzte auf. Ehrfürchtig trat der Oberpriester einen Schritt zurück.

„Imen wer er nechnech", flüsterte er. *Amun ist groß in Ewigkeit.*

Dann legte er sich flach auf den Boden, um dem Gott zu huldigen. Amun sah nachdenklich über ihn hinweg, mit kalten Augen aus Gold und einem sanften Lächeln, das ebenso wissend wie machtbewusst war. Nachdem der Oberpriester seine Gebete gemurmelt hatte, erhob er sich wieder und begann, den Gott neu einzukleiden. Heute, am Tag des Opet-Festes, gab er sich noch mehr Mühe als sonst. Amun bekam das beste Leinen, das im ganzen Land gefertigt wurde. Sobald der Oberpriester fertig war, gab er einigen untergeordneten Priestern ein Zeichen. Geräuschlos glitten die Diener des Gottes mit einem hölzernen, bootsförmigen Schrein heran und luden die schwere Statue hinein. Auf ein leises Kommando hoben die

91

Priester die Last an. Der Gott war bereit, sich dem Volk zu zeigen. Der Oberpriester nickte den Männern zu und sie marschierten langsam aus dem Tempel. Über den Handrücken des Priesters, der vorne links ging, verlief eine gezackte Narbe.

Abertausende säumten den Weg, der von den Tempeln in Karnak zum Nil führte. Seit Stunden harrte das Volk aus. Wer konnte, hatte einen Platz möglichst dicht am Tempelbezirk ergattert, der ehrfürchtig *Ipet-isut*, Auserwählte aller Stätten, genannt wurde. In der Menge brodelte es. Und in den Augen vieler Menschen lag ein seltsamer Glanz. Nur einmal im Jahr hatten sie die Gelegenheit, einen Blick auf ihren höchsten Gott zu werfen. Und diesen Moment wollte sich niemand entgehen lassen. Dass auch Hatschepsut, Mut und Month zu sehen sein würden, erhöhte den Reiz. Überall wurde getuschelt und gemurmelt, aber niemand wagte, die Stimme zu erheben. Auch Julian, Kim und Leon wurden von der allgemeinen Aufregung erfasst. Eine Zeit lang hatten sie nach Ani Ausschau gehalten, aber der war mit seiner Familie irgendwo im Gedränge verschwunden.

Nun starrten die Freunde wie alle anderen nervös auf den Soldaten, der allein und völlig regungslos vor dem Pylon des Amuntempels stand. Endlich kam Bewegung in ihn. Der Soldat hob langsam die Hand und reckte sie zum Sonnengott Re. Sofort erstarb jedes Gemurmel im Volk. Ein Musiker erschien neben dem Soldaten und begann, eine Trommel zu schlagen. Erst langsam wie der Schlag eines Herzens. Dann steigerte sich der Trommler, bis seine Hände mit den Schlegeln in einem rasenden Tempo über das Fell jagten. Abrupt stoppte der Wirbel. Alle hielten den Atem an. Endlich kam der Moment, auf den alle gewartet hatten: Das Tor zum Heiligsten des Heiligen öffnete sich. Heraus schritten die Priester mit den Barken, in denen die Götter thronten. Zuerst kam die Barke mit der göttlichen Hatschepsut. Die Anspannung des Volks entlud sich in ohrenbetäubendem Jubel. Die Herrscherin glitt auf einer Woge der Begeisterung an ihren Untertanen vorbei. Mit einem angedeuteten souveränen Lächeln nahm die Pharaonin die Huldigungen entgegen. Sie trug die Doppelkrone, Krumm-stab und Wedel sowie einen feinen Mantel, der mit Hunderten von Diamanten besetzt war.

„Eine schöne Frau", flüsterte Leon verzaubert.

„Was für eine Pracht und ein Reichtum!", sagte Julian fassungslos.

„Ihr sollt nicht auf die schöne Frau achten", spottete Kim, „sondern auf einen Priester mit einer Narbe auf der Hand!"

„Klar, machen wir", entgegneten Leon und Julian schnell. Sie drängten sich ein wenig nach vorn, um die Priester besser im Blick zu haben. Doch die Hände der Priester, die Hatschepsuts Barke trugen, hatten nicht einmal den kleinsten Kratzer. Nun gerieten die Barken der Götter Mut und Month ins Blickfeld der Freunde. Doch auch hier spähten sie vergeblich nach dem verräterischen Zeichen.

Akrobaten und Musiker, die auf *Sistren*, Trommeln und Lauten spielten, folgten. Junge Tänzerinnen wiegten sich zu den schnellen Rhythmen. Am Ende der Prozession kam als letzter Höhepunkt – Amun!

Die Menge wogte hin und her. Die Freunde hatten große Mühe, ihre guten Plätze zu verteidigen. Die goldene Statue kam auf sie zu. Die Gesichter der Priester waren ernst. Schweiß rann ihnen über die Stirn. Ein großer, schwerer Mann schob sich nach vorn und drängte Leon einfach zur Seite. Sein Protest verhallte ungehört. Leon brüllte nach Kim und Julian, doch sie hörten ihn nicht.

So ein Mist!, dachte er. Er wollte sich an seinen alten Platz zurückkämpfen, hatte aber keine Chance. Die Hände, sieh dir die Hände an, ermahnte er sich. Kim und Julian wirst du schon noch wiederfinden.

Leon richtete seinen Blick wieder nach vorn und spähte hinter dem Rücken des Mannes hervor, der ihn abgedrängt hatte. Jetzt war die Statue auf Leons Höhe. Plötzlich erstarrte er. Einer der Priester, der die Barke trug, hatte eine Narbe auf dem rechten Handrücken! Leon schaute noch einmal genau hin. Ja, kein Zweifel: Da war die Narbe! Und was jetzt? Nervös zupfte er an seinem Ohr. Er musste zu seinen Freunden. Leon trat dem großen Mann, der ihn abgedrängt hatte, mit aller Kraft auf den Fuß. Der Trick hatte Erfolg! Der Mann stieß einen Fluch aus und hüpfte auf einem Bein herum. Jetzt konnte Leon sich an ihm vorbeimogeln und zu seinen Freunden gelangen.

„Habt ihr das auch gesehen?", fragte Leon die beiden.

„Klar, das ist unser Mann. Wir müssen an ihm dranbleiben!", rief Kim.

Julian gab ihnen einen Wink. „Kein Problem! Schaut nur!"

Hinter der letzten Barke flutete das Volk auf den Weg und folgte dem Festzug. Julian, Kim und Leon schlossen sich an.

„Sollen wir nicht einfach die Soldaten verständigen?", fragte Julian auf dem Weg zum Nil.

„Nein", antwortete Kim. „Wir haben gegen den Priester nichts in der Hand! Wir brauchen Beweise!"

„Das sehe ich auch so", meinte Leon. „Lasst ihn uns beobachten. Er hat bestimmt noch Helfer. Vielleicht führt er uns zu ihnen!"

„Na gut", gab Julian klein bei. Ihm war nicht besonders wohl bei dem Gedanken, sich an die Fersen eines Mannes zu heften, der nichts unversucht ließ, Hatschepsut zu töten. Aber die Entscheidung war gefallen.

# Im Grab

Die Prozession erreichte den Nil. Dort wurden die heiligen Barken mit den Göttern auf kleine Schiffe gestellt. Das schönste Boot war Amun vorbehalten. Es war über und über mit Gold und Edelsteinen verziert. Gefolgt von den Booten der Pilger glitten die Götter majestätisch flussaufwärts zum Tempel von Theben. Der Tross mit den Priestern, Soldaten, Akrobaten, Musikern, Tänzerinnen und der einfachen Bevölkerung folgte am Ufer.

Julian, Kim und Leon ließen den groß gewachsenen Mann mit der Narbe nicht aus den Augen. Gebete vor sich hin murmelnd schritt er den staubigen Weg entlang.

Der Mann war alt. Seine Haut wirkte ledern, aber er hatte den Gang eines jungen Kriegers, elastisch, fast federnd. Sein Blick war konzentriert nach vorne gerichtet. Zweifellos war er jemand, der sich durchzusetzen wusste. Niemand sprach mit ihm und auch er suchte keinen Kontakt zu anderen. Er blieb allein inmitten der Menge.

Immer wieder hielten die Thebaner an, um an den zahlreichen Altären, die entlang des Prozessionsweges aufgestellt worden waren, Opfer für die Götter darzubringen. In Höhe des Tempels ankerten die Barken auf dem Nil. Unter Trommelklängen wurden die Götter ans Ufer gebracht. Noch einmal hatte das Volk Gelegenheit, einen Blick auf sie zu werfen. Anschließend trugen die Priester die Statuen von Amun, Month und Mut in den Tempel, wo sie die nächsten 27 Tage bleiben würden. Nur die Barke mit Hatschepsut blieb vor den Tempelmauern.

„Mist, jetzt ist der Priester im Tempel verschwunden", schimpfte Kim.

„Abwarten, vielleicht kommt er ja gleich wieder heraus", antwortete Leon.

In diesem Moment ertönte erneut ein Trommelwirbel. Die Pharaonin erhob sich. Augenblicklich kehrte eine gespannte Stille ein. Die Herrin vom Nil ließ ihren kühlen Blick über die erwartungsvolle Menge schweifen. Der Anflug eines Lächelns umspielte Hatschepsuts Mund, als sie mit knappen Worten das Volk einlud, mit ihr zu Ehren Amuns weiterzufeiern. Großer Jubel brach aus, sobald die Pharaonin ihre Ansprache beendet und den Musikanten ein Zeichen gegeben hatte. Fröhliche Melodien erklangen, und die Bewohner Thebens begannen ein Fest zu feiern, das traditionell bis tief in die Nacht dauerte. Wein und Bier flossen in Strömen, es wurde gelacht und getanzt. Alle schienen auf den ersten Blick ausgelassen. Doch wer genauer hinsah, bemerkte die Anspannung, die auf den Gesichtern von Hatschepsuts Leibwächtern lag. Sie passten auf, dass kein Unbefugter sich der Pharaonin näherte. Diener hatten für sie ein Podest aufgebaut. Dort saß Hatschepsut unter einem Sonnensegel auf einem goldenen Thron und nahm die Huldigungen einiger Adliger entgegen. Auf den umliegenden Dächern kauerten Soldaten und beobachteten die Menge, Pfeil und Bogen griffbereit neben sich.

Auch Julian, Kim und Leon blieben auf der Hut. Sie kauften sich an einem Stand Honigbrot und Milch, hockten sich auf eine Mauer und beobachteten den Eingang zum Tempel. Würde der Priester wieder auftauchen? Eine Stunde verging, ohne dass etwas passierte. Allmählich begann es zu dämmern.

Immer wieder betrachtete Julian fasziniert den stattlichen Pylon des Tempels. Verglichen mit der ägyptischen Kultur, die Jahrtausende überdauerte, fühlte sich Julian klein und unbedeutend. War es vermessen von ihm und seinen Freunden, Hatschepsut vor einem mörderischen Komplott schützen zu wollen? Julian seufzte. Vielleicht sollten sie die Heimreise antreten und aufhören, Schicksal zu spielen. Vielleicht sollten sie auch aufhören … Etwas strich an Julians nackten Beinen vorbei.

„Kija!", rief er erfreut. Mit einem Satz sprang die Katze auf seinen Schoß. „Wo kommst du denn her?", fragte Julian.

Kija maunzte zufrieden, als sie von Julian, Kim und Leon gleichzeitig gestreichelt wurde. Plötzlich versteifte sich der Körper der Katze. Sie sprang von Julians Schoß und machte einen drohenden Buckel. Ihre Augen waren auf den Pylon gerichtet. Ihr Schwanz peitschte aufgeregt hin und her. Julian erkannte als Erster, was Kija entdeckt hatte.

„Der Priester! Hinter der Säule!", rief er atemlos.

„Aber wie kann Kija wissen, was …?" Kim brach den Satz ab. Es war klar, dass sie auf ihre Frage keine Antwort bekommen würde. Außerdem blieb ihnen keine Zeit zum Nachdenken. Der Priester drohte aus ihrem Blickfeld zu verschwinden. Gerade huschte er hinter dem Podest entlang. Die Freunde sahen sich an. Ein kurzes Nicken. Und schon schlichen die drei dem Priester unauffällig hinterher. Niemandem in der ausgelassenen Menge fiel es auf, dass die Kinder von der heiligen Katze begleitet wurden.

Eilig lenkte der Priester seine Schritte zum Nilhafen. Auch hier herrschte Feststimmung. Aber der Priester schenkte den Feiernden keine Aufmerksamkeit. Er ging an Bord der Fähre, die bereits voller Passagiere war. Schon gab der Kapitän das Zeichen zum Ablegen. Zwei Männer mit kräftigen Muskeln begannen die Seile zu lösen, mit denen die Fähre am Steg vertäut war. Im letzten Moment sprangen Julian, Kim, Leon und Kija noch auf das Schiff. Ängstlich klammerte sich die Katze an Julian. Voller Panik bohrte sie ihre Krallen in seine Arme. Julian sprach beruhigend auf sie ein.

„Du wirst nie ein guter Seemann werden", flüsterte Julian Kija ins Ohr. „Aber mach dir nichts draus: ich auch nicht."

Die Katze miaute ängstlich.

Wenig später legte die Fähre in der Stadt der Toten an. Der Priester schob sich durch das Gedränge am Anlegesteg und schlug dann den Weg ein, der zum Tal der Könige führte. Über dem Tal thronte ein Berg, der von den Thebanern nur ehrfürchtig der „Gipfel" genannt wurde.

Die Freunde hatten größte Mühe, dem Priester zu folgen. Sie huschten von Hausecke zu Hausecke, von Deckung zu Deckung. Immer bestand die Gefahr, den Mann mit der Narbe aus den Augen zu verlieren. Außerdem mussten Kim, Leon und Julian damit rechnen, dass der Verfolgte sich umdrehen und sie entdecken würde. Der Weg führte stetig bergan. Bald gab es keine Wohnhäuser mehr und die ersten Gräber tauchten auf. Sie lagen noch ein gutes Stück vor dem Tal der Könige und gehörten reichen Händlern und Beamten, die bereits zu Lebzeiten ihre Gräber in den Felswänden anlegen ließen.

Jetzt mussten die Kinder dem Priester einen noch größeren Vorsprung lassen, um nicht entdeckt zu werden. Der Weg führte durch eine Akazien-Allee und machte plötzlich einen scharfen Knick. Dahinter war eine schroffe Felswand zu sehen – sonst nichts! Der Priester war wie vom Erdboden verschluckt. Ratlos sahen sich die Freunde an. Da entdeckte Kim eine etwa mannshohe Öffnung im Gestein.

„Das wird der Eingang zu einem Grab sein", sagte sie. „Da ist der Kerl rein, wetten?"

„Der Eingang ist offen und nicht bewacht", erkannte Leon. „Offenbar ist das Grab noch im Bau, aber heute feiern alle."

„Was will der Priester dann dort?", fragte Julian.

Kim grinste. „Vielleicht sollten wir das jetzt herausfinden?"

Julian ahnte das Schlimmste. „Du willst doch nicht etwa in das Grab?"

„Doch, genau das!", antwortete Kim unternehmungslustig. Schon war sie unterwegs.

„Da mach ich nicht mit", protestierte Julian leise. Aber als er sah, dass Leon und Kija dem Mädchen folgten, überlegte er es sich anders. Er wollte auch nicht allein draußen vor dem Grab warten.

Im Grab war es dunkel und kühl. Es dauerte einige Zeit, bis sich die Augen der Freunde an das Dämmerlicht gewöhnt hatten. Im Eingangsbereich hatten Künstler begonnen, ein Bild von Anubis an die Wand zu malen. Der Gott mit dem Hundekopf wachte über das Portal zum Reich des Todes. Dahinter führte ein Gang ein Stück bergab. Nach wenigen Metern sahen die Kinder kaum noch was. Ein kleines Tier mit flinken Beinen huschte über Julians nackte Füße. Er unterdrückte einen Schrei. Was war das? Eine Ratte? Oder ein Skorpion? Er wollte es lieber gar nicht wissen.

„Stopp!", zischte er. „Das hat doch überhaupt keinen Sinn bei dieser Dunkelheit!"

„Quatsch!", raunte Kim aufgeregt und deutete nach vorn. Und jetzt sah es auch Julian. Ein Stück vor ihnen tanzte ein schwaches Licht.

Vielleicht der Priester mit einer Öllampe, dachte Julian. Vielleicht ein Mörder mit einer Öllampe! Bei dem Gedanken wurde ihm flau im Magen. Aber er lief tapfer seinen Freunden hinterher. Es wurde immer kühler, je tiefer sie in den Berg eindrangen. Es roch modrig. Julian fröstelte. Er tastete zu seinen Füßen nach Kija, konnte sie aber nicht finden.

Nach fünfzig Metern stieß Kim einen unterdrückten Schrei aus. Fast wäre sie in der Dunkelheit gegen den Fels gelaufen. Der Gang schien zu Ende zu sein.

„Hier ist nichts. Lasst uns umdrehen", mahnte Julian. „Draußen wird es inzwischen dunkel sein und wir müssen noch zum Palast zurück."

„Nein", widersprach Kim. „Ich will noch nicht aufgeben."

„Ich auch nicht", stimmte Leon ihr zu. „Der Priester muss doch irgendwo hin sein."

„Hier scheint es weiterzugehen", meldete Kim jetzt. Sie tastete sich an der Wand entlang.

Julian schüttelte den Kopf. Vom Schein des Öllämpchens

war nichts mehr zu sehen. Sie waren von vollkommener Dunkelheit umgeben.

Vielleicht wird das hier *unser* Grab?, durchfuhr es Julian. Panik erfasste ihn, doch abermals ließ er sich nichts anmerken. Auch er tastete sich jetzt am Fels entlang. Plötzlich hörte die Wand auf. Julian vermutete, dass sie in einer Kammer angekommen waren. Aus den Büchern über Ägypten wusste er, dass jedes größere Grab einen Opferraum und eine Gruft hatte, in der die Mumie ruhte. Häufig hatten die Architekten auch sogenannte Blindkammern angelegt, um Grabräuber in die Irre zu führen. Manche Gräber waren auch als Labyrinthe gebaut, aus denen es kein Entkommen gab …

„Psst!", machte Leon in diesem Moment. „Hört ihr das?"

Julian und Kim lauschten angestrengt. Jetzt vernahmen auch sie ein leises Murmeln. Der Priester musste in ihrer Nähe sein, aber er war nicht allein!

Die Freunde gingen ein Stück weiter durch die Dunkelheit, setzten vorsichtig Fuß vor Fuß, verließen die Kammer und gelangten in einen weiteren Schacht. Hier sahen sie auch wieder einen Lichtschein. Julians Herz schlug höher. Der Gang führte auf eine weitere Kammer zu, die Stimmen wurden lauter. Unmittelbar vor der Kammer versteckten sich die Freunde hinter einem Felsvorsprung und lauschten. Jetzt spürte Julian endlich wieder die angenehme Wärme von Kijas Körper und ihr weiches Fell.

„Habt ihr gesehen, wie sich Hatschepsut hat feiern lassen?", rief eine Männerstimme wütend. „Sie hat sich auf eine Stufe mit Amun gestellt! Hatschepsut will ein Gott sein! Aber sie ist eine Frau! Das ist ungeheuerlich!"

Zustimmendes Gemurmel erhob sich.

„Sie hält den wahren Pharao vom Thron fern! Das ist ein Verbrechen!", wetterte der Mann weiter.

Vorsichtig spähten die Kinder hinter dem Felsvorsprung hervor. Der Priester mit der Narbenhand stand in der Gruft, die mit aufwendigen Malereien verziert war und von mehreren Öllämpchen erhellt wurde. Um den Priester hatten sich zehn weitere Männer gruppiert, die dem Redner Beifall spendeten.

„Ja, Hatschepsut muss weg!", rief einer der Männer, der den Kindern den Rücken zuwandte. Er war auffallend dick.

Diese Stimme kam ihnen bekannt vor! Die Freunde sahen sich mit großen Augen an. Sie hatten alle denselben furchtbaren Verdacht.

„Unsere heilige Pflicht ist es, diese Frau vom Thron, der nur einem Mann vorbehalten ist, zu entfernen", fuhr der Priester fort. „Es muss uns endlich gelingen, bei Amun!"

„Recht hast du, Nebamun!", rief der Dicke erneut.

Spätestens jetzt waren die Zweifel der Kinder wie weggeblasen: Der feiste Koch Rechmire gehörte zu den Verschwörern! Doch ein anderer, den die Kinder in der Gruppe viel eher vermutet hatten, fehlte: der Diener von Inebny.

Der Priester Nebamun ballte die Fäuste und rief hasserfüllt: „Thutmosis III. gehört auf den Thron. Er ist der rechtmäßige Erbe. Und Hatschepsut muss sterben!"

„Stellt euch nur vor, wenn der kleine Thutmosis der Herrscher am Nil wäre", schwärmte ein anderer Mann. „Er wäre Wachs in unseren Händen. Wir würden größten Einfluss gewinnen. Das wäre gut für unser Reich ... und gut für unsere Geldbeutel!" Sein Lachen schallte durch die Gruft.

Rechmire stimmte in sein Gelächter mit ein. „Ja, und wir müssten uns nicht mehr in Nebamuns Grab treffen", meinte er. „Wir könnten im Palast unsere Pläne schmieden."

„Dein Platz wird in der Küche bleiben, Rechmire, während ich das Amt des Ersten Hohepriesters des Amun anstrebe", sagte der Priester herablassend. „Aber du wirst der reichste Koch des Reiches sein, wenn es dir endlich gelingt, das Weib zu vergiften."

Rechmire verbeugte sich. „Natürlich weiß ich, wo mein Platz ist, edler Nebamun. Aber an meinen vergifteten Speisen hat es nicht gelegen. Einmal kam mir der Vorkoster dazwischen, beim zweiten Mal die verdammte Katze."

„Du hast versagt", erwiderte Nebamun. „Genauso wie der ungeschickte Bogenschütze, den ich mit einem wertvollen Amulett teuer bezahlt habe. Aber morgen wird Hatschepsut sterben, verlasst euch drauf. Sie will auf ihrem Prunkschiff eine Vergnügungsfahrt unternehmen. Diesen Ausflug wird sie nicht überleben. Entweder wird sie an Rechmires Kochkünsten sterben oder durch einen Dolch. An Bord werden mehrere gedungene Mörder unter den Ruderern sein. Hatschepsut ist so gut wie tot! Uns gehört die Macht!"

„Uns oder dir?", fragte Rechmire in den allgemeinen Jubel hinein.

Nebamun sah den Koch scharf an und tippte ihm mehrmals auf die Brust: „Noch so eine Frage, Rechmire, und die Schakale dürfen sich über einen äußerst wohlgenährten Happen freuen – nämlich über dich! Solange ich dich bezahle, hast du zu gehorchen und zu schweigen!"

Die Freunde hatten genug gehört. Sie nickten sich zu und

wollten ganz leise den Rückweg antreten, um die Pharaonin zu warnen. Als sich Leon aufrichtete, knackte sein Knöchel laut und vernehmlich. Die Freunde duckten sich wieder und hielten die Luft an.

„Was war das?", fragte Nebamun mit dröhnender Stimme.

Die Freunde warfen sich bange Blicke zu. Hoffentlich wurden sie nicht entdeckt!

„Das kam von da drüben", hörten sie einen der Männer sagen.

Dann war wieder Nebamun zu hören: „Ich sehe mal nach."

Die Freunde machten sich klein, winzig klein. Julian schloss die Augen.

Sandalen klapperten über den felsigen Boden. Das Geräusch kam rasch näher. Dann tauchte ein Gesicht über den dreien auf. Nebamun hatte sich über den Fels gebeugt.

„Ja, wen haben wir denn da?", fragte der Priester mit einem fiesen Grinsen.

Blitzschnell sprangen die Freunde auf und wollten wegrennen. Doch der Priester bekam mit einer Hand Kim zu fassen. Mit der anderen zog er einen Dolch hervor und drückte ihn dem Mädchen an den Hals. Kim spürte das kalte Metall an ihrer Haut. Die Klinge war furchtbar scharf. Das Mädchen rührte sich nicht. Dennoch ritzte der Dolch ihre Haut auf. Warmes Blut begann an Kims Hals herunterzulaufen.

„Bleibt stehen!", brüllte Nebamun den beiden Jungen hinterher. „Sonst töte ich das Mädchen!"

# Der Kampf

Julian und Leon fuhren herum. Als sie erkannten, in welcher Gefahr Kim schwebte, machten sie augenblicklich kehrt. Auch Kija wandte sich um.

„Lauf weg", schrie Julian sie an, doch die Katze blieb.

„So ist es brav", sagte der Priester, als die Jungen und die Katze vor ihm standen. Er besah sich das Tier genauer und stieß einen überraschten Laut aus. „Wenn mich nicht alles täuscht, ist das dieses Mistvieh Kija! Was für ein bemerkenswerter Fang!" Er gab seinen Komplizen ein Zeichen: „Fesselt die Kinder!"

„Womit?", kam es zurück.

„Schaut euch einfach mal um", rief Nebamun ärgerlich. „Irgendwo haben die Handwerker bestimmt etwas liegen gelassen, das ihr verwenden könnt."

Rechmire war es schließlich, der mit einem Strick auftauchte. Umständlich begann er, die Kinder zu fesseln. Leon faltete die Hände vor dem Bauch, als würde er beten. Als Rechmire den Strick um seine Gelenke legte, spreizte der Junge die Hände leicht auseinander. Der Koch ging zu Kim, und Leon probierte, ob sein Trick funktioniert hatte. Sein Atem ging schneller. Tatsächlich, wenn er die Hände entspannte, saß die Fessel relativ locker …

108

„Wie könnt ihr es wagen, uns zu belauschen?", zischte Rechmire Kim zu.

„Wie kannst du es wagen, dich gegen die Pharaonin zu erheben, du dickes Nilpferd?", antwortete Kim, die nichts von ihrer Schlagfertigkeit verloren hatte.

„Halt deinen vorlauten Mund!", schimpfte der Koch wütend.

„Mir scheint, ihr kennt euch", sagte Nebamun, der die Szene interessiert beobachtet hatte.

„Ja", gab Rechmire zu. „Die drei arbeiten bei mir in der Küche."

„Ach?", sagte der Priester. „Dann hast du die Kinder womöglich auf unsere Spur gebracht, Rechmire!"

Der Koch wich zurück, bis er mit dem Rücken die Wand des Grabes berührte. „Nein, nein", stotterte er. „Ganz sicher nicht!"

Der Priester kam auf ihn zu. Den Dolch hatte er noch in der Hand. „Bist du dir da ganz sicher, Köchlein? Wer sagt mir, dass du nicht unvorsichtig warst und nicht auch die anderen aus der Palastküche auf dem Weg hierher sind? Bei Osiris!"

„Ich", stammelte Rechmire, die Augen weit aufgerissen. „Ich versichere es dir!"

„Dein Versprechen ist nichts wert, weil du Angst hast." Nebamuns Worte hallten wie Peitschenschläge durch die Gruft. „Angst um dein jämmerliches Leben. Du solltest froh sein, es auf dem Altar von Amun zu opfern. Du Nutzloser, du gefährdest die ganze Aktion. Aber zu dir komme ich später." Der Priester wandte sich an die Kinder. „Nun zu euch: Was habt ihr hier verloren? Und vor allem: Wer hat euch geschickt?"

„Niemand", antwortete Julian fest. „Wir brauchen niemanden, der uns den Weg zeigt. Wir selbst waren es, die dir auf die Schliche kamen. Die Narbe auf deiner Hand war es, die uns hierherführte."

Im Hintergrund atmete Rechmire hörbar auf.

„Die Narbe?" Nebamun war einen Moment irritiert. Gedankenverloren rieb er sein Kinn. „Das spielt auch keine Rolle mehr", sagte der Priester dann schnell. „Jedenfalls können wir es uns nicht leisten, euch am Leben zu lassen. Aber hier können wir euch schlecht beseitigen. Hat jemand einen Vorschlag?"

„Ja", meldete sich Rechmire diensteifrig und unterwürfig. „Wir könnten sie den Krokodilen vorwerfen. Das würde keine Spuren hinterlassen. Und die Krokodile haben immer Hunger."

„Stimmt, das haben sie mit dir gemeinsam", erwiderte Nebamun mit eisiger Stimme. „Aber so schlecht ist dein Vorschlag nicht."

Als die Kinder und die Katze, umringt von den Verschwörern, aus dem Grabeingang traten, war die Sonne bereits untergegangen. Die Männer verließen den Weg und trieben die Freunde über einen Trampelpfad Richtung Nekropole.

Julian machte sich jetzt große Vorwürfe, dass er seine Freunde auf die Zeitreise mitgenommen und sie in so große Gefahr gebracht hatte. Warum, so fragte sich Julian, warum nur hatte er nicht geschwiegen und das Geheimnis von Opa Reginald für sich behalten? Es war nicht gefährlich, solange man es in Ruhe ließ. Doch Julian hatte seinen Gefährten die

110

Tür zu diesem verbotenen Raum geöffnet. Jetzt gab es kein Zurück mehr. Kim, Leon, Kija und er selbst waren so gut wie tot. Und er, Julian, war schuld.

„Es tut mir leid, dass ich euch in Gefahr gebracht habe", sagte Julian leise und traurig.

„Das braucht es nicht", meinte Kim. „Wir wollten doch selbst die Zeitreise machen."

„Ja", stimmte Leon zu und versuchte, zuversichtlich zu klingen. „Und vielleicht haben wir ja noch eine Chance." Immer wieder bewegte er die Hände in der Fessel. Seine Gelenke waren schon ganz wund. Doch Leon hatte das Gefühl, dass die Fessel immer weiter wurde – Millimeter für Millimeter. Womöglich würde es ihm gelingen, die Fessel ganz abzustreifen.

„Haltet endlich die Klappe", schnauzte Nebamun die Kinder an.

Schweigend und mit gesenkten Köpfen stolperten Julian, Leon und Kim über den steinigen Weg.

Kurz darauf tauchte der Nil vor ihnen auf – ein breites, silbernes Band im Mondlicht. Am seichten Ufer, gut vom Schilf verborgen, lagen zwei lange Kanus. In das eine kletterten Nebamun, Rechmire und die Kinder, in das andere die übrigen Verschwörer. Der feiste Koch hockte vorn im Boot und begann, das Kanu vom Ufer wegzustaken. In der Mitte saßen Leon, dann Kim und schließlich Julian und Kija. Ganz hinten stand Nebamun und tat es Rechmire gleich. Konzentriert steuerten die Männer das Kanu in die Mitte des Stromes.

Leon war immer noch damit beschäftigt, seine Hände zu bewegen und die Fessel weiter zu lockern. Ganz vorsichtig, denn er hatte Angst, dass man sein Tun entdecken könnte.

Also beugte er den Oberkörper weit nach vorn. Sobald das Boot etwa die Mitte des Stromes erreicht hatte, tauchten im Wasser längliche Schatten auf: Die ersten Krokodile schwammen heran. Leon begann zu schwitzen. Er musste die Fessel schnell loswerden. Die Zeit wurde knapp! Verbissen arbeitete er weiter und verdrängte den Schmerz, der seine Arme hinaufkroch wie ein lähmendes Gift.

„Stopp!", rief Nebamun in diesem Moment. „Ich würde sagen, hier ist ein guter Platz, um uns von unseren Gästen zu verabschieden. Springt!"

Leon schloss die Augen und riss seinen rechten Arm mit voller Wucht zurück – er war frei!

Als die Kinder sitzen blieben, befahl der Priester dem Koch gereizt: „Los, Rechmire, wirf die Bande über Bord."

Schwerfällig erhob sich der Dicke. Leon reagierte blitzschnell: Er sprang auf, entriss dem verdutzten Koch das Ruder und stieß ihn damit über Bord. Mit einem lauten Platschen fiel Rechmire in den Nil. Leon drehte sich um, packte das Ruder wie eine Lanze und ging damit auf den Priester los.

„Na warte!", brüllte Nebamun. Er ließ sein Ruder los und zückte den Dolch. Das Kanu begann zu schaukeln und zu schlingern und trieb führerlos im Fluss. Der Priester hob den Dolch und wollte ihn auf Leon schleudern. Plötzlich schrie Nebamun vor Schmerz auf: Die Katze hatte ihre Zähne in den Arm geschlagen, mit dem er die Waffe führte. Nebamun ließ den Dolch fallen. Kija verpasste dem Priester mit ihren scharfen Krallen tiefe Kratzer im Gesicht. Der Priester schwankte, dann fiel auch er ins Wasser. Mit einem Satz brachte sich Kija auf dem schmalen Kahn in Sicherheit.

„Hilfe! Holt mich hier raus!", flehte Nebamun seine Komplizen an, die sofort auf ihn und Rechmire zupaddelten. Während die Besatzung des zweiten Kanus damit beschäftigt war, die beiden zu bergen, hob Leon den Dolch auf und durchschnitt die Fesseln von Kim und Julian.

„Mensch, super! Das war knapp!", lobte Julian den Freund. „Danke für die Rettung in letzter Minute!"

„Freu dich nicht zu früh!", rief Leon. „Die werden nicht so schnell aufgeben!" Mit aller Kraft stieß er das Paddel in die Fluten. Die Schmerzen in seinen Händen spürte er nicht mehr.

Leon sollte Recht behalten. Die Komplizen hatten Nebamun und Rechmire an Bord gehievt, bevor die hungrigen Krokodile mit ihrer Mahlzeit begonnen hatten. Jetzt nahmen die Verschwörer die Verfolgung der Kinder wieder auf. Rasch kam ihr Boot näher.

Mit nur geringem Vorsprung erreichten die Kinder das Ufer. Das Kanu rauschte ins Schilf. Die drei sprangen von Bord, rannten die sanfte Böschung hinauf und flitzten Richtung Palast, die Katze dicht an ihrer Seite. Hinter sich hörten sie die Stimmen der Verschwörer.

„Wir schaffen es, wir schaffen es!", feuerte das Mädchen die Freunde an. „Wir sind zu … Aua!" Mit einem Schrei brach Kim zusammen. Sie war umgeknickt. Ein höllischer Schmerz jagte durch ihr Bein. Mit zusammengebissenen Zähnen wollte Kim aufstehen und weiterhumpeln, aber es ging nicht.

„Lauft weiter!", herrschte sie Leon und Julian an. „Ich verstecke mich hier irgendwo!"

„Quatsch!", sagte Leon. Er versuchte, Kim zu stützen.

„*Das* ist Quatsch", antwortete Kim. Tränen standen ihr in den Augen. „So sind wir zu langsam. Ihr müsst euch retten, lauft endlich weiter!"

„Nein", sagten Leon und Julian wie aus einem Munde. „Wir werden dich auf keinen Fall allein zurücklassen."

Kim sah sich um. Die Männer stürmten auf sie zu. Gleich würden sie die Kinder erreichen.

„Wenigstens einer von uns muss Hilfe holen!", flehte sie die Freunde an.

Julian und Leon blickten sich kurz an. Leon nickte. Julian hatte verstanden und rannte los.

Rasch krabbelten Leon, Kim und Kija in ein Gestrüpp am Wegesrand. Dornen zerrissen die Kleider der Kinder. Sie kauerten sich dicht aneinander. Die Stimmen der Verschwörer wurden lauter.

„Wo sind die hin?", fluchte Nebamun. „Gerade habe ich sie noch gesehen."

„Keine Ahnung", gab Rechmire zurück. „Aber weit können sie nicht sein. Vielleicht haben sie sich hier irgendwo versteckt."

„Dann sucht gefälligst! Vor allem du, Köchlein, denn dir haben wir den ganzen Ärger zu verdanken. Und bete zu Amun, dass du diese Kinder schnell findest!"

# Ein verräterischer Dolch

Julian rannte, bis seine Lungen brannten. Der Schmerz zwang ihn, das Tempo zu verlangsamen. Vor ihm tauchten Lichter auf – Julian hatte die ersten Häuser Thebens erreicht. Ausgelassenes Gelächter und fröhliche Musik waren zu hören. Das Opet-Fest war anscheinend noch in vollem Gang. Die ganze Stadt war ein einziger Festplatz. Angsterfüllt warf Julian einen Blick über die Schulter. Offenbar waren die Verfolger zurückgefallen. Erleichtert wankte er auf eine Gruppe von Feiernden zu, die vor dem Lehmhaus eines Spiegelmachers stand und im Schein der Fackeln ein Lied grölte.

„Wir brauchen Hilfe!", rief Julian, als er die fröhliche Runde erreicht hatte.

„Wir auch!", lallte der Spiegelmacher. „Wir brauchen jemanden, der uns neuen Wein holt! Der Krug ist bald leer!" Er brach in schallendes Gelächter aus. Eine junge Frau schmiegte sich an ihn und kicherte albern. Auch die anderen Gäste amüsierten sich königlich. Unter ihnen waren auch zwei Soldaten.

„Bitte, es geht um Leben und Tod!", flehte Julian. „Meine Freunde schweben in großer Gefahr."

„Beruhig dich, Junge", sagte der Spiegelmacher und goss sich Wein aus dem Tonkrug nach. „Heute feiern wir das Opet-

Fest. Niemandem geschieht etwas und alle sind fröhlich, oder?"

„Genau!", riefen die anderen.

Julian ging auf einen der beiden Soldaten zu. „Ihr müsst mir helfen. Da drüben sind …" Julian brach den Satz ab. Der Soldat glotzte ihn mit glasigen Augen an. Von diesem Betrunkenen konnte Julian keine Hilfe erwarten. Er warf einen schnellen Blick auf den anderen Soldaten. Vielleicht war mit dem mehr los. Irrtum. Der Mann stützte sich auf seinen Speer und schwankte bedenklich. Mit den Typen konnte Julian nicht viel anfangen. Oder vielleicht doch? Julian hatte eine Idee. Er bückte sich und hob einen Stein auf.

„He, ihr Säufer!", brüllte er. „Ihr bekloppten, rotnasigen, besoffenen und stinkenden Trinker!"

Der Mund des Spiegelmachers klappte auf. „Wie hast du uns genannt?"

„Blöde Säufer!", wiederholte Julian laut und machte einen Schritt zurück. Dann hob er den Stein und schmetterte ihn gegen den Weinkrug. Das Gefäß zersprang in tausend Stücke und der Rotwein ergoss sich in den Staub.

„Na warte!", brüllte der Spiegelmacher und stürmte auf Julian zu.

Der Junge drehte sich um und begann wieder zu rennen – diesmal in die Richtung seiner Freunde. Der Spiegelmacher und seine Gäste verfolgten Julian mit einer Geschwindigkeit, die dieser ihnen in ihrem Zustand nicht zugetraut hätte. Nach einem energischen Sprint erreichte Julian die Stelle, wo er sich von seinen Freunden getrennt hatte. Doch von Kim und Leon war nichts zu sehen. Panik beschlich Julian: Hatten die Verschwörer die beiden etwa schon geschnappt? Keuchend blieb er stehen. In diesem Moment sprang ihn eine Gestalt an und warf ihn zu Boden.

„Einen hab ich!", brüllte Nebamun. Seine Komplizen tauchten aus der Nacht auf und umzingelten Julian. Hasserfüllte Gesichter starrten ihn an. Er wollte schreien, aber Angst schnürte ihm die Kehle zu.

„Bringen wir es hinter uns", sagte der Priester und zog den Dolch.

„Halt!", stoppte ihn ein scharfer Ruf.

Nebamun hielt inne. Seine Männer bildeten eine Gasse. Einer der beiden betrunkenen Soldaten kam heran. Julian stellte zu seiner Überraschung fest, dass der Soldat auf einmal ziemlich nüchtern wirkte.

„Was geht hier vor?", wollte der Soldat wissen. Hinter ihm tauchten der Spiegelmacher und die anderen auf.

„Nichts!", antwortete Nebamun rasch und wollte den Dolch verschwinden lassen.

„Ein Priester mit einem Dolch?", argwöhnte der Soldat. „Und ein Priester, der einen Jungen erstechen will? Der Kleine hat für seine große Klappe zweifellos eine Tracht Prügel verdient, aber nicht den Dolch! Du bist festgenommen, Priester!"

„Was fällt dir ein?", schnauzte Nebamun den Soldaten an. „Weißt du nicht, wen du vor dir hast?"

Der Soldat richtete seinen Speer auf die Brust des Priesters: „Es ist mir egal, welchen Rang du hast. Du bist bis zur Klärung des Sachverhalts festgenommen. Und deine Freunde gleich mit!"

Nebamun verschränkte die Arme und sagte mit einem fiesen Grinsen: „Dich scheint der Wein übermütig zu machen, Soldat. Ich rieche, dass du während deines Dienstes getrunken hast. Lass uns gehen, und ich will kein Wort über diesen Vorfall verlieren."

Julian erkannte zu seinem Entsetzen, dass der Soldat unsicher wurde. Auch der andere Soldat schien zu überlegen, ob sie die Sache nicht lieber auf sich beruhen lassen sollten.

„Lasst euch nicht beirren!", rief Julian. „Der Priester und die anderen sind Verschwörer. Sie wollen die Pharaonin Hatschepsut töten! Sie stecken hinter den Mordanschlägen der letzten Tage."

Die Soldaten starrten ihn ungläubig an. Da tauchten zwei Kinder und eine Katze auf.

Julians Herz machte einen Sprung – Leon, Kim und Kija waren am Leben!

„Er hat Recht!", rief Kim den Soldaten zu.

„Wer seid ihr nun wieder?", wollten die Soldaten wissen.

„Das sind meine Freunde", sagte Julian. „Und das ist Kija, die heilige Katze von Hatschepsut!"

Die Soldaten beugten sich über das Tier.

„Tatsächlich, bei Amun, ihr sagt die Wahrheit – das ist Kija", meinten sie ehrfürchtig. „Wir müssen Kija sofort zur Pharaonin bringen. Und ihr kommt alle gleich mit! Sollen die im Palast entscheiden, was mit euch geschehen soll!"

# Ein letzter Gruß

Am nächsten Morgen, kurz nach Sonnenaufgang, flog die Tür zu der kleinen Kammer auf und Ani platzte herein.

„He, im ganzen Palast redet man nur über euch!", rief er begeistert.

Schlaftrunken blinzelten Julian, Kim und Leon ihren ägyptischen Freund an.

„Hat es euch die Sprache verschlagen?", fragte Ani lachend. „Hopp, aufstehen! Auch wenn Rechmire, der elende Verräter, im Gefängnis schmort, gibt es in der Küche viel zu tun!"

„Langsam, langsam", versuchte Julian ihn zu bremsen. „Die Nacht war kurz und ..."

„Ihr müsst mir alles erzählen", unterbrach Ani ihn. „Wartet, ich bringe euch einen Krug mit frischem Wasser, das wird euch munter machen." Schon war er verschwunden und tauchte keine zwei Minuten später wieder auf. „Los, und jetzt berichtet!", bat Ani.

Die Freunde nickten. Und dann erzählten sie Ani alles. Von den geheimen Treffpunkten der Verschwörer im Gasthaus „Zum Krokodil" und im Grab, vom Kampf auf dem Nil und von den angeheiterten Soldaten, die ihnen schließlich das Leben gerettet hatten.

Noch in der Nacht waren die Freunde und die Verschwörer

zu Hatschepsut gebracht worden. Nebamun und seine Männer hatten alle Intrigen und Anschläge abgestritten. Also hatte die Pharaonin den Goldschmied herbringen lassen, den Kim in der Nekropole aufgestöbert hatte. Und der hatte in Nebamun den Mann wiedererkannt, für den er das mit Gold und Edelsteinen verzierte Amulett angefertigt hatte.

Der Priester hatte nun eingesehen, dass alles Leugnen nichts nutzte. Er hatte zugegeben, dass er mit diesem Amulett den Attentäter bezahlt hatte, der in den Palastgärten den Pfeil auf Hatschepsut geschossen hatte. Auch Rechmire hatte ein Geständnis abgelegt. Nebamun habe ihm Gold und ein großes Stück Land versprochen, wenn er Gift in die Speisen der Pharaonin mischen würde.

Hatschepsut hatte sich das alles regungslos angehört und dann gesagt: „Amun liebt mich, aber euch nicht. Deshalb hat er mich beschützt." Dabei hatte sie Julian, Kim und Leon mit einem anerkennenden Blick bedacht. „Er hat mir Kija geschickt und diese drei klugen Kinder. Ab sofort stehen sie unter meinem persönlichen Schutz." Schließlich hatte sie mit ihren Fingern geschnippt und ihren Schatzmeister kommen lassen. „Gib ihnen Gold, jedem eine Handvoll."

An diesem Punkt beendeten die drei Freunde ihre Erzählung.

Ani sah sie begeistert an. „Jetzt seid ihr reich! Was für eine göttliche Fügung: Vor Kurzem wart ihr noch drei Waisenkinder. Und jetzt steht ihr unter dem persönlichen Schutz der Pharaonin! Aber Nebamun, Rechmire und die anderen werden den Zorn der Göttin zu spüren bekommen. Bestimmt wird es noch heute einen Prozess geben – unter dem Vorsitz des strengen Wesirs. Aber sagt mir noch eins: Welche Rolle spielte Inebny in der Sache?"

„Er hatte mit den ganzen Anschlägen nichts zu tun", erklärte Julian. „Inebnys Diener hat in dem Gasthaus von Nebamun angeblich einen magischen Trank gekauft, der Hatschepsuts Herz umstimmen sollte, damit sie sich in Inebny verlieben würde."

„Eine Art Liebestrank", lachte Kim. „Aber ganz offensichtlich völlig nutzlos! Auch das hat Nebamun zugegeben."

„Prima", freute sich Ani. „Aber jetzt lasst uns in die Küche eilen. Wenn ich nur daran denke, was ich den anderen im Palast noch alles erzählen muss … Ich glaube, Ani wird heute ein äußerst gefragter Küchenhelfer sein!"

Gegen Mittag wurden Julian, Kim und Leon zum Marktplatz geschickt, um Gewürze zu kaufen. Kim konnte schon wieder gut laufen. Die Schmerzen in ihrem Knöchel hatten nachgelassen. Ein heißer Wüstenwind, der Feueratem der Göttin *Sachmet*, wirbelte durch Theben. Julian, Kim und Leon liefen am Nil entlang. Ein Bauer stand an einem Kanal und schöpfte mit einem *Schaduf* Wasser, während ein Händler zwei Esel, die mit Stoffen hoch beladen waren, zur Eile antrieb. Frauen knieten am Ufer des Nils und wuschen Wäsche.

„Denkt ihr, was ich denke?", fragte Julian.

„Ja, unsere Reise geht zu Ende", sagte Kim und seufzte. „Wir wissen nun, wer hinter den Mordanschlägen steckt, von denen in den Geschichtsbüchern die Rede ist. Aber ich werde Kija total vermissen."

„Ja, und Ani auch", ergänzte Leon. „Unser Freund ist echt in Ordnung. Wir sollten ihm etwas zum Abschied schenken."

„Habe ich auch gedacht", meinte Julian. „Wir könnten ihm das Gold geben. Er kann es bestimmt gut gebrauchen."

„Er würde es niemals annehmen", gab Leon zu bedenken.

„Dann dürfen wir ihm eben keine Wahl lassen", meinte Kim. „Kommt Jungs, wir legen ihm das ganze Gold unter seine Matte."

„Wir müssen aber noch einen Brief verfassen", erklärte Julian. „Dafür brauchen wir einen Schreiber."

Einen Schreiber fanden sie kurz darauf auf dem Marktplatz.

„Würdest du für uns eine Botschaft schreiben?", fragte Julian den Gelehrten.

„Natürlich, bei *Thot*, dafür bin ich ja hier." Schon hockte sich der Schreiber hin, strich den *Papyrus* auf seinem Schreibbrett glatt und nahm den Pinsel zur Hand. „Wie lautet der Text?"

Julian diktierte: „Lieber Ani, du warst uns ein sehr guter Freund. Aber jetzt müssen wir in die Welt zurückgehen, aus der wir gekommen sind. Leider können wir dir das nicht genauer erklären. Aber vielleicht sehen wir uns einmal wieder. Unter deiner Schlafmatte liegt ein Geschenk für dich. Und pass gut auf Kija auf!"

Der Schreiber setzte den Pinsel ab. „Ist das alles?"

Julian bezahlte den Gelehrten und rollte den Papyrus zusammen. Dann liefen die Freunde zu den Unterkünften der Diener zurück und versteckten den Beutel mit Gold unter Anis Schlafstätte. Vor der Tür gaben sie den Brief einem Mädchen, das ihn Ani bringen sollte.

„Hoffentlich kann Ani überhaupt lesen", meinte Kim nachdenklich, als sie wieder auf dem Weg in die Innenstadt waren.

„Vermutlich nicht", meinte Julian. „Aber dann wird es ihm jemand vorlesen."

Die Freunde liefen auf den Hafen zu und kamen noch einmal am mächtigen Tempel vorbei.

„Was für eine Pracht", flüsterte Julian ehrfürchtig und blieb stehen.

„Komm, Julian, lass uns weitergehen, bevor man uns in der Küche vermisst und womöglich nach uns sucht", bat Kim.

Nur ungern trennte sich Julian von dem einzigartigen Anblick. Wenig später gelangten sie in den Hafen. Nach einigem Suchen fanden sie die große Dattelpalme neben dem Ziehbrunnen und dem verfallenen Haus wieder, wo sie am ersten Abend in Theben gelandet waren. Weit und breit war niemand zu sehen. Die Bauern, die in den wenigen umliegenden Häusern lebten, hatten sich offenbar vor den sengenden Strahlen der Sonne zurückgezogen.

Plötzlich war ein Miauen zu hören. Die Kinder fuhren herum. Kija kam auf sie zu!

„He, was machst du denn hier?", rief Leon erfreut. Er und seine Freunde knieten sich hin und streichelten das schöne Tier. Kija schnurrte.

„Ich werde dich ganz fürchterlich vermissen", sagte Kim noch einmal. Sie nahm die Katze auf den Arm und drückte sie fest an sich. Kim sah in den klaren blauen Himmel, damit die Freunde ihre Tränen nicht bemerkten. Aber dann hörte Kim unterdrücktes Schniefen – sowohl von Leon als auch von Julian.

Nachdem die Freunde von Kija ausgiebig Abschied genommen hatten, stand Leon schließlich als Erster auf.

„Wir müssen los", sagte er bestimmt. „Kommt!"

Nur widerwillig trennte sich Kim von der Katze und ging mit den anderen auf den Baum zu. Leon wagte als Erster den entscheidenden Schritt. Zunächst schien es, als würde er gegen die Palme laufen. Doch plötzlich war Leon verschwunden. Julian folgte ihm.

Kija beobachtete die Szene mit schief gelegtem Kopf. Es war ihr deutlich anzusehen, dass ihr das alles überhaupt nicht gefiel. Und als auch noch Kim in der Palme zu verschwinden drohte, kam Bewegung in ihren eleganten Körper. Mit einem Satz sprang sie in Kims Arme.

„Du kannst nicht mit, Kija! Du musst zurück zu Hatschepsut, deiner Pharaonin! Wer soll denn sonst auf sie aufpassen?", rief Kim verzweifelt.

Kija sah sie aus großen, warmen Augen an und zwinkerte ihr zu. Und da hatte Kim verstanden. Sie presste das Tier fest an sich, zählte leise bis drei und ging in den Baum hinein. Die Freunde wurden in einen schwarzen Strudel gezogen. Plötzlich waren sie wieder im Zeit-Raum „Tempus" gelandet.

# Die Rückreise

Tempus empfing die Freunde mit bebendem Boden, schwankenden Wänden und ächzenden Türen. Auch jetzt war das Licht diffus und durch einen feinen bläulichen Nebel gedämpft. Ein furioses Durcheinander von Geräuschen stürmte auf die Freunde ein. Plötzlich war ein lautes Krachen zu hören: Die Pforte mit der Zahl 1478 vor Christus war zugeschlagen.

„Raus, wir müssen hier raus!", brüllte Leon gegen den Orkan aus Lärm an.

„Großartige Idee", rief Kim. „Hast du auch eine Ahnung, wo der Ausgang ist?"

Leon schüttelte den Kopf. Da erblickte er die Katze und sah Kim fragend an.

„Sie wollte unbedingt mit", sagte Kim.

„Ich glaube, Kija hat eine Idee", schrie Julian in diesem Augenblick. „Seht nur!"

Die Katze lief los. Ihr Fell war gesträubt und verriet höchste Anspannung, wenn nicht sogar Angst. Die Freunde folgten dem Tier. Zielstrebig flitzte Kija über den pulsierenden Boden. Plötzlich tauchte eine weitere Tür auf, die sich allerdings von den anderen unterschied. Über ihr stand keine Jahreszahl, aber dafür war ihr Rahmen mit vielen Symbolen verziert: Sonnen, Mondsicheln, Sternen, dämonischen Fratzen und Totenköpfen.

Julian erkannte die Tür sofort wieder. „Hier sind wir hereingekommen." Schon hatte er den Türgriff gepackt und daran gezogen. Schwerfällig, fast widerwillig, schwang die Tür auf. Rasch drängten sich die Kinder und die Katze hindurch. Das Tor zur Zeit schloss sich hinter ihnen.

Still und friedlich lag die alte Bibliothek vor den Freunden.

„Seid ihr okay?", fragte Julian. Er konnte es noch nicht richtig fassen, dass sie wieder zurück waren.

„Ja", antworteten Leon und Kim gleichzeitig. Ihre Stimmen klangen seltsam heiser.

„Und Kija, ich meine, es kann doch gar nicht ..." Julian sprach den Satz nicht zu Ende. Er beugte sich zu dem Tier und sah in ihre rätselhaften grünen Augen. Kija maunzte. „Sie ist es", meinte Julian verdattert. „Es ist unsere Kija. Und sie ist jetzt etwa 3500 Jahre alt!"

„Nach dieser Reise wundert mich überhaupt nichts mehr", sagte Kim und grinste. „Ich bin froh, dass es Kija so gut geht."

Die Katze begann, neugierig und ohne jede Scheu durch den Raum zu stöbern.

Leon sah an sich herab. „Seht mal, wir haben wieder unsere alten Klamotten an! Sogar meine Uhr ist da. Es ist noch nicht einmal eine Minute vergangen, seit wir nach Ägypten aufgebrochen sind."

Julian nickte. „Opa Reginald hat nicht geflunkert. Tempus funktioniert tatsächlich! Es ist einfach unglaublich. Unglaublich schön und spannend", sagte er voller Begeisterung.

„Und damit das so bleibt, sollten wir den Eingang zu Tempus wieder verbergen. Jungs, packt mal mit an", rief Kim. Gemeinsam schoben sie das Regal vor das Tor zum Zeit-Raum.

„Perfekt, niemand wird etwas bemerken", urteilte Julian wenig später. „Was meint ihr: Sollen wir an unserem Referat über Hatschepsut weiterarbeiten?"

„Klar!", kam es zurück. „Material haben wir ja jetzt genug!"

Drei Tage später hatte der Alltag die Freunde wieder. Jedenfalls fast. Zumindest in Kims Zimmer hatte sich etwas dauerhaft verändert. Kija war da! Weil Julians Eltern grundsätzlich keine Haustiere akzeptierten und Leons Vater an einer Katzenhaarallergie litt, hatten die Freunde beschlossen, dass die Katze bei Kim einziehen sollte. Deren Eltern hatten nach anfänglichem Zögern zugestimmt. Und nun stand in Kims Zimmer ein Kratzbaum, den Leon selbst zusammengezimmert hatte. Neben dem Bett stand ein Körbchen, das Kija allerdings nicht benutzte. Sie kroch grundsätzlich mit ins Bett und rollte sich am Fußende zusammen. Ein Wecker war überflüssig geworden. Bei Tagesanbruch weckte Kija das Mädchen, indem sie sich vom Fußende des Bettes langsam zum Kissen vorarbeitete, leise maunzte und ihren Kopf an Kim rieb.

Auch heute hatte der Weckdienst einwandfrei funktioniert. Und nun stand Kim mit Julian und Leon vor ihrer Klasse. Sie hielten ihr Referat, das sie „Hatschepsut, die erste bedeutende Frau der Geschichte" überschrieben hatten. Die Freunde trugen ihren Text abwechselnd vor. Zudem hatte Leon einige Folien für den Overheadprojektor vorbereitet. An der Wand erschienen nach und nach Landkarten, Skizzen und wichtige Fachbegriffe mit ihren Erklärungen.

Galten sonst die Referate für manche Schüler als willkommene Gelegenheit, ein Nickerchen zu halten, so war es diesmal anders. Sämtliche Schüler waren hellwach und lauschten gebannt. Vor allem, als Julian von den Verschwörungen und Mordplänen gegen die schöne Pharaonin berichtete, herrschte höchste Aufmerksamkeit. Aber auch Leons Ausführungen, wie ein Grab von innen aussah, fand großes Interesse. Kim lockerte das Ganze mit ihrem Bericht über die damalige Mode, Schminktipps und die Duftkegel auf den Köpfen von altägyptischen Partygängern auf.

Auch Lehrer Tebelmann sah mit großen Augen die drei Freunde an und putzte sich immer wieder beeindruckt die Brille.

„Große Klasse!", lobte der Lehrer, als Julian, Kim und Leon unter dem Beifall der Zuhörer das Referat beendet hatten. „Das war wirklich sehr anschaulich. Man könnte fast meinen, ihr wärt im alten Ägypten gewesen!"

Die Freunde sahen sich an und mussten lachen.

# Wer war Hatschepsut?

Bis heute ist nicht eindeutig geklärt, wann Hatschepsut genau gelebt hat. Wahrscheinlich ist, dass sie um 1500/1495 vor Christus geboren wurde. Verschiedene bedeutende Ägyptologen kamen jedoch zu unterschiedlichen Datierungen. Der Autor hält sich an die Ergebnisse des Historikers Manfred Clauss („Das Alte Ägypten", Alexander Fest Verlag).

Demnach regierte Hatschepsut zunächst gemeinsam mit ihrem Halbbruder und Ehemann Thutmosis II. von 1482 bis 1479 vor Christus. In dieser Zeit war Thutmosis II. Pharao, Hatschepsut „nur" Regentin. Nach Thutmosis' Tod im Frühjahr 1479 ließ sich Hatschepsut 1478 zur Königin ausrufen. Dabei konnte (und musste) sie sich auf eine mächtige Partei an ihrem Hof verlassen, denn ihr Vorgehen wurde von vielen als Staatsstreich empfunden. Schließlich übernahm hier eine Frau das traditionell rein männliche Amt des Pharaos.

Hatschepsut versuchte ihre Kritiker zu beruhigen, indem sie Thutmosis III. (einen Sohn von Thutmosis II. und einer seiner Nebenfrauen), der zum Zeitpunkt ihrer Krönung noch ein Kind war, zum Mitregenten erhob. Doch auch als Thutmosis III. erwachsen war, ließ ihn Hatschepsut nicht an die Macht. Hatschepsut regierte bis zu ihrem Tod im Jahr 1457 vor Christus. Laut Manfred Clauss war ihr Regierungsstil vor allem durch friedliche Beziehungen zu den Nachbarstaaten, wagemutige Expeditionen (zum Beispiel im Jahr 1472 nach Punt an der Somaliküste) und rege Bautätigkeit geprägt. Anderen Quellen zufolge scheute sich Hatschepsut aber auch nicht, an der Spitze ihrer Truppen in die Schlacht zu ziehen.

Ein bleibendes Denkmal schuf sich Hatschepsut durch den Bau ihres Totentempels Deir el-Bahari in Theben. Dieser Tempel gilt als eines der feinsten und anmutigsten Bauwerke, die je auf ägyptischem Boden entstanden sind. Ob Hatschepsut ermordet wurde oder eines natürlichen Todes starb, ist ungewiss. Sicher ist nur, dass sich Thutmosis III., dem Hatschepsut den Thron viele Jahre vorenthalten hatte, bitter rächte: Er ließ viele Statuen der Königin zerstören, ihre Bilder aus Reliefs herausmeißeln und ihren Namen auf fast allen Denkmälern tilgen. Dennoch gelang es Thutmosis III. nicht, den Namen der Frau endgültig auszulöschen, die von vielen Historikern als die erste bedeutende Frau der Geschichte bezeichnet wird: den Namen von Hatschepsut, der „vollkommenen Göttin".

# Glossar

**Amun**  oberster Reichsgott, wird sitzend mit einem Zepter oder stehend mit einer Krone und zwei hohen Federn dargestellt
**Ankh**  Henkelkreuz, symbolisierte ewiges Leben
**Anubis**  Gott mit einem schwarzen Hundekopf. Er stand dem Totenkult vor, galt auch als zuständig für das Einbalsamieren. Während des Einbalsamierens trug der Oberpriester die Maske des Anubis.
**Bastet**  Katzengöttin
**Chons**  Mondgott in der Gestalt eines Kindes
**Diadem**  Stirnband mit Edelsteinen
**Einbalsamieren (Mumifizierung)**  Konservierung einer Leiche
**Hathor**  Himmelsgöttin, die manchmal auch in Kuhgestalt verehrt wurde
**Henket**  Bier
**Horus**  falkenköpfiger Gott, der vom Pharao/von der Pharaonin verkörpert wurde
**Ipet-isut**  altägyptische Bezeichnung für Karnak, übersetzt: Auserwählte der Stätten
**Irep**  Wein
**Irtet**  Milch

**Kanopen**  mit einem Deckel verschlossene Vasen, in denen die Eingeweide der mumifizierten Körper aufbewahrt wurden. Es waren jeweils vier Kanopen für Leber, Lungen, Magen und Darm.

**Karnak**  Tempelbereich in Theben mit dem Haupttempel des Gottes Amun

**Lapislazuli**  blauer Lasurstein

**Latos**  großer Nilbarsch

**Maat**  Göttin der Wahrheit, Gerechtigkeit und der Weltordnung

**Medjai**  Hilfstruppen der Polizei

**Month**  Kriegsgott, zunächst mit Falkenkopf, später mit einem Stierkopf dargestellt

**Mut**  Göttin mit einem Geierkopf, Gattin des Amun, Mutter des Chons

**Naos**  Schrein, der einem Gott als Wohnort diente

**Nekropole**  Totenstadt

**Obelisk**  langer, stehender Steinblock mit quadratischer Basis, der sich nach oben verjüngt und in einer Spitze mündet; vom griechischen Wort *obeliskos* (= Bratspieß) abgeleitet

**Opet-Fest**  jährliches Fest, bei dem die Götter Amun, Mut und Chons sowie der Pharao/die Pharaonin von Priestern aus ihren Tempeln getragen und dem einfachen Volk gezeigt wurden

**Osiris**  vogelköpfiger Gott der Toten, der Unterwelt und der Auferstehung

**Papyrus**  Pflanze, aus der die Ägypter Seile, Matten, Körbe, Segel, Schurze, Sandalen, leichte Boote – vor allem aber auch ihr Papier – herstellten

**Pylon**  großes, von Ecktürmen flankiertes Eingangstor altägyptischer Tempel und Paläste

**Re**  falkenköpfiger Sonnengott

**Sachmet**  löwenköpfige Göttin, deren Feueratem die heißen Wüstenwinde waren; Kriegsgöttin

**Schaduf**  Gerät, mit dem man Wasser aus dem Fluss schöpfen konnte. Schadufs bestanden aus einer langen Stange, an deren einem Ende ein Eimer und am anderen ein schweres Gewicht hing. Schadufs waren nach allen Seiten schwenkbar.

**Sechemty**  ägyptischer Name für die Doppelkrone, was so viel bedeutet wie „die beiden Mächtigen". Die Doppelkrone trugen die Pharaonen nach der Vereinigung von Unter- und Oberägypten.

**Sistre**  gitarrenähnliches Zupfinstrument

**Skarabäus**  Käfer mit vier Flügeln (*Scarabaeus sacer*), der als Vorlage für viele Amulette diente. Diese Amulette sollten „den Lebenshauch verleihen".

**Sobek**  Krokodilgott, dargestellt mit einem Krokodilskopf

**Sphinx (Mehrzahl: Sphingen)**  Statuen mit einem Mensch- oder Tierkopf. Sphingen bewachten Tempel und andere Kultorte.

**Thot**  eine Mondgottheit, auch Gott des Schreibens, Wissens und Berechnens; als Ibis oder Pavian dargestellt

**Uräusschlange**  Macht- und Schutzsymbol der Pharaonen in Form einer Kobra

**Wesir**  Vorsteher des ägyptischen Beamtentums

# Geheimnis
# um Tutanchamun

# Inhalt

# Der Falke

Langsam rumpelte der Schulbus über das Kopfsteinpflaster des mittelalterlichen Städtchens Siebenthann. Er machte einen Bogen um die Fußgängerzone in der Innenstadt mit dem Eiscafé *Venezia*, überquerte eine Brücke, fuhr die zwanzig Kilometer in die benachbarte Großstadt und hielt vor dem Völkerkundemuseum.

Sobald der Busfahrer die Türen öffnete, stürmten 26 Schüler aus dem Bus und umringten einen kleinen Lehrer in einem grauen, abgetragenen Sakko.

„Ruhe!", rief der Mann und ruderte mit den Armen. „Und benehmt euch einmal in eurem Leben!"

„Unser lieber Tebelmann ist heute wieder mal ganz schön im Stress", bemerkte Leon und grinste.

„Ja, stimmt", sagte Kim. „Vielleicht ist Tebelmann so nervös, weil er gleich Tutanchamun gegenüberstehen wird."

Julian wich einem Papierflieger aus, den ein Mitschüler zum Museumsausflug mitgenommen hatte.

„Tebelmann und wir werden nicht dem Pharao gegenüberstehen, sondern seiner Totenmaske", erklärte er. „Was hast du überhaupt in deiner riesigen Tasche, Kim?"

Kim errötete leicht. „Nichts weiter", antwortete sie schnell. „Nur was zu essen."

Julian sah Kim schräg von der Seite an. Er glaubte ihr kein Wort. Gerade als er etwas sagen wollte, rief Tebelmann mit seiner hellen Stimme: „Ich habe die Eintrittskarten. Es bringt also überhaupt nichts, wenn jemand nach vorn stürmt, um als Erster im Museum zu sein."

„Keine Sorge, Herr Tebelmann!", rief ein Schüler.

Einige lachten. Der Lehrer überhörte die Bemerkung und ging voran. Die Schüler folgten ihm.

„Also, ich freue mich wirklich auf die Ausstellung", sagte Julian. „Was für ein Glück, dass die berühmte Totenmaske als Teil einer Wanderausstellung nun auch hier zu sehen ist. Diese Maske muss unendlich wertvoll sein. Ich glaube, dass …"

„He, seht mal den Falken da drüben!", unterbrach Kim ihn. Sie deutete auf eine große Birke ganz in ihrer Nähe. Dort saß ein Turmfalke mit weiß-braun gesprenkelter Brust auf einem Ast.

„Na und?", sagte Julian ungehalten darüber, dass Kim seinen soeben erst begonnenen Vortrag gestört hatte. „Was ist so besonders an einem Falken?"

Kim zog die Schultern hoch. „Weiß nicht. Ich habe den Eindruck, dass er zu uns herüberstarrt."

„Wie bitte?", entfuhr es Julian.

„Das bildest du dir nur ein", sagte auch Leon.

Kim schwieg. Aber während Julian weiter über Tutanchamun sprach, behielt sie den Falken im Auge. Jetzt waren sie genau auf seiner Höhe. Und Kim war sich sicher: Der Falke beobachtete sie!

Zwei Minuten später hatten sie den Eingang zum Naturkundemuseum erreicht. Bevor Kim am Kassenhäuschen vorbeiging, drehte sie sich noch einmal um. Der Falke saß nach wie vor auf dem Ast. Doch jetzt hatte er den Kopf gedreht und starrte Kim an. Ihre Blicke trafen sich, und Kim wurde es seltsam heiß. Ihr war es, als würden die großen, schwarzen Augen des unheimlichen Vogels genau durch sie hindurchschauen. Rasch wandte Kim den Blick ab und beeilte sich, ins Museum zu gelangen.

Die Schülergruppe schob sich von Raum zu Raum der Sonderausstellung. Aufgeregt lief ihr Geschichtslehrer Tebelmann vor ihnen her. Gerade hatten sie die Grabbeigaben bewundert, die den Pharao auf seiner letzten Reise begleitet hatten oder seinen Aufenthalt im Jenseits verschönern sollten: eine goldene Brosche in der Form eines *Skarabäus*, ein goldener Anhänger, diesmal in der Form eines Falken, ein herrlich gearbeiteter Doppelring aus *Lapislazuli*, eine 50 Zentimeter große Parfümvase, verziert mit dem Kopf der Göttin *Hathor*, ein Brustschmuck aus purem Gold mit Einlegearbeiten aus buntem Kristall, silberne *Ankh-Kreuze*, aufwendig geschnitzte Truhen aus Elfenbein.

Ein besonderes Schmuckstück war auch die Liege des Herrschers, deren Pfosten mit vergoldeten Löwenköpfen verziert waren. Auch eine blau bemalte Tonfigur war Teil der Grabbeigaben. Dabei handelte es sich, wie ein kleines Täfelchen erklärte, um einen *Uschebti*, einen Diener, der den Pharao im Jenseits verwöhnen sollte. Das Figürchen ruhte auf einem weißen Samtkissen in einer Vitrine. Noch beeindruckender waren die mannshohen Kriegerfiguren aus Holz, die einst mit Speeren bewaffnet den Eingang zur Sargkammer bewacht hatten.

Auch Kim war von der Pracht fasziniert. Den Falken hatte sie schon fast vergessen. Dafür beanspruchte etwas anderes immer stärker Kims Aufmerksamkeit. Ihre Tasche hatte in den letzten zehn Minuten ein erstaunliches Eigenleben entwickelt. Immer wieder bewegte sich etwas darin. Das Mädchen drückte die Tasche vorsichtig an sich und flüsterte: „Psst, wir sind gleich da!"

Tebelmann breitete die Arme aus. „Aber jetzt kommen wir zum Höhepunkt dieser einmaligen Ausstellung. Am 12. Februar 1924 ließ der berühmte Archäologe Howard Carter den Sarg des Falkengottes öffnen. Und dabei …"

„Falkengott?", fragte Kim irritiert nach. Sie erinnerte sich an den Falken auf der Birke. Er hatte sie angestarrt! „Wieso denn Falkengott?"

Tebelmann zog eine Augenbraue hoch. „Nun, der jeweils regierende Pharao verkörperte den Gott *Horus*", dozierte der Lehrer. „Horus war der Sohn von *Isis* und *Osiris* und der Herr des Himmels. Deshalb wurde er immer als Falke dargestellt, verstehst du?"

„Tutanchamun, der Falkengott", murmelte Kim geistesabwesend vor sich hin.

Tebelmann nickte. „Genau so ist es." Dann fuhr er fort, von der Entdeckung des Grabes von Tutanchamun zu erzählen.

„Kurz nach dem sensationellen Fund gab es eine Reihe von rätselhaften Todesfällen. Innerhalb kürzester Zeit starben fünf bekannte Archäologen aus England. Niemand hatte eine Erklärung für ihren Tod", erläuterte Tebelmann. „Die Männer hatten nur eine Gemeinsamkeit: Sie waren alle Freunde von Howard Carter, der nach wie vor im Tal der Könige das Grab von Tutanchamun erforschte! Schnell kam ein furchtbares Gerücht auf: Die Männer waren dem Fluch des Pharaos zum Opfer gefallen. Immerhin soll es am Grabeingang eine Inschrift gegeben haben, die damit drohte …"

Leon hing an Tebelmanns Lippen. „Wie lautete die Inschrift?"

Tebelmann sah ihn über den Rand seiner Brille an.

„Sinngemäß stand dort, dass jeder den Tod finden würde, der es wagen sollte, die Schwelle zum Grab des Pharaos zu übertreten."

„Aber dann hätte Carter doch auch ein Opfer des Fluchs werden müssen", überlegte Leon.

Tebelmann nickte.

„Da hast du Recht. Aber Carter blieb verschont. Dennoch: Die fünf Todesfälle sind bis heute rätselhaft – und das Gerücht um den Fluch hält sich hartnäckig."

Dann führte der Lehrer die Schüler zu einer Vitrine aus Panzerglas. Und dort lag die berühmte Goldmaske des Pharaos. Selbst die Schüler, die während des normalen Geschichtsunterrichts immer verstohlen vor sich hin gähnten, waren vom Anblick des unermesslich wertvollen Kunstwerks fasziniert.

Leon, Julian und Kim standen am Ende der Schlange, die sich vor der Maske gebildet hatte. Geduldig warteten sie, bis sie an der Reihe waren.

„Als Tutanchamun im Jahr 1327 vor Christus in Theben starb, war er erst 18 Jahre alt", erklärte Tebelmann gerade. „Vielleicht starb er an einer Krankheit. Vielleicht wurde der Pharao aber auch ermordet. Das ist eines der größten Rätsel der Geschichte. Es gibt da ein paar, sagen wir mal, Merkwürdigkeiten im Zusammenhang mit dem Tod des Pharaos. Zum Beispiel hatte Tutanchamun eine Verletzung am Kopf." Der Lehrer seufzte. „Womöglich stammt diese Verletzung von einem Sturz. Außerdem ist nicht bekannt, ob diese Verletzung zu seinem Tod geführt hat. Ihr seht, es gibt einige ungelöste Rätsel um Tutanchamuns Tod, die aber vermutlich nie gelüftet werden."

Die Freunde warfen sich einen Blick zu. Kim, Julian und Leon verstanden sich ohne ein Wort zu sagen. In stiller Übereinkunft war in dieser Sekunde der Entschluss gefasst worden, dass es wieder einmal höchste Zeit war, dem Zeit-Raum „Tempus" einen Besuch abzustatten!

Nun standen die drei genau vor der Vitrine. Tebelmann und die anderen Schüler waren weitergegangen. Ihre Stimmen wurden allmählich leiser. Voller Ehrfurcht betrachteten die Freunde die herrlich gearbeitete Maske aus poliertem Gold, deren jugendliche Gesichtszüge friedlich und entspannt wirkten. Die Augen, geformt aus weißem Quarz und schwarzem *Obsidian*, strahlten Zuversicht aus.

Doch plötzlich wandte sich Leon ab. „Was war das?", fragte er Kim.

„Was meinst du?", erwiderte sie mit einem unschuldigen Augenaufschlag.

„Das Geräusch, das eben aus deiner Tasche kam", sagte Leon und lächelte. „Wenn du mich fragst, klang das wie das Fauchen einer Katze."

Kim wurde verlegen. „Na gut, Jungs." Nachdem sie sich vergewissert hatte, dass niemand sie beobachtete, zog sie den Reißverschluss der Tasche auf. Kija sprang heraus.

„Ich konnte sie doch nicht zu Hause lassen, wenn wir eine Tutanchamun-Ausstellung besuchen", sagte Kim entschuldigend. „Ägypten ist doch schließlich ihre Heimat."

Leon und Julian lachten leise.

„Das Museumspersonal wird weniger begeistert sein, wenn unser kleiner Tiger hier herumstreunt. Aber dafür müssen sie Kija erst einmal zu Gesicht bekommen", sagte Julian. Er beugte sich zu dem grazilen Tier hinab, um es zu streicheln, aber Kija wich aus. Mit großen runden Augen und steil aufgestelltem Schwanz umkreiste die Katze die Vitrine mit der goldenen Maske. Schließlich gelang es Kim, Kija auf den Arm zu nehmen.

„Kommt, sonst verlieren wir noch den Anschluss", mahnte Leon und ging in die Richtung, die Tebelmann und die anderen Schüler eingeschlagen hatten. Julian schlurfte hinterher. Nur Kim blieb noch einen Moment mit Kija bei der goldenen Maske.

„Was für eine wunderschöne Arbeit", murmelte Kim, während sie die Katze streichelte. Der Körper der Katze versteifte sich plötzlich, und ihr Fell sträubte sich.

„Was hast du?", fragte Kim. Und da sah sie es: Die Augen der goldenen Maske schienen sich zu bewegen! War das eine optische Täuschung? Eine zufällige Spiegelung, ein Lichtreflex in der gläsernen Vitrine? Doch als Kim genauer hinsah, war sie sich sicher: Die Augenlider zuckten! Kim war vor Entsetzen wie gelähmt.

# Aufbruch

Kija sprang mit einem Satz von Kims Arm. Jetzt erwachte das Mädchen aus seiner Erstarrung. „Leon, Julian!", rief Kim außer sich.

Die Aufregung in der Stimme der Freundin ließ die beiden aufhorchen. Sofort rannten sie zu Kim zurück.

„D-d-da!", stammelte Kim und deutete auf die Maske.

„Was soll da sein? Ich sehe nichts Ungewöhnliches", stellte Leon fest.

Kim zwang sich, erneut die Maske zu betrachten, aber es war nichts mehr zu sehen!

„Gerade schien es ..."

Kim brach den Satz ab. Das würde ihr ja doch niemand glauben, nicht einmal Leon oder Julian. Das war zu verrückt! Wahrscheinlich hatte sie zu viel Fantasie.

„Alles klar mit dir, Kim?", fragte Julian. „Du bist ziemlich blass um die Nase."

Kim nickte. „Alles okay. Lasst uns gehen, am besten ganz schnell." Sie lockte die Katze zu sich. Mit einiger Mühe gelang es dem Mädchen, Kija wieder in die Tasche zu setzen.

Eine halbe Stunde später liefen die drei Freunde mit den anderen Schülern zurück zum Bus. Alle redeten durcheinander.

Die Ausstellung hatte auf die meisten großen Eindruck gemacht.

Als Kim an der Birke vorbeischlenderte, suchte sie die Äste mit den Augen ab. Es überraschte sie nicht, dass der Falke noch da war! Wieder schien es Kim, als ob der Vogel sie beobachtete. Für einen Moment überlegte sie, ob sie ihre Freunde darauf aufmerksam machen sollte, doch sie ließ es bleiben. Vermutlich hätten Leon und Julian sie für hysterisch gehalten. Und nach der komischen Sache mit der Maske hätte sie es ihnen nicht einmal verübeln können.

Warum waren ihr die Augen der Maske lebendig vorgekommen? Warum war ihr der Falke aufgefallen? Kim kam es so vor, als wäre das eine Aufforderung, das Rätsel um den Tod des Falkengottes zu lösen. Oder hatte das alles gar nicht ihr, sondern Kija gegolten? Das erschien Kim logischer. Kija stammte schließlich aus dem alten Ägypten. Vielleicht war sie eine Art Bindeglied zwischen der Gegenwart und der Vergangenheit. Gleich wie, Kim war nun fest entschlossen, mit ihren Freunden nach Theben in das Todesjahr Tutanchamuns zu reisen. Tief in Gedanken versunken kletterte sie hinter ihren Freunden in den Bus.

„Um welche Uhrzeit sollen wir unsere Reise antreten?", flüsterte Julian, als sie in der letzten Sitzreihe des Busses saßen.

„Vor sechs Uhr kann ich nicht. Bis dann geht mein Training", sagte Leon.

„Sechs Uhr ist in Ordnung", sagte Kim.

Auch Julian war einverstanden. „Ja, gute Zeit. Dann hat die Bibliothek zu." Er schmunzelte. „Jedenfalls für alle anderen …"

Es dämmerte bereits, als die Freunde an jenem Herbsttag auf das altehrwürdige Bartholomäuskloster zustrebten.

Hinter den dicken Mauern lag das Ziel der drei Freunde – die einzigartige Bibliothek, die nicht nur wertvolle Bücher beherbergte, sondern auch Tempus, den geheimnisvollen Zeit-Raum.

Julian kramte den Schlüssel zur Bibliothek aus der Tasche. Wenig später standen er, Leon und Kim in dem Saal, in dem die Geschichtsbücher aufbewahrt wurden. Denn bevor die Freunde die Zeitreise antraten, wollten sie sich noch etwas mehr Grundwissen über Tutanchamun aneignen.

Kija war immer noch sehr unruhig und saß keine Sekunde still. Sie streunte ununterbrochen durch die Säle der Bibliothek.

Kim entdeckte als Erste einen Band über ägyptische Geschichte und verzog sich damit an eines der Lesepulte.

Auch Leon und Julian wurden schnell fündig. Konzentrierte Stille senkte sich über die Bibliothek.

„Aha!", meldete sich Kim nach etwa zehn Minuten zu Wort. „Hier steht etwas über Tutanchamun. Im Prinzip ist es das, was auch Tebelmann erzählt hat. Der Pharao kam bereits als Kind auf den Thron und der Wesir Aja übernahm für ihn die Regierungsgeschäfte, bis Tutanchamun selbst dazu in der Lage war. Eigentlich war Tutanchamun kein bedeutender Pharao. Das Besondere an ihm: Sein Grab wurde nicht geplündert, und die Schätze, die man dort fand, sind absolut einmalig. Außerdem ..."

Ein Klopfgeräusch am Fenster ließ die Freunde zusammenfahren.

Kim schaute in die Richtung und traute ihren Augen nicht. Auf der Fensterbank hob sich ein Schatten ab, der die Form eines Vogels hatte. Kim ahnte, wer dort in der Dunkelheit Einlass begehrte. Mit schnellen Schritten lief sie zum Fenster und öffnete es. Der Falke flatterte in die Bibliothek und setzte sich auf das oberste Brett eines Regals, in dem zahlreiche Bände zum Thema Mittelalter untergebracht waren. Kija stoppte ihre unruhige Wanderung, setzte sich hin und fixierte den Falken, der wiederum die Katze nicht aus den Augen ließ.

„Warum hast du den Vogel hereingelassen?", rief Leon. „Den kriegen wir hier nie mehr raus!"

„Doch, doch", erwiderte Kim ungerührt. „Denn das ist kein normaler Vogel."

„Wie meinst du das?"

„Das ist der Falke von heute Morgen. Erinnert ihr euch? Ich habe ihn euch vor dem Museum gezeigt."

Leon murmelte etwas Unverständliches, und Julian kratzte sich am Hinterkopf.

„Ich habe das komische Gefühl, dass dieser Falke uns auf etwas hinweisen möchte", sagte Kim leise.

Und als habe der Falke sie verstanden, schwebte er vom Regal mit den Mittelalter-Büchern in den angrenzenden Raum.

„Kommt!", rief Kim und lief dem Vogel hinterher. Das Mädchen war überzeugt, dass der Falke zum sorgsam getarnten Zeit-Raum fliegen würde. Und genau so war es auch. Der Falke segelte mit weit ausgebreiteten Schwingen zu einem Regal, das auf einer Schiene im Boden zur Seite geschoben werden konnte. Dahinter verbarg sich Tempus.

„Seid ihr bereit, nach Theben in das Todesjahr von Tutanchamun zu reisen? In das Jahr 1327 vor Christus?", fragte Kim ihre Freunde.

Die beiden Jungen nickten knapp. Kija maunzte aufgeregt. Mit vereinten Kräften schoben Kim, Julian und Leon das Regal auf der Schiene zur Seite. Die schwarze, reich verzierte Tür von Tempus tauchte auf. Wie immer schlugen die Herzen der Freunde höher. Niemals würde das Betreten dieses unheimlichen Raumes Routine werden. Wortlos öffneten sie die Pforte und tauchten in die verwirrende, neblige und bläulich schimmernde Welt von Tempus ein. Diesmal wurden sie nicht nur von einem Tier begleitet, sondern von zweien: Der Falke flog dicht über den Köpfen der Freunde. Unvermittelt stieß er einen spitzen Schrei aus. Die Zeitdetektive, die auf der Suche nach dem Tor mit der Zahl 1327 vor Christus unsicher über den im Rhythmus der Zeit pulsierenden Boden gingen, sahen in seine Richtung. Der Falke schoss wie ein Pfeil auf eine der Pforten zu. Julian, Leon und Kim erreichten das Tor und zogen es auf. Ein warmer Wind erfasste sie und schien sie durch den Eingang ziehen zu wollen. Die Freunde hielten noch einen Moment inne, fassten sich an den Händen und konzentrierten sich mit aller Kraft auf die Stadt Theben. Dann begann sich alles rasend schnell zu drehen. Die Reise durch die Zeit hatte begonnen.

# Der Fluch

Die Freunde glitten durch das Gestein eines *Pylonen*, der den Eingang zur Tempelanlage bildete, die den Göttern *Amun*, *Chons* und *Mut* geweiht war. Niemand hatte die Ankunft der Freunde in Theben bemerkt.

„Mann, ist das herrlich heiß hier!", rief Leon begeistert. Wie Julian war er nur mit einem weißen Lendenschurz bekleidet. Kim trug ein weißes Leinenkleid, das von zwei Trägern über den Schultern gehalten wurde.

„Ja, ein Traum!", antwortete das Mädchen. Obwohl die Sonne bereits langsam unterging, war es noch sehr warm. „Und Kija fühlt sich in ihrer alten Heimat auch tierisch wohl."

Das stimmte. Der Schwanz der Katze hatte die Form eines Fragezeichens, was bedeutete, dass Kija ausgesprochen gute Laune hatte.

„Den Pylonen können wir kaum verfehlen, wenn wir wieder nach Siebenthann wollen. Den kennen wir schließlich noch von unserem letzten Besuch in Ägypten, als wir die Verschwörung gegen die Pharaonin Hatschepsut aufgedeckt haben!", sagte Julian.

Wie immer auf ihren Zeitreisen mussten sich die Freunde den Ort ihrer Ankunft gut merken. Denn nur von dort aus konnten sie wieder die Rückreise antreten.

Kim strich sich eine Haarsträhne aus dem Gesicht.

„Kommt, Jungs. Jetzt schauen wir uns erst mal Theben an. Bin gespannt, ob sich seit unserem letzten Besuch viel verändert hat." Sie warf einen Blick auf die Katze. „Willst du vorangehen? Auf zum Palast von Tutanchamun!"

„Langsam, langsam", bremste Julian die Freundin. „Willst du einfach in den Palast marschieren? Man wird uns hochkant rauswerfen!"

Kim grinste. „Vielleicht haben wir ja wieder Glück und finden Arbeit im Palast. So wie damals bei Hatschepsut. Lasst es uns doch einfach versuchen."

Julian seufzte leise. Kims Optimismus war grenzenlos. Aber vielleicht machte er sich oft auch zu viele Gedanken und überlegte, was alles schiefgehen könnte. Nachdenklich folgte er seinen Freunden.

Kija stürmte voran. Von der Tempelanlage führte der Weg am Nil entlang. Fischer standen im Wasser und mühten sich mit einem großen Netz ab, in dem zahlreiche Fische zappelten. Am Ufer tobten einige Kinder herum, während mehrere Frauen Wasser in Tonkrüge schöpften. Etwas abseits, halb verborgen vom hohen Schilf, stand ein Mann mit Pfeil und Bogen, der auf der Entenjagd war.

Die Freunde folgten einem Bauern, der einen Esel, beladen mit Säcken, vor sich hertrieb. War die Bebauung in der Nähe der Tempelanlage noch spärlich gewesen, so wurde sie jetzt rasch immer dichter. Die gedrungenen, weiß getünchten Ziegelhäuser mit ihren Flachdächern schienen immer dichter zusammenzurücken. Der Weg gabelte sich und mündete in einem Gewirr von Gassen. Die Freunde hatten die Innenstadt von Theben erreicht. Wohnhäuser, Geschäfte, Werkstätten, Kneipen und Ställe drängten sich aneinander. Die Luft zwischen den Gebäuden stand. Kein Windhauch sorgte für Abkühlung. Überall wurde etwas angeboten und verkauft. In Pferchen blökten Rinder, quiekten Schweine, schnatterten Enten, meckerten Ziegen und wieherten Pferde. An einem Stand gab es Glücksbringer wie Ankh-Kreuze oder Skarabäus-Ringe zu kaufen. An anderen Ständen wurden duftende Gewürze, schwere Weine, süße Datteln und ofenwarmes Gerstenbrot angeboten.

Ein Händler pries seine blank polierten Spiegel an, ein weiterer versuchte lautstark eine Wundersalbe gegen Schmerzen aller Art zu verkaufen. Eine junge Frau warb mit heller Stimme für ihre fein gewebten Stoffe. Wie immer auf ihren Zeitreisen verstanden Julian, Kim und Leon die Landessprache ohne Probleme.

Staunend ließen sie sich durch das Gedränge treiben. Inzwischen hatten sie es aufgegeben, gezielt nach dem Palast zu suchen. Die Eindrücke, die auf sie einstürmten, waren vielfältig und verwirrend.

Nach einer Stunde gelangten sie in ein ärmliches Viertel, in dem viele der einfachen Ziegelhäuser eingestürzt waren. Plötzlich wurden Rufe laut.

„Verfluchter Betrüger!", keifte eine Stimme. „Bei Amun, ich bringe dich um!"

Ein junger, zierlicher Mann sprang mit einem riesigen Satz aus einem Wirtshaus. Ihm auf den Fersen war ein wahrer Riese, groß und kräftig, dessen Gesicht zu einer wütenden Fratze verzerrt war. Er schleuderte dem Fliehenden einen Tonkrug hinterher, der ihn nur knapp verfehlte und laut scheppernd an der Wand des Nachbarhauses zerbrach.

Der junge Mann rannte geduckt an den Freunden vorbei. Dabei warf er ihnen einen flehenden Blick zu. „Helft mir, wenn mich Kaaper erwischt, ist es aus mit mir!"

Schon rannte er weiter, aber in dem dichten Gedränge kam er nur sehr langsam voran. Niemand schien sich ernsthaft für den Streit zu interessieren. Vor allem kam niemand auf die Idee, dem jungen Mann zu helfen.

„Gleich habe ich dich!", brüllte der Riese namens Kaaper, schnappte sich eine lange Holzlatte und nahm die Verfolgung auf.

Leon handelte ohne groß zu überlegen. Als der Riese an ihm vorbeistürmte, stellte er ihm kurzerhand ein Bein. Kaaper schrie auf, kam aus dem Gleichgewicht und krachte in den Staub.

„Abhauen! Schnell!", rief Leon Kim und Julian zu und flitzte los. Geschickt bahnten sich die Freunde ihren Weg durch die Menge. Kaaper hatte sich inzwischen wieder aufgerappelt und war noch wütender als zuvor. Fluchend und schnaufend wie ein Nilpferd verfolgte er sie. Kurz darauf landeten die Freunde in einer Sackgasse. Hektisch blickten sie sich um. Wohin jetzt?

„Psst, hierher!", wisperte eine Stimme neben ihnen.

Hinter einer Holztür winkte ihnen der junge Mann zu, der gerade noch von dem Riesen verfolgt worden war. Rasch glitten die Freunde durch die Tür. Der junge Mann verriegelte sie.

Draußen ertönte die zornige Stimme von Kaaper, aber sie

wurde schnell leiser. Der Riese hatte die Spur der Freunde verloren.

„Puh, das war knapp!", sagte der junge Mann im Flur seines Hauses. Er hatte ein schmales Gesicht mit einer himmelwärts gerichteten Stupsnase und ausgesprochen lebendigen Augen. Es war kein schönes Gesicht, aber ein interessantes.

„Ich danke euch vielmals. Ihr habt mir das Leben gerettet!", ergänzte der junge Mann. „Ich heiße übrigens Iti."

„Danke, du hast uns auch gerettet!", erwiderten Leon, Julian und Kim lachend. Sie gaben Iti die Hand und stellten sich ebenfalls vor.

Auf Itis Frage nach ihrer Herkunft erzählte Julian die Geschichte, die er immer bei solchen Fragen erzählte: Kim, Leon und er seien Waisen und hofften auf Arbeit in der großen Stadt Theben. Und Kija, die Katze, gehöre einfach zu ihnen.

„Ihr könnt gerne erst einmal hierbleiben", bot Iti an. „Zum Dank, dass ihr mir geholfen habt. Morgen sehen wir dann weiter. Vielleicht findet ihr irgendwo Arbeit."

Er führte seine Gäste vom Flur ins angrenzende Zimmer. Es hatte nur ein schmales, rechteckiges Fenster kurz unterhalb der Decke, sodass der Raum in angenehmes Halbdunkel getaucht war. Drei kleine Stühle, ein niedriger Tisch, ein paar Krüge und eine Pritsche: Das war die gesamte Einrichtung. Vom Wohn- und Schlafraum konnte man in zwei weitere Räume blicken.

Einer davon war die Küche. Darin verschwand Iti für einen Moment und kam mit einem Krug *Irtet* zu ihnen zurück. Den Freunden schmeckte die Ziegenmilch hervorragend. Jetzt erst bemerkten sie, wie durstig sie waren.

„Warum hat dich der große Kerl eigentlich verfolgt?", fragte Leon, während er sich den Mund mit dem Handrücken abwischte.

Iti hob die schmalen Schultern. „Och, eigentlich war nichts Besonderes. Wir haben nur gespielt. Und der dicke Kaaper hat behauptet, dass ich geschummelt hätte."

Leon hatte das Gefühl, dass das nicht die ganze Wahrheit war. Also bohrte er nach: „Aber deswegen geht man doch nicht gleich mit einer Holzlatte auf jemanden los."

Iti druckste etwas herum, dann gab er zu: „Na ja, wir haben nicht zum Spaß gespielt. Wir haben um *Deben* gespielt. Um ziemlich viele Deben, ehrlich gesagt. Und wenn Kaaper verliert, wird er ungemütlich, wie ihr gesehen habt. In diesem Viertel gibt's eine Menge Leute, die schnell zuschlagen."

„Hast du ihn betrogen?", fragte Kim, während sie ihre Trinkschale mit Milch vor Kija auf den Boden stellte.

Iti sah zur Decke. „Sagen wir es mal so: Ich habe meinem Glück ein wenig nachgeholfen. Und irgendwie muss das Kaaper gemerkt haben. Aber die Gefahr ist ja vorerst gebannt. Habt ihr auch Hunger?"

Die Freunde nickten.

Offenbar erleichtert, das Thema erfolgreich gewechselt zu haben, ging Iti erneut in die Küche. Diesmal brachte er Granatäpfel, Feigen und eine Melone mit. Während sie aßen, erzählte Iti, dass er am Hof des Pharaos arbeite.

„Heute habe ich frei, aber sonst bin ich jeden Tag im Palast. Ich komme dem großen Falkengott sogar sehr nahe", erzählte Iti stolz. „Ich darf den großen Pharao Tutanchamun massieren! Dafür verwende ich natürlich nur die feinsten Kräuteröle." Iti senkte die Stimme und klang mit einem Mal traurig. „Unser geliebter Pharao hat oft schlimme Schmerzen im Rücken. Er kann den Kopf nicht richtig drehen. Irgendetwas stimmt mit seiner Wirbelsäule nicht. Aber ich gebe mir immer größte Mühe, die Schmerzen zu lindern. Doch häufig scheint es umsonst zu sein. Unser Pharao hat viel Pech. Manchmal kommt es mir so vor, als läge ein Fluch auf ihm und seiner wunderschönen Frau Anchesenamun."

„Ein Fluch?" Julian war hellhörig geworden.

„Ja", führte Iti aus. „Anchesenamun hat noch keine lebenden Kinder geboren. Sie ist todunglücklich darüber. Mein Herr lässt sich nichts anmerken, aber ich sehe ihm an, dass auch er sehr traurig ist. Und dann auch noch diese ständigen Rückenschmerzen! Ja, ich glaube, auf ihm und seiner Familie lastet ein Fluch. *Seth* steckt hinter allem!"

Kim und Leon warfen Julian einen fragenden Blick zu. Seth? Wer war das nun wieder?

Julian gab den Freunden mit den Augen zu verstehen, dass sie schweigen sollten. Er wusste sehr wohl, wer Seth war. Er hatte es in einem Ägypten-Buch gelesen. Wenn etwas die Ägypter in große Angst versetzte, war es Seth. Er war der ägyptische Gott des Umsturzes und des Unheils, der Herrscher über das Böse.

Auch wenn Julian sich sagte, dass Iti nur abergläubisch war, ein kleiner Zweifel nagte doch an ihm, ob an der Geschichte vom göttlichen Fluch nicht doch etwas dran sein könnte …

# Tod im Palast

Der Sonnengott *Re* tauchte das Land am Nil in ein warmes Morgenrot. Vom Fluss drangen die Rufe der Fischer, die auf ihren Schilfbooten zum Fang aufgebrochen waren. Aber auch in der Stadt selbst war das Leben längst erwacht. Händler zogen mit ihren Eselskarren lärmend durch die Gassen.

Kim erwachte vor Julian und Leon. Sie brauchte einige Sekunden, bis ihr wieder einfiel, dass sie in Ägypten waren und die Nacht in Itis Haus verbracht hatten. Schlaftrunken gähnte sie. Ihr Rücken tat weh. Das lag sicherlich an der dünnen Binsenmatte, die ihr als Matratze diente. Aber daran würde sie sich schon noch gewöhnen.

Iti hatte sie in einer schmalen Kammer neben der Küche einquartiert. Die Unterkunft war denkbar einfach, aber Kim und ihre Freunde waren froh gewesen, überhaupt ein Dach über dem Kopf zu haben.

Leise stand Kim auf. Sie spürte starken Durst und ging in die Küche. Dort stand ein Krug mit kühlem Wasser. Kim trank in langen Zügen. Als sie den Krug absetzte, spürte sie etwas Weiches, Warmes an ihren nackten Beinen: Kija. Kim kniete sich auf den Boden und streichelte die schnurrende Katze. Dabei sah sie sich um. Iti schien bereits zur Arbeit in den Palast gegangen zu sein.

Bei dem Gedanken an Iti musste Kim grinsen. Gestern Abend hatte er noch ein Brettspiel hervorgeholt und ihnen die Regeln erklärt. Diese entsprachen ziemlich genau denen des Dame-Spiels, das sie aus ihrer Zeit kannten. Gerade im Winter spielten Kim, Leon und Julian häufig miteinander. Kim liebte vor allem Schach und Mühle, aber auch Dame.

Bis gestern Abend hatte sie geglaubt, dieses Spiel gut zu beherrschen. Schließlich hatten Leon oder Julian gegen sie nie eine Chance. Gestern jedoch war sie gegen Iti angetreten und hatte haushoch verloren. Iti hatte die Steine mit einer unglaublichen Geschwindigkeit bewegt. Dabei hatte er lustige Episoden aus dem Palast erzählt. Und dadurch hatte sich Kim immer wieder ablenken lassen. Merkwürdigerweise standen Itis Spielsteine nach jeder witzigen Geschichte immer sehr gut, auch wenn er sich kurz vorher in einer eher gefährlichen Lage befunden hatte. Doch Kim war es nie gelungen, Iti bei einer seiner Schummeleien zu erwischen. Es hatte ihr auch nichts ausgemacht, gegen Iti zu verlieren, solange er die Geschichten aus dem Palast erzählte – und solange sie nicht um Deben spielten.

Kim trat vor das Haus, fand einen Brunnen und füllte den Krug für ihre Freunde wieder auf. Während sie zurückging, hoffte sie, dass Iti Arbeit für sie, Leon und Julian finden würde. Unmöglich, dass sie Itis Gastfreundschaft länger als unbedingt nötig beanspruchten. Seinem Haus nach zu urteilen, war Iti kein reicher Mann. Kim beschloss, dass Leon, Julian und sie möglichst schnell Geld verdienen mussten, damit sie Obst, Brot und vielleicht sogar etwas Fleisch für Iti kaufen konnten. Das waren sie ihm einfach schuldig.

„Na, hast du schon gefrühstückt? Warst du auf der Jagd?",
fragte Kim Kija leise, als sie wieder das Haus betreten hatte.
Das Miauen der Katze deutete Kim so, dass Kija bereits satt
war. Dann weckte Kim ihre Freunde.

„Kommt, ihr Schnarcher, wir sind schließlich nicht zum
Vergnügen hier!", rief sie lachend.

Julian spielte toter Mann. Leon brummelte etwas, was nicht
sehr freundlich klang. Aber zwei Minuten später waren auch
die beiden Jungen einigermaßen munter.

„Lasst uns zum Palast gehen", schlug Kim vor. „Vielleicht
finden wir ja dort auch Arbeit, irgendeinen Dienerjob, so
wie damals bei Hatschepsut in der Küche. Dann wären wir in
der Nähe von Tutanchamun und könnten herausfinden, wie
er starb."

Leon und Julian waren einverstanden, und so marschierten
die Freunde kurz darauf durch Thebens Gässchen. Ein paar
Kinder wiesen ihnen den Weg zu Tutanchamuns Palast. Der
Weg führte aus der quirligen Innenstadt zu einer herrlichen
Grünanlage mit Platanen, Weiden und farbenprächtigen Beeten. An einem kleinen See spazierten Ibisse herum. Dann
tauchte zwischen den Baumwipfeln der Palast auf – ein fla-
cher, lang gestreckter Bau, dessen verputzte Ziegelwände mit
bunten Motiven, zumeist ägyptischen Göttern und Tiersym-
bolen, verziert waren. Am mächtigen Tor standen mehrere mit
Speeren sowie Pfeil und Bogen bewaffnete Wachen.

„Das sieht nicht gut aus", sagte Julian. „Die lassen uns niemals durch."

Kim ließ sich davon nicht beeindrucken. „Kommt auf einen

Versuch an", antwortete sie und lief unbekümmert auf die Wachen zu. Dabei fiel ihr ein Falke auf, der über ihnen kreiste. Ob das der Falke war, den sie vor dem Museum und später in der Bibliothek von Siebenthann gesehen hatten? Der Vogel, der ihnen den Weg zur richtigen Tür im Zeit-Raum gezeigt hatte? Aber hatte der Falke überhaupt die Zeitreise mitgemacht? Der Vogel war auf die Tür zugeflogen – aber dann?

Stimmen wurden laut. Kim sah wieder zum Palast. Das Tor wurde gerade geöffnet. Menschen strömten heraus. Es erhob sich großes Geschrei. Die Freunde liefen rasch näher, um die Ursache für den Tumult zu erfahren. Immer mehr Menschen drängten aus dem Palast. Im allgemeinen Chaos fielen die Freunde nicht weiter auf.

„Bei Osiris, der Pharao ist tot!", rief ein älterer Mann und schlug sich die Hände vors Gesicht. „Der göttliche Herrscher ist tot, tot, tot!"

„Scheint so, als seien wir zum richtigen Zeitpunkt am richtigen Ort", zischte Leon aufgeregt.

„Was ist passiert?", rief eine der Wachen.

„Man hat ihn tot im Bäderbereich gefunden!", schrie jemand. „Offenbar ist er gestürzt. Ich habe …"

Der Rest des Satzes ging im Gebrüll unter. Weitere Menschen kamen aus dem Tor, und die Freunde wurden abgedrängt.

„He, da ist ja auch Iti!", erkannte Julian.

Jetzt erblickten auch Leon und Kim den jungen Mann. Die Freunde bahnten sich einen Weg durch die aufgebrachte Menge und erreichten den Palastdiener.

„Iti!", rief Julian. „Was ist passiert?"

In Itis Gesicht stand tiefe Trauer. „Er ist tot!", wisperte er. „Der große, gütige Pharao ist tot."

„Das haben wir auch schon gehört", entgegnete Julian ruhig. „Aber wie ist das geschehen?"

Iti sah sich um. Auf seiner Stirn stand Schweiß. Seine Unterlippe zitterte.

„Ich kann nicht …" Er stoppte. Wieder blickte er sich um. „Nicht hier, kommt hier weg!" Iti zog die Freunde ein paar Meter von der Menge fort.

Julian legte ihm eine Hand auf die Schulter. „Es tut mir leid für dich, dass der Pharao tot ist. Was für ein schrecklicher Unfall …"

Der Palastdiener schüttelte den Kopf.

Julian kniff die Augen zusammen. „War es etwa kein Unfall?"

Jetzt zitterte Iti am ganzen Körper.

„Sollen wir dich nach Hause bringen?", fragte Julian.

„Nein, lasst nur", entgegnete Iti dumpf und wischte sich eine Träne aus dem Augenwinkel. „Ich habe immer gesagt, dass ein Fluch auf dem Pharao liegt. Und jetzt ist er tot. Er war doch noch so jung!"

Betroffen schwiegen die Freunde. Kurze Zeit sagte niemand ein Wort. Dann wagte Julian einen weiteren Vorstoß.

„Einer der Männer sagte, dass Tutanchamun im Bäderbereich gefunden wurde. Dort arbeitest du doch, oder?"

Iti nickte heftig, schwieg aber. Er sah über die Schulter zum Palasttor. Ein Offizier war aufgetaucht und versuchte, die Menge zu zerstreuen.

„Und? War es ein Unfall?"

Der Palastdiener schloss die Augen und wandte sein Gesicht zur Sonne, die inzwischen den unendlich blauen Himmel erobert hatte.

„Ich ... ich weiß es nicht", stammelte Iti. „Ich ... ich habe den Pharao massiert. Er hatte wieder schlimme Rückenschmerzen. Danach wollte er sich noch ein wenig auf der Liege entspannen und schickte mich fort. Also ließ ich den Pharao allein zurück."

„Und dann?"

„Einige Zeit später sah ich noch einmal nach ihm. Der Pharao ruhte nach wie vor auf der Liege. Ich nahm an, dass er eingeschlafen war."

„Vorhin hörten wir, dass der Pharao gestürzt sei. Aber du sagst, dass er auf dem Bett lag."

„Gestürzt?", entgegnete Iti. „Nein, das glaube ich nicht. Der Pharao lag auf dem Bett, das habe ich doch gesehen."

„Also wurde er tot auf der Liege gefunden?"

„Ja", erwiderte Iti.

„Hast du ihn gefunden?"

Iti verneinte. „Ich war im angrenzenden Raum und habe dort Öle zusammengemischt. Dann hörte ich plötzlich Schreie und sah nach. Da standen auch schon einige Männer um die Liege herum. Tutanchamun lag nach wie vor darauf."

„Demnach kann er nicht gestürzt sein", schloss Julian daraus. „Was ist dann wirklich passiert? Ist dir irgendetwas aufgefallen, Iti?"

Der Diener wand sich. Er schien große Angst zu haben.

„Ja, etwas war allerdings merkwürdig. Zumindest im Nachhinein ..."

„Was war es?", bedrängte Julian Iti.

Gerade als Iti antworten wollte, ertönte eine kräftige Stimme am Tor. Der Palastdiener blickte in diese Richtung und erstarrte. Die Freunde folgten seinem Blick und sahen einen großen, alten Mann in einem wallenden weißen Gewand. In das Gewand war das Bild einer Frau mit einer Feder auf dem Kopf eingewebt – *Maat*, die Göttin der Gerechtigkeit.

„Das ist Aja, der *Wesir*", erklärte Iti ehrfurchtsvoll.

Mit einer einzigen Geste brachte Aja die Menge zum Schweigen.

„Geht wieder an eure Arbeit", ordnete der Wesir kühl an, und alle gehorchten augenblicklich. Nun sah Aja zu Iti hinüber. Der Diener schien unter dem harten Blick zu schrumpfen. Schon machte Iti Anstalten, zum Palasttor zu gehen, aber Julian hielt ihn fest.

„Was war so merkwürdig, Iti? Sag es uns noch schnell, bitte."

„Nein, ich kann nicht", sagte Iti, wirkte aber unschlüssig.

„Was war es, Iti?"

Itis Augen weiteten sich vor Angst. Der Wesir kam geradewegs auf ihn zu. Und das schien ihn in Panik zu versetzen.

„Als ich nach dem Massieren noch einmal nach dem Pharao sah, huschte eine Gestalt aus dem Raum", sagte Iti schnell. „Ich habe mir nichts dabei gedacht. Aber jetzt ..."

„Wer war das?"

Iti wollte gerade antworten, als Aja ihn erreichte.

„Bist du taub?", herrschte der Wesir den Diener an. Sein Blick war eiskalt und seine Stimme schneidend wie ein Schwert. „Geh sofort an deine Arbeit, sonst lasse ich dich auspeitschen! Und was hast du hier überhaupt herumzutuscheln?"

Iti verbeugte sich tief. „Nichts, wir haben uns nur ein wenig ... äh ... unterhalten." Dann schlich er davon wie ein geprügelter Hund.

Ohne die Freunde auch nur eines Blickes zu würdigen, stolzierte Aja ebenfalls zum Palasttor zurück.

„Wir sehen uns heute Abend!", rief Julian Iti nach.

Der Diener des toten Pharaos nickte andeutungsweise. Es war nur eine kleine Geste, aber sie war den scharfen Augen des Wesirs nicht entgangen.

„Wer kann diese Gestalt im Bäderbereich nur gewesen sein, von der Iti erzählt hat?", überlegte Julian, sobald Aja außer Hörweite war. „Ob sie etwas mit Tutanchamuns Tod zu tun hat?"

Leon zupfte an seinem Ohrläppchen und dachte scharf nach. „Ich habe den Eindruck, dass zumindest Iti das glaubt. Wir müssen dringend mehr über diese geheimnisvolle Person in Erfahrung bringen. Heute Abend wird uns Iti bestimmt mehr erzählen. Dann ist dieser Wesir ja nicht dabei."

„Hoffentlich haben wir Iti jetzt nicht in Schwierigkeiten gebracht", überlegte Kim. „Der Wesir hat mitbekommen, dass wir uns noch einmal treffen wollen. Und Iti scheint ganz schön Angst vor ihm zu haben."

# Der Gott des Bösen

Theben stand unter Schock. Die Nachricht vom Tod des Pharaos verbreitete sich schnell wie ein Wüstensturm. Das alltägliche Leben kam völlig zum Erliegen. Die Menschen versanken in einer seltsamen Starre und schienen unfähig, das Geschehene zu begreifen.

Angst mischte sich in die Trauer über den Tod des Herrschers. Der Tod eines Pharaos bedeutete immer Ungewissheit und Gefahr. Ein Volk ohne Herrscher, ohne Führung war verwundbar. Von den Hethitern im Osten oder den Nubiern im Süden des Landes am Nil ging eine ständige Bedrohung aus. Den ganzen Tag über versuchten die Freunde, Arbeit zu finden, doch fast immer ernteten sie nur Kopfschütteln. Niemand dachte in solch einer Zeit ans Arbeiten. Nur einmal hatten sie Glück, als sie beim Entladen eines Frachtkahnes helfen durften, der einem reichen Nubier gehörte. Ihr Lohn war ein spärliches Mittagessen, bestehend aus hartem Brot und einigen überreifen Früchten.

Nun ruhte die ganze Hoffnung der Freunde auf Iti. Gegen Abend gingen sie müde zu seinem kleinen Haus zurück. Als sie es erreichten, war es bereits dunkel. Leon klopfte an die Tür.

„He, Iti, wir sind es!", rief er.

Doch er erhielt keine Antwort. Noch einmal klopfte Leon gegen das Holz, aber auch diesmal blieb es still.

„Er scheint nicht da zu sein", sagte Leon enttäuscht. Wie seine Freunde war er müde. „Ob er noch im Palast ist?"

„Vielleicht ist er ja einkaufen gegangen. Oder er spielt eine Partie Dame mit jemandem, der so unvorsichtig ist, gegen ihn anzutreten", mutmaßte Kim und hockte sich neben die Tür auf den Boden. Sie begann Kija zu streicheln, die noch keine Anzeichen von Müdigkeit zeigte.

Julian massierte seine Schläfen, als habe er Kopfschmerzen.

„Mit dem dicken Kaaper wird Iti nicht spielen, das steht fest. Aber womöglich ..."

Er brach den Satz ab, weil ihm etwas an der Tür aufgefallen war.

„Was ist?", fragte Leon.

Julian entgegnete nichts, sondern ging dicht an die Tür heran. Dann rief er aufgeregt: „Schaut mal her!"

Seufzend rappelte sich Kim auf. Auch Leon trat zu Julian heran. Julians Zeigefinger fuhr die Konturen einer Zeichnung nach, die an der Pforte prangte.

„Was ist das für ein komisches Tier?", wollte Kim wissen. „Es hat eckige Ohren und eine verdammt lange Nase. Nicht gerade eine Schönheit."

„Ich bin mir fast sicher, dass die Zeichnung heute Morgen noch nicht da war", bemerkte Leon.

„Richtig", stimmte Julian ihm zu. „Aber was mich noch mehr beunruhigt, ist die Tatsache, dass es sich bei diesem komischen Tier, wie Kim es nennt, um den Gott Seth handelt."

„Seth? Den hat doch Iti gestern Abend erwähnt."

Julian nickte. „Seth ist der Gott des Umsturzes und des Bösen", sagte er fast tonlos.

Kim hob die Schultern. „Könnte doch sein, dass sich jemand einen blöden Scherz erlaubt hat. Ein Kind, dem langweilig war. Was regst du dich so auf, Julian?"

„Weil ich glaube, dass es sich keineswegs um einen Scherz handelt", erwiderte Julian. Nachdem er sich vergewissert hatte, dass ihn niemand beobachtete, gab er der Tür einen Tritt. Schon schwang sie auf.

„Das kannst du doch nicht machen!", zischte Kim entsetzt. „Dir würde es auch nicht gefallen, wenn jemand einfach in dein Haus latscht!"

Doch Julian beachtete ihren Einwand nicht. Stattdessen beugte er sich zur Türschwelle hinab. Dort hatten kleine dunkle Flecken seine Aufmerksamkeit erregt. Im ersten fahlen Mondlicht erkannte Julian, dass die Flecken feucht schimmerten. Er steckte einen Finger in die Flüssigkeit und hielt ihn dicht vor seine Augen.

„Blut", wisperte er. „Das ist Blut! Hier ist irgendetwas passiert!"

„Hoffentlich ist Iti nichts zugestoßen!", sagte Kim. In diesem Moment huschte Kija an ihr vorbei ins Haus. „Kija!", rief Kim. „Komm sofort zurück". Aber die Katze blieb verschwunden. „Gut, dann gehen wir eben auch rein", sagte Kim fest entschlossen.

Julian tippte sich an die Stirn. „Bist du lebensmüde? Vielleicht stecken noch irgendwelche Verbrecher im Haus!"

Für ein paar Sekunden geriet Kim ins Grübeln, doch dann

erwiderte sie: „Kija ist im Haus. Und ich werde sie jetzt rausholen. Wenn ihr nicht mitkommt, gehe ich allein!"

Leon gab Julian einen Klaps. „Komm schon, dann sind wir immerhin zu dritt", sagte er aufmunternd, aber es klang nicht besonders überzeugend.

Und so gingen die Freunde vorsichtig in den Flur. Vom Wohn- und Schlafraum kam ein schwacher Lichtschein. Überrascht stellten die Freunde fest, dass das Zimmer von einem Öllämpchen erhellt wurde. Wer das Haus zuletzt verlassen hatte, musste es eilig gehabt haben. Er hatte vergessen, das Licht zu löschen.

Ein Miauen war zu hören.

„Kija!", stieß Kim erleichtert hervor. „Da bist du ja!"

Die Katze hockte neben dem Tisch, der umgestürzt war. Die Stühle waren zersplittert. Tonscherben lagen überall auf dem Boden.

„Sieht so aus, als sei hier gekämpft worden", vermutete Leon, während sich seine Nackenhaare sträubten. Ein Rascheln aus der Küche ließ ihn zusammenfahren. Unwillkürlich machte Leon ein paar Schritte zurück, bis er ganz dicht bei Kim und Julian stand.

„Was … was war das?", stammelte Julian mit Panik in der Stimme.

„Keine Ahnung", gab Leon zurück. Am liebsten hätte er sich umgedreht und wäre aus dem Haus gerannt. Ein Schatten huschte an ihm vorbei. Elegant und absolut geräuschlos glitt Kija in die Küche, bevor Kim sie zurückhalten konnte. Das Mädchen schloss die Augen. Warum musste Kija heute immer gerade dahin gehen, wo die meiste Gefahr drohte?

Zuerst war ein wütendes Fauchen zu hören, dann folgte ein Fiepen. Danach herrschte eine gespenstische Stille. Unvermittelt tauchte die Katze wieder auf, eine Ratte zwischen den Zähnen. Stolz legte Kija den Freunden ihre Beute vor die Füße und spazierte an ihnen vorbei in den Flur. Jetzt riskierten Kim, Julian und Leon einen Blick in die Küche. Sie war leer.

„Hier ist noch mehr Blut!", rief Julian, der sich die Öllampe genommen hatte und den Boden absuchte. Er schluckte. „Was ist hier nur passiert?"

„Na, was wohl?", sagte Kim dumpf. „Überall sind Blutspritzer, und Iti ist nicht da. Oh, mein Gott, hoffentlich ist Iti nicht tot! Sicher wissen wir nur: Iti muss überfallen worden sein und dabei hat er sich gewehrt. Die Täter haben dieses seltsame Seth-Zeichen hinterlassen. Aber ist das eine Botschaft? Oder das Zeichen eines Geheimbundes?"

„Ich glaube nicht, dass Iti tot ist", sagte Leon und fragte sich selbst, woher er diese Zuversicht nahm. „Und deine Theorie mit dem Geheimbund ist mir zu abgedreht, Kim. Vielleicht ging es auch nur um Spielschulden. Würde mich bei Iti nicht wundern. Wir müssen ihn gleich morgen bei Tagesanbruch suchen."

„Okay", stimmte Kim ihm zu. „Aber ich glaube nicht, dass sein Verschwinden mit Spielschulden zu tun hat. Ich habe eher das Gefühl, dass der Wesir Aja hinter der Sache steckt."

„Wie kommst du denn da drauf?", fragte Julian skeptisch.

„Aja wollte doch ganz offensichtlich verhindern, dass Iti sich mit uns unterhält", begründete Kim ihre These. „Vielleicht hat Iti etwas am Tatort gesehen, was er besser nicht gesehen hätte. Er hatte ziemlich große Angst, wisst ihr nicht mehr? Und Aja hat mitbekommen, dass Iti sich noch einmal mit uns treffen wollte – und zwar heute Abend!"

# Ein erster Verdacht

Kija weckte die Freunde am nächsten Morgen, indem sie alle so lange mit der Nase anstupste, bis sie sich von den Binsenmatten erhoben. Die Stimmung war gedrückt. Es war allen klar, dass die Aufgabe, Iti in einer großen Stadt wie Theben zu finden, mehr als schwierig, wenn nicht sogar aussichtslos war.

„Wo sollen wir mit der Suche anfangen?", fragte Julian, als sie auf die Straße traten.

„Vielleicht bei den Nachbarn. Womöglich haben die etwas mitbekommen", schlug Leon vor, während er seine Augen mit der Hand beschattete. Die Sonne blendete ihn.

Sie begannen bei dem Haus rechts neben dem von Iti.

Leon klopfte an die Tür, die mit einem lauten Krachen nach innen fiel.

„Na großartig", grummelte Leon, nachdem sich die Staubwolke verzogen hatte. „Hier wohnt offensichtlich keiner mehr. Wirklich eine nette Gegend …"

Auch das Haus zur Linken schien nicht bewohnt. Zwar hielt die Tür Leons Klopfversuchen stand, aber es öffnete niemand. Ratlos blickten sich die Freunde an.

Da meldete sich Kija mit einem energischen Miauen. Sobald die Katze sicher war, dass alle Augen auf sie gerichtet waren, lief sie los, den Schwanz steil nach oben gerichtet.

„Sieht ganz so aus, als wolle uns Kija mal wieder etwas zeigen!", rief Kim begeistert und folgte mit Leon und Julian dem Tier.

Kija flitzte mit solch einem Tempo durch die schmalen Gassen, dass die Freunde nur mit Mühe Schritt halten konnten. Schließlich standen sie vor einer Schenke.

„Ach, du Schande!", stöhnte Leon. „Das ist doch der Schuppen, in dem Iti beim Schummeln erwischt wurde!"

„Vorsicht!", rief Julian in diesem Augenblick und zog seine Freunde hinter den Stand eines Tuchverkäufers. Jetzt erkannten Kim und Leon, warum Julian sie gewarnt hatte: Kaaper stapfte gerade auf die Schenke zu und verschwand darin.

„Gut beobachtet, Julian", sagte Leon. „Dem Dicken möchte ich nicht unbedingt noch mal begegnen."

„Ich auch nicht", sagte Kim und beugte sich zu Kija hinab. „Und du meinst, dass wir in der Kneipe nach Iti fragen sollen?" Sie rieb sich das Kinn. „Warum eigentlich nicht? Womöglich ist Iti hier Stammgast und hat dort viele Freunde. Vielleicht weiß einer, wo Iti abgeblieben ist."

Sie mussten eine halbe Stunde warten, bis Kaaper endlich wieder auftauchte und die Schenke Richtung Nil verließ.

Nun wagten sich die Freunde aus ihrem Versteck und betraten die Gaststätte. Das Mobiliar bestand aus einigen groben Tischen und wackeligen Stühlen, auf denen ein paar ältere Männer hockten. Obwohl es früh am Morgen war, war die Schenke bereits gut besucht. Die Männer an den Tischen beachteten die Kinder nicht. Einige waren in das Brettspiel vertieft, das die Kinder von Iti kannten.

Kim ging schnurstracks zum Tresen, hinter dem ein dürrer

Mann mit einem eiförmigen Glatzkopf versuchte, Fliegen zu erschlagen.

„Sei gegrüßt", sagte Kim mit ihrem freundlichsten Lächeln. „Wir sind auf der Suche nach unserem Freund Iti und haben gehört, dass er oft hier ist."

Der Wirt unterbrach die Fliegenjagd und sah das Mädchen mürrisch an.

„Iti? Den würde ich auch gerne wiedersehen. Der hat nämlich noch Schulden bei mir. Gestern hat er seinen *Irep* nicht bezahlt. Bei unserer letzten Begegnung hatte er es plötzlich ... sagen wir mal ... ausgesprochen eilig."

Kim tat erstaunt. „Ach wirklich? Wir werden ihm gern einen Gruß von dir ausrichten, wenn wir ihn finden sollten. Dann wird er sicher vorbeikommen und seine Schulden umgehend begleichen."

Der Wirt kniff die Augen zusammen. „Da wäre ich mir allerdings nicht so sicher. Aber falls ihr Iti wirklich treffen solltet, dann könnt ihr ihm gleich einen schönen Gruß von Kaaper ausrichten. Der sucht ihn nämlich ebenfalls. War gerade hier und hatte eine Stinkwut. Scheinbar hat er mit Iti auch noch eine Rechnung zu begleichen."

Der Wirt fuhr sich mit dem Zeigefinger quer über die Kehle. Kim lächelte gequält.

„Wirklich, ein gefragter Mann, dieser Iti. Hast du eine Ahnung, wo er sein könnte?"

„Nein", entgegnete der Wirt.

„Hat er hier Freunde?"

„Mag sein, dass es noch Leute gibt, die er nicht beim Spiel betrogen hat. Aber die kommen erst gegen Abend."

Kim ließ nicht locker. „Und wie sieht es mit Verwandten aus? Leben Itis Eltern in Theben?"

Der Wirt stützte seine Ellbogen auf dem Tresen ab. „Du stellst 'ne Menge Fragen, Mädchen, und langsam wirst du lästig. Aber um dich loszuwerden, will ich dir doch noch verraten, dass Itis Vater am Hafen wohnt. Und jetzt verschwindet oder bestellt gefälligst etwas zu trinken!"

Keine zehn Minuten später hatten die drei Freunde den Hafen von Theben erreicht. Gerade legte ein plumpes, flaches Schiff aus Akazienholz an, das mit tonnenschweren Steinen für einen Tempelbau beladen war.

Kim fragte einen Schreiber, der im Schatten einer Dattelpalme mit seinem Schreibbrett hockte und auf Kundschaft wartete, nach Itis Vater. Der Schreiber deutete auf ein stattliches Haus direkt neben der Anlegestelle der Fähre, die mehrmals täglich zum anderen Nilufer übersetzte. Dort, im Westteil Thebens, lag die Stadt der Toten, die *Nekropole*.

„Lasst es mich noch einmal probieren", sagte Leon grinsend und klopfte an der Tür des eleganten Hauses. Prompt wurde sie aufgerissen, als habe jemand bereits auf ein Klopfen gewartet. Dieser Jemand war ein Mann um die fünfzig mit einem sorgenvollen Gesicht.

„Ach, und ich dachte schon, es sei mein Sohn", sagte der Mann enttäuscht. Dann straffte er die Schultern. „Was wollt ihr?"

„Wir sind Freunde von Iti und suchen ihn", antwortete Julian, der sich an Leon vorbeigeschoben hatte.

177

„Itis Freunde?", fragte der Mann ungläubig. „Dafür scheint ihr mir aber etwas zu jung zu sein. Mein Sohn spielt nicht mehr mit Kindern!"

Schon wollte Itis Vater die Tür zuschlagen.

„Halt, warte bitte!", stoppte Julian ihn. Dann erzählte er dem Mann, wie sie Iti kennengelernt hatten. Als er jedoch von Itis Beobachtungen im Palast erzählen wollte, unterbrach ihn der Mann.

„Pst, sei leise!", flüsterte er. „Das bereden wir lieber drinnen. Kommt rein."

Die Freunde betraten einen schattigen Innenhof, in dem es nach verschiedenen Kräutern roch.

„Ich bin Kamose", stellte sich der Hausbesitzer vor. „Und als Arzt kuriere ich viele Leiden mit Kräutern. Einige davon ziehe ich hier in meinem kleinen Garten. Aber bitte setzt euch. Ich lasse euch etwas zu trinken bringen."

Sobald ein Diener Wasser und Milch gebracht hatte und wieder verschwunden war, zog Kamose seinen Stuhl dicht an die Freunde heran.

„Ich habe seit gestern nichts mehr von meinem Sohn gehört. Nur Gerüchte. Er soll verhaftet worden sein! Ich bin außer mir vor Sorge. Was hat euch Iti erzählt? Was ist im Palast vorgefallen?"

Julian erzählte, was sie wussten.

„Und jetzt haben wir gehofft, dass du weißt, wo Iti ist", schloss Julian seinen Bericht.

„Leider nicht", sagte Kamose, erhob sich und begann unruhig im Garten auf und ab zu gehen. „Ich bin mir sicher, dass Itis Verschwinden etwas mit dem Tod des Pharaos zu tun hat!", rief er unvermittelt und ballte die Fäuste. „Und dahinter kann nur einer stecken! Dieser verfluchte Aja!"

Julian, Kim und Leon warfen sich verstohlene Blicke zu. Sie waren also nicht die Einzigen, die Aja in Verdacht hatten!

„Wie kommst du denn auf Aja?", fragte Julian unschuldig.

„Aja war schon unter Pharao Echnaton Wesir. Als Echnaton starb, folgte ihm Semenchkare auf den Thron. Aber Semenchkare starb nach wenigen Monaten. Dann kam Tutanchamun an die Macht." Kamose lachte hohl. „Aber was sage ich da? An die Macht! Tutanchamun war damals noch ein Kind, gerade mal sieben Jahre alt. Er saß auf dem Thron, aber Macht hatte er keine. Aja kümmerte sich rührend um den kleinen Pharao. Er unterrichtete ihn höchstpersönlich, brachte ihm Lesen, Schreiben, Rechnen und Jagen bei. Ganz allmählich übernahm Aja die Kontrolle über den Pharao und über das Reich. Jahrelang regierte Aja hinter den Kulissen das Land! Aber Tutanchamun wurde älter und selbstbewusster. Er begann, eigene Ideen zu entwickeln. Er nahm sogar einige von Ajas Entscheidungen zurück. Anders ausgedrückt: Tutanchamun nahm die Regierungsgeschäfte selbst in die Hand. Klar, dass Ajas Macht zu schwinden begann. Als Tutanchamun heiratete, wurde die Gefahr für den Wesir, ganz in die Bedeutungslosigkeit gedrängt zu werden, noch größer."

Abrupt beendete Kamose seine Wanderung und sah die Freunde scharf an. So scharf, dass Kija sich bedroht fühlte, einen Buckel machte und fauchte.

„Was wäre denn aus Aja geworden, wenn Tutanchamun und seine Frau Anchesenamun einen gesunden, männlichen

Thronfolger bekommen hätten?", zischte Kamose. Seine Augen wurden schmal. „Es wäre ganz vorbei gewesen mit Ajas Macht-Träumen. Deshalb hat er Tutanchamun getötet, großer Horus! Wahrscheinlich hofft Aja jetzt, selbst Pharao zu werden. Tutanchamun hat keinen Nachfolger. Aja ist jetzt der mächtigste Mann in unserem Land. Und deshalb musste auch mein Iti verschwinden. Womöglich hat er im Palast etwas beobachtet, was Aja gefährlich werden könnte!"

Schwer ließ sich Kamose auf seinen Stuhl fallen und vergrub das Gesicht in den Händen. Der Arzt schluchzte leise.

„Iti ist mein einziger Sohn, ich liebe ihn über alles. Letztes Jahr ist meine Frau gestorben und jetzt ist Iti verschwunden." Er riss die Hände vom Gesicht und schrie: „Wenn Aja ihm auch nur ein Haar krümmt, werde ich ihn töten. Das schwöre ich bei Osiris!"

Kim stand auf und legte Kamose einen Arm um die Schulter. „Beruhige dich! Wir werden dir helfen, Iti zu finden", versuchte sie ihn zu trösten.

Kija schlich heran und strich dem Arzt um die Beine. Schließlich nahm er sie auf den Schoß und streichelte sie.

„Ein schönes Tier. Und diese klugen, wissenden Augen", sagte er anerkennend. „Man könnte meinen, dass diese Katze versteht, was wir sagen."

Trotz der angespannten Situation lächelte Kim. „Das haben wir auch schon öfter gedacht", sagte sie. „Kija ist wirklich ausgesprochen faszinierend."

Die Katze miaute leise, wie zur Bestätigung.

„Seht ihr!", rief Kim. Dann wurde sie wieder ernst. „Deine Theorie klingt wirklich sehr einleuchtend", sagte sie zu dem

Arzt. „Schließlich hat Aja ein Motiv. Aber es gibt keinen Beweis, dass Tutanchamun wirklich ermordet wurde."

„Und der einzige Zeuge, der etwas wissen könnte, nämlich Iti, ist verschwunden", ergänzte Leon. „Eine harte Nuss, dieser Fall."

Jetzt erhob sich Julian. „Es gibt vielleicht noch jemanden, der wissen könnte, was im Palast an diesem Morgen passiert ist", sagte er und ließ die Worte erst einmal wirken.

Prompt waren alle Augen auf Julian gerichtet. „Wen meinst du?"

„Ich gehe davon aus, dass man Tutanchamuns Leiche zum Einbalsamieren gebracht hat", fuhr Julian jetzt fort. „Die Priester, die bei der Einbalsamierung anwesend sind, werden dem Leichnam logischerweise sehr nahe kommen. Sie werden also auch sehen, ob der Pharao irgendwelche Verletzungen hat!"

„Sehr gut!", rief Kamose aus. „Dass ich darauf nicht selbst gekommen bin! Einer der besten Balsamierer in Theben ist Cheriuf. Mit Sicherheit wird er sich um den Leichnam unseres verstorbenen Pharaos kümmern."

Julian konnte Kamoses Begeisterung nicht ganz nachvollziehen. „Aber warum sollte dieser Cheriuf mit uns reden?"

Kamoses Augen blitzten, als er sagte: „Weil Cheriuf ein guter Freund von Iti ist. Es gibt aber noch einen zweiten Grund: Cheriuf hat Tutanchamun zutiefst verehrt und Aja, diese Schlange, schon immer gehasst."

„Dann ist Cheriuf unser Mann", sagte Leon bestimmt. „Und wenn er ein guter Freund von Iti ist, weiß er vielleicht etwas über dessen Schicksal. Wir sollten keine Zeit verlieren!"

# Der Angriff der Schakale

Am frühen Abend standen die Freunde in der Nähe des Amun-Tempels. Hier hatten die königlichen Einbalsamierer ihre Räume. Die Freunde warteten bereits seit mehreren Stunden auf Cheriuf, der ihnen von Kamose gut beschrieben worden war: ein kräftiger, junger Mann mit einer auffallend spitzen, langen Nase.

Kamose selbst war nicht mitgekommen. Wenn sich der Arzt an den gefährlichen Nachforschungen direkt beteiligte, würde er Iti in noch größere Gefahr bringen, befürchteten die Freunde. Denn der Arzt Kamose war in Theben ein bekannter Mann, ganz im Gegenteil zu Kim, Leon, Julian und Kija, die kaum Verdacht erregen würden, wenn sie den Priester und Einbalsamierer Cheriuf aufsuchten.

Nach langem Hin und Her hatte Kamose widerwillig zugestimmt. Jedoch nur unter der Bedingung, dass die Freunde ihn über jeden ihrer Schritte möglichst schnell informieren würden.

Im Augenblick standen sich die drei nur die Beine in den Bauch, denn Cheriuf tauchte nicht auf. Julian nutzte die Zeit, um den einzigartigen Tempel zu bestaunen. Er bedauerte es sehr, dass sie nicht das Innere besichtigen durften. Dieser Bereich war allein den Priestern und dem Pharao vorbehalten.

Aber auch von außen beeindruckte das gigantische Bauwerk den Jungen. Pharao Amenophis III. hatte den Tempel errichten lassen, wie Julian aus seinen Büchern wusste. Mit den über und über mit religiösen Motiven verzierten Pylonen, den gleichförmigen, polierten Steinquadern und den exakten Figuren war der Tempel ein Meisterwerk der Architektur. Julian versuchte sich vorzustellen, wie Tausende von Arbeitern die tonnenschweren Quader über schiefe Ebenen aus Sand und Geröll hinaufschoben und -zogen und auf den exakt vorgegebenen Plätzen einfügten. Dieser erhabene Tempel war für die Ewigkeit gedacht. Wie glücklich wären seine Erbauer gewesen, wenn sie gewusst hätten, dass ihr Tempel tatsächlich Jahrtausende überstehen würde.

„Spielst du mit?"

Julian schreckte aus seinen Gedanken hoch. „Wie bitte?", fragte er.

„Ob du mitspielst?", wiederholte Kim ihre Frage. In ihrer grenzenlosen Langeweile hatten sich Kim und Leon wieder an das Spiel ihrer Kindergartenzeit *Ich sehe was, was du nicht siehst* erinnert.

„Ja, okay", sagte Julian.

So vertrieben sie sich vielleicht eine Stunde lang die Zeit. Als Julian wieder mal an der Reihe war, sagte er fast beiläufig: „Ich sehe was, was ihr nicht seht … und es ist kräftig, jung und hat eine auffallend spitze Nase!"

„Cheriuf? Wo?", fragte Kim aufgeregt.

„Na, da vorn am Tempeleingang", sagte Julian und lief auch schon los.

Die Freunde trauten sich nicht, Cheriuf direkt vor dem

Tempel anzusprechen. Sie wollten kein unnötiges Aufsehen erregen. Also folgten sie dem Priester, der das für seinen Berufsstand typische Leopardenfell trug, in einigem Abstand und warteten auf eine günstige Gelegenheit.

Die bot sich kurz darauf, als Cheriuf auf einen schmalen Weg am Nil abbog. Kim, Julian und Leon holten den Priester ein. Gerade als sie sich ihm vorstellen wollten, galoppierte ein Reiter an ihnen vorbei. Es war ein Soldat, der die drei Kinder und die Katze argwöhnisch musterte.

Dann wagten die Kinder den Priester anzusprechen.

„Ach, ihr seid Freunde von Iti?", fragte Cheriuf und lächelte. „Habt ihr schon einmal mit ihm gespielt?"

„Ja, das haben wir, aber nicht um Deben. Jetzt machen wir uns große Sorgen um ihn", sagte Kim schnell.

Zum zweiten Mal an diesem Tag erzählten die drei die Geschichte von Itis Verschwinden.

Auf Cheriufs Stirn zeigte sich eine tiefe Falte. „Das klingt gar nicht gut", murmelte er bestürzt. „Ich habe leider auch nichts von Iti gehört. Vielleicht hat Aja ihn ins Verlies geworfen."

„Iti machte Andeutungen, dass er etwas Verdächtiges im Bäderbereich gesehen habe, und zwar unmittelbar vor Tutanchamuns Tod", berichtete Leon. „Das klang fast so, als sei der Tod des Pharaos kein Unfall gewesen …"

„Tja, und wir wissen, dass du ein Balsamierer bist, der sich auf sein Handwerk besonders gut versteht", ergänzte Kim. „Da dachten wir, dass du die Leiche gesehen haben könntest und vielleicht …"

„Kein Wort weiter!", unterbrach Cheriuf das Mädchen. „Kommt mit ans Ufer!"

185

Der Priester zog die Freunde zu einem schmalen Schilf-streifen. Er sah sich um.

„So, hier können wir ungestört reden", sagte er dann. Auf seiner Stirn stand Schweiß. „Nein, das war kein Unfall! Wenn ihr mich fragt, war das Mord!", platzte es aus Cheriuf heraus. „Meine Aufgabe war es, die inneren Organe und das Gehirn meines Herrn zu entfernen. Als ich den Schädel anhob, sah ich eine Wunde am Hinterkopf. Ich sage euch: Der Pharao wurde hinterrücks erschlagen! Aber wenn ich das an der fal-schen Stelle sage, bin ich ein toter Mann. Und ich bin noch zu jung zum Sterben! Also werde ich schweigen, auch wenn es mir noch so schwerfällt. Doch eines sage ich euch: Wenn …"

Rasch näher kommendes Pferdegetrappel ließ ihn ver-stummen. Voller Angst starrte Cheriuf auf den Weg, den er mit den Freunden gerade verlassen hatte. Dann ertönte ein scharfes Kommando, und das Getrappel verebbte. Offenbar hatte der Reiter sein Pferd gestoppt, und zwar genau in Höhe der Freunde. Cheriuf zog sie blitzschnell ins Schilf, sodass sie vor neugierigen Blicken verborgen waren. Mit klopfenden Herzen spähten sie durch das Schilfgras, während das kühle Nilwasser ihre Beine umspülte.

Ein Soldat tauchte auf und suchte im letzten Tageslicht den Boden ab, als schaue er nach Fußspuren. Den Freunden stockte der Atem. Das war der Reiter, der sie vorhin auf dem Weg überholt hatte. Offenbar hatte er die Aufgabe, sie zu beobachten. Jetzt murmelte er ärgerlich vor sich hin und ver-schwand wieder.

„Das war knapp!", sagte Kim. „Wir müssen in Zukunft vor-sichtiger sein."

„Lasst uns schnell zu mir nach Hause gehen. Dort können wir weiterreden", schlug Cheriuf vor.

Inzwischen hatte sich die Dunkelheit über Ägypten gesenkt. Cheriuf führte die Freunde über verschlungene Wege durch Getreidefelder, die mit Wasser aus dem Nil versorgt wurden. Cheriufs unscheinbares Haus lag etwas außerhalb des Zentrums. Hier lebten vor allem Bauern und Fischer.

„Da ist es", sagte Cheriuf. Er klang ziemlich erleichtert. „Nichts Besonderes, aber ich lebe lieber hier draußen als in der Stadt, wo es mir viel zu laut und zu hektisch ist. Außerdem war mein Vater Fischer. Ich bin hier aufgewachsen."

„Seid mal still!", stieß Kim unvermittelt hervor. „Hört ihr das auch?"

Alle lauschten gebannt. Und richtig – ganz schwach waren wieder das Klappern von Hufen und ein entferntes Wiehern zu hören.

„Ein Reiter", stellte Kim flüsternd fest. Sie schluckte. War das der Soldat von vorhin? War er ihnen immer noch auf den Fersen? Und noch wichtiger: War er allein oder hatte er Verstärkung geholt? Kim horchte angestrengt in die Nacht. Wenn sie nicht alles täuschte, war das keineswegs nur ein Reiter. Sie unterdrückte ihre aufkommende Angst. Es mochte sogar ein ganzer Trupp Reiter sein, aber das hieß noch lange nicht, dass diese Männer hinter ihnen her waren. Wahrscheinlich hatten sie ein ganz anderes Ziel. Kim nahm Kija auf den Arm. Auch die Katze schien sich unwohl zu fühlen. Ihr grazer Körper war angespannt. Der Schwanz peitschte nervös hin und her.

„Kommt weiter", forderte Cheriuf die Freunde auf und ging voran. Kim folgte unmittelbar hinter ihm. Das Mädchen sperrte Augen und Ohren auf. Cheriuf erreichte die Haustür und zog sie auf. Da sah Kim, dass neben der Tür mit frischer Farbe das Zeichen von Seth hingeschmiert war.

„Vorsicht!", schrie Kim.

Cheriuf fuhr herum. „Was hast du?"

Kim deutete mit zitternder Hand auf das Zeichen. Als Cheriuf den Mund öffnete, um etwas zu sagen, begann der Boden zu beben. Von allen Seiten preschten Reiter heran!

„Eine Falle! Schnell weg!", schrie Kim durch die Nacht. Schon rannte sie los. Die Katze sprang von ihrem Arm zu Boden und lief voraus. Ein gewaltiges Pferd stampfte Kim entgegen. Ihr Blick glitt hoch zum Reiter. Kims Atem stockte. Der Reiter trug eine Schakal-Maske!

Eine *Anubis-Maske*, dachte Kim voller Entsetzen.

Der Reiter spannte seinen Bogen. Eine Sekunde später hörte Kim das todbringende Sirren. Blitzschnell warf sie sich zu Boden. Kija sprang fauchend davon und verschwand in einem Gebüsch. Mit geschlossenen Augen lag Kim wie gelähmt im Staub. Der Pfeil schlug knapp neben ihrem Kopf ein und das Pferd setzte elegant über sie hinweg.

„Hierher!", hörte Kim ihre Freunde rufen. Leon und Julian hatten sich hinter dem Stamm einer breiten Palme verkrochen.

Kim rappelte sich auf. Sie wusste, dass sie keine zweite Chance bekommen würde. Mit einem Satz war sie bei ihren Freunden.

„Wo ist Cheriuf?", fragte sie außer Atem.

Keine Antwort.

Dann erblickten sie ihn.

Cheriuf stand noch vor seinem Haus. Reiter hatten ihn umzingelt. Alle trugen diese schaurigen Schakal-Masken. Böse, wütende Schreie wurden laut.

„Wir müssen ihm helfen! Wir müssen die Reiter ablenken!", rief Kim und lief auch schon los.

In diesem Moment sprangen einige der Maskenmänner vom Pferd, packten Cheriuf und fesselten ihn. Dann wurde der gefesselte Einbalsamierer quer über ein Pferd gelegt und sofort von ein paar Reitern abtransportiert.

„Ihr feigen Entführer!", brüllte Kim außer sich vor Zorn.

Die Maskenmänner fuhren herum. Wieder wurden Pfeile angelegt und Bögen gespannt. Leon gab Kim einen Schubs, sodass sie in ein Getreidefeld taumelte.

„Wenn du leben willst, dann lauf!", schrie Leon das Mädchen verzweifelt an. Dann rannte er mit Kim, Julian und Kija weit in das Feld hinein – dorthin, wo sie vorerst niemand finden konnte.

# Der Kerker

Dicht aneinandergedrängt warteten Leon, Kim und Julian. Selten hatten sie solche Angst empfunden. Das war ein tödliches Spiel, und Seth, der Gott des Bösen, bestimmte anscheinend die Regeln.

Bange Minuten verstrichen. Dann waren endlich keine Stimmen mehr zu hören. Die Freunde wagten sich aus dem Feld.

„Die Reiter werden uns suchen", vermutete Julian düster. „Sie werden uns jagen und versuchen, uns zu töten! Sollen wir lieber nach Siebenthann zurückreisen?"

„Nein", widersprach Leon. „Nicht nach allem, was passiert ist. Wir müssen die Mörder von Tutanchamun zur Strecke bringen und herausfinden, was mit Cheriuf und Iti passiert ist!"

Zögernd stimmte Julian zu, doch in seiner Brust schlugen zwei Herzen. Auf der einen Seite hätte auch Julian die Abreise als feige Flucht empfunden. Andererseits hatten sie es diesmal mit besonders skrupellosen Menschen zu tun, die keine Sekunde zögern würden, sie zu töten.

„Dann haben wir jetzt nur noch eine Möglichkeit, wo wir uns verstecken können", sagte er leise. „Bei Kamose. Wir haben ja auch versprochen, ihn über alles zu informieren."

Eine halbe Stunde später erreichten sie das elegante Haus des Arztes. Es dauerte eine Weile, bis Kamose auf das hartnäckige Klopfen reagierte und sie endlich hereinließ.

Voller Entsetzen lauschte Kamose dem Bericht der Freunde.

„Ihr schwebt in höchster Gefahr", sagte der Arzt, als seine Gäste ihren Bericht beendet hatten. „Ihr könnt bei mir unterkommen. Ich werde dafür sorgen, dass euch nichts geschieht. Aber auch ich habe Neuigkeiten. Zum Glück sind es bessere Nachrichten als eure. Iti scheint am Leben zu sein!"

„Wo ist er?", fragten die Freunde wie aus einem Mund.

„Heute Abend auf dem Markt habe ich gehört, dass man Iti ins Gefängnis am Palast des Pharaos geworfen haben soll!"

„Aber du bist dir nicht sicher?", fragte Julian nach.

„So ist es", gab Kamose zu.

„Dann sollten wir herausfinden, ob es stimmt oder nicht", schlug Kim vor. „Am besten jetzt gleich."

Kamose hob abwehrend die Hände. „Ihr wollt doch nicht mitten in der Nacht zum Gefängnis gehen!"

Kim lächelte. „Warum denn nicht? Diese Ungewissheit ist doch quälend – gerade für dich, oder etwa nicht?"

Der Arzt seufzte. „Doch, natürlich. Ich bewundere euren Mut. Die Straßen Thebens sind nachts sehr gefährlich."

„Wir sind zu viert", widersprach Kim. Und mit einem schnellen Blick auf die Katze verbesserte sie sich: „Zu fünft wollte ich selbstverständlich sagen. Uns passiert schon nichts. Außerdem müssen wir alles unternehmen, um Iti freizubekommen. Dann kann er uns vielleicht mehr über diese merkwürdige Gestalt sagen, die er am Tatort gesehen hat."

Entschlossen ballte Kamose die Fäuste. „So sei es, bei *Hathor*. Lasst uns aufbrechen!"

Zügig durchquerten Kamose und die Freunde die nächtliche Hauptstadt. Und Kim behielt Recht: Niemand stellte sich ihnen in den Weg, sah man einmal von einem Betrunkenen ab, der sie nach dem Weg zum Nil fragte. Er wollte sich offensichtlich in die kühlen Fluten stürzen, um einen klaren Kopf zu bekommen.

„Pass auf die Krokodile auf", empfahl Kamose dem Mann. „Sonst hast du bald überhaupt keinen Kopf mehr."

Diese Warnung fand der Mann offenbar urkomisch, denn er verschwand mit einem glucksenden Lachen in die Richtung, die Kamose ihm gezeigt hatte.

Dann erreichten sie das Gefängnis, einen unscheinbaren, düsteren Flachbau am hinteren Ende des Palastes. Der Kerker hatte nur einen einzigen Zugang, vor dem ein Wachposten mit einem Speer stand.

Während die anderen noch überlegten, was sie tun sollten, trat Kim unbekümmert an den Soldaten heran.

„Na, ziemlich langweilig hier, was?", fragte sie mit einem süßen Lächeln.

Der Wachposten hob die Schultern. „Ja, schon. Aber es ist eine ruhige Arbeit! Und ich liebe die Nacht. Das Einzige, was mir fehlt, ist etwas zu trinken. Heute ist es ungewöhnlich heiß. Doch meinen Posten kann ich ja schlecht verlassen. Aber warum treibst du dich zu dieser späten Stunde noch hier herum? Du gehörst nach Hause."

Nun traten Kamose, Julian und Leon heran.

„Das ist schon in Ordnung", sagte der Arzt. „Das Mädchen ist mit mir unterwegs. Sag mal, weißt du eigentlich, wer momentan alles in deinem Gefängnis sitzt?"

„Klar", kam es zurück. „So viele sind es nun auch wieder nicht."

Kamose trat dicht an den Wachposten heran.

„Wir sind auf der Suche nach einem jungen Mann", flüsterte er. „Wir müssen wissen, ob er hier in diesem Gefängnis sitzt!"

„Ich darf keine Namen nennen", entgegnete der Wachposten schroff. „Kommt morgen wieder und fragt den Wesir."

Der Arzt stöhnte leise auf. Dann griff er in seinen Umhang und zog etwas hervor, das im Mondlicht aufblitzte. „Vielleicht kann das deine Zunge etwas lösen."

Der Wachposten warf einen schnellen Blick auf die Deben. „Das ist natürlich etwas anderes", sagte er eine Spur freundlicher.

„Sagt dir der Name Iti etwas?", forschte Kamose nach.

„Iti? Lass mich nachdenken. Mmh, vielleicht fällt mir zu diesem Namen etwas ein …"

„Schon gut", stieß der Arzt ärgerlich hervor und gab dem Wachposten weitere Deben.

Dessen Gesicht hellte sich auf.

„Ah, jetzt weiß ich es wieder. Dieser Iti wurde gestern eingesperrt. Oder war es vorgestern? Ich bin mir nicht sicher, wann es war, aber Iti ist hier."

„Und er ist ganz sicher am Leben?"

„Ja", sagte der Wachposten. „Das ist er … noch …"

„Was heißt das?", fragte der Arzt scharf.

„Das heißt, dass er morgen sterben wird. Iti ist zum Tode verurteilt worden."

„Aber das ist doch vollkommen unmöglich", begehrte Kamose auf. In seiner Stimme schwang große Verzweiflung mit. „Mein Sohn hat doch gar nichts getan!"

„Ach, er ist dein Sohn. Daher die ganze Aufregung", gab der Wachposten in aller Ruhe zurück. „Alle sagen, dass sie unschuldig seien."

„Was genau wirft man ihm vor?", mischte sich jetzt Julian ein.

„Verrat", sagte der Wachposten unbeteiligt. „Und darauf steht die Todesstrafe."

„Wer hat das Urteil gefällt?", wollte Julian wissen. „War es Aja?"

Der Wachposten schüttelte den Kopf und lächelte listig. „Das weiß ich nicht."

Plötzlich ging Kamose auf ihn los und rüttelte ihn an den Schultern. „Das glaube ich dir nicht. Du willst nur noch mehr Deben, du elender Halsabschneider!"

Grob stieß der Wachposten den Arzt zurück und richtete seinen Speer auf ihn. „Fass mich nicht an!", brüllte er. „Sonst sitzt du auch gleich in einer Zelle!"

Leon, Kim und Julian zogen Kamose von dem Gefängniswärter zurück.

„Hör auf!", bat Kim. „Das bringt nichts. Immerhin wissen wir jetzt, dass Iti lebt."

Kamose sah das Mädchen an. In seinen Augen schimmerten Tränen. „Ja, aber in ein paar Stunden ist er tot."

Kim schwieg betroffen. Sie mussten etwas unternehmen –

194

und zwar schnell. Nur was? Sie warf Hilfe suchende Blicke zu Leon und Julian. Leon zupfte an seinem Ohrläppchen und dachte scharf nach.

„Wir müssen Iti irgendwie aus diesem Gefängnis herausholen", sagte Leon schließlich.

„Und wie, bitte schön, willst du an dem Wachposten vorbeikommen?", fragte Julian.

Leon schnippte mit den Fingern. „Ich glaube, ich habe eine Idee!"

# Das Befreiungskommando

„Was hast du vor?", fragte Kamose ungeduldig.

„Der Wachposten hat doch Durst, hat er gesagt", flüsterte Leon.

„Na und?", kam es von Julian.

„Lass mich in Ruhe erklären!", bat Leon seinen Freund. „Wir sollten seinen Durst löschen … allerdings mit einem speziellen Trank! Du, Kamose, kennst dich gut mit Kräutern aus, nicht wahr?"

Der Arzt nickte.

„Kannst du auch ein wirksames Schlafmittel zusammenbrauen?", wollte Leon wissen.

Kamoses Gesicht hellte sich auf. „Jetzt verstehe ich …"

So schnell sie konnten, rannten die Freunde zum Haus des Arztes zurück. Dort zerstampfte Kamose einige Kräuter in einem Mörser und vermischte sie anschließend mit etwas Wein.

Während die Freunde ihm zuschauten, erläuterte Leon ihnen weitere Einzelheiten seines Plans.

„Sobald der Wächter eingeschlafen ist, werden Kamose und ich an ihm vorbeischleichen und Iti rausholen."

„Ich will auch mit!", protestierte Kim.

„Lieber nicht!", wehrte Leon ab. „Du und Julian müsst aufpassen, dass niemand kommt und uns notfalls warnen. Am besten mit einem Pfiff!"

Kim war von Leons Idee noch nicht restlos überzeugt. „Der Kerl am Eingang wird nicht die einzige Wache im Kerker sein ..."

Leon runzelte die Stirn. „Da könntest du Recht haben. Wir müssen sehr vorsichtig sein und uns irgendwie an den anderen Wachen vorbeimogeln ..."

„Wie soll das funktionieren? Das ist doch verdammt riskant", urteilte Kim.

„Ja, ich weiß", gab Leon zu. „Aber ich fürchte, wir müssen es versuchen. Das ist unsere einzige Chance. Sonst wird Iti den morgigen Tag nicht überleben."

„Ich bin auf jeden Fall dabei", sagte Kamose entschlossen. Er schüttelte einen Tonkrug. „Das hier wird einen Ochsen betäuben."

„Dann lasst uns keine Zeit verlieren und zum Gefängnis zurückgehen!", rief Leon.


Der Wachposten stand unverändert an seinem Platz und bewunderte den Nachthimmel.

„Ihr schon wieder", knurrte er, als er die kleine Gruppe erblickte. „Geht mir bloß nicht noch mal auf die Nerven!"

Kim lächelte ihn freundlich an. „Hast du immer noch so großen Durst?"

Der Wachposten nickte. „Klar, ich komme hier ja nicht weg."

Kamose reichte dem Posten den Krug. „Tut mir leid, dass

ich vorhin so unbeherrscht war. Wir haben dir was zu trinken mitgebracht."

Heiser lachte der Wachposten. „Ach ja? Und wer sagt mir, dass du da kein Gift reingemischt hast?"

„Gift?", stieß Kamose empört aus. „Wie kommst du denn darauf, bei Amun?"

„Tja, wir Gefängniswärter sind nicht besonders beliebt", sagte der Posten. „Wäre nicht das erste Mal, dass man sich an uns rächen will. Dabei können wir ja gar nichts für die Urteilssprüche. Wir stehen hier doch nur und passen auf."

„Natürlich, du tust nur deine Pflicht", stimmte Kamose ihm schnell zu.

„Trink du zuerst", sagte der Wachposten und sah den Arzt dabei herausfordernd an.

Leon spürte einen Kloß im Hals. Jetzt war alles vorbei! Sein ganzer Plan war mit einem Schlag wertlos.

Kamose wirkte unentschlossen. Der Krug in seinen Händen zitterte.

„Was ist?", hakte der Wachposten nach.

„Gern, kein Problem", antwortete Kamose, drehte sich ein wenig zur Seite und setzte den Krug an seine Lippen.

Leon unterdrückte den Wunsch, dem Arzt den Krug zu entreißen. Plötzlich sah Leon, dass Kamose den Wein gar nicht trank. Er ließ ihn unauffällig über das Kinn den Hals entlang in sein Hemd rinnen!

Dann wischte sich der Arzt über den Mund und reichte den Krug dem Wachposten.

„Danke", sagte der Mann grinsend. „Verzeih mein Misstrauen. Aber man kann nicht vorsichtig genug sein."

„Du sagst es", entgegnete Kamose, während er genau zusah, wie der Wachposten gierig schluckte.

„Ein feiner Tropfen", urteilte der Wärter und reichte das Gefäß zurück.

Kamose feixte. „Allerdings, das ist wirklich ein ganz besonderer Tropfen. Aber jetzt müssen wir weiter."

Der Wachposten nickte nur und sah den Freunden hinterher, wie sie in der Dunkelheit verschwanden.

Hinter einer Mauer bezogen die Freunde und der Arzt Stellung und beobachteten den Gefängniswärter. Das Schlafmittel wirkte früher als erwartet. Der Wachposten gähnte. Dann setzte er sich neben das Tor und lehnte sich gegen die Mauer. Kurz darauf sank sein Kopf nach vorn. Der Mann schlief tief und fest.

Leon nickte Kamose zu. Dann huschten die beiden zur Pforte. Doch Kija flitzte mit ihnen ins Gefängnis.

„Die Katze muss hierbleiben!", zischte Kamose. „Wir können unmöglich auf sie aufpassen."

„Lass sie ruhig. Wir müssen nicht auf sie aufpassen – sie wird auf uns aufpassen!", gab Leon zurück.

Der Arzt verstand nicht, was Leon damit sagen wollte, aber sie hatten jetzt keine Zeit, die Sache auszudiskutieren. Grummelnd half Kamose Leon, den betäubten Wachposten in den Torbogen zu ziehen, sodass man den schlafenden Mann nicht gleich von der Straße aus sehen konnte. Mit vereinten Kräften schoben Leon und Kamose einen schweren Riegel beiseite, öffneten das Tor und gelangten in einen Gang, der von einem Öllämpchen nur schwach beleuchtet wurde.

Kija lief voraus, die Ohren aufmerksam nach vorn gedreht. Jeder Muskel ihres Körpers schien angespannt. Die Katze glich einem hochsensiblen Empfänger, der jedes auch noch so leise Geräusch vernehmen und jede auch noch so feine Bewegung registrieren würde.

Leon und Kamose schlichen hinter dem Tier her. Sie bemühten sich, nur ja keinen Mucks von sich zu geben. Prompt knackte Leons Knöchel. Er kam sich im Vergleich zu Kija plump und ungeschickt vor.

Plötzlich stoppte die Katze. Fast wäre Leon gegen Kamose gelaufen, der ebenso abrupt angehalten hatte wie Kija. Das Tier stand still. Geräuschlos schlug ihr Schwanz hin und her. Schweiß lief über Leons Stirn. Er schloss die Augen und konzentrierte sich ganz auf irgendwelche Geräusche. Jetzt hörte er es: Stimmen, ganz schwach und offenbar noch ein gutes Stück von ihnen entfernt.

Leon löste sich aus der Erstarrung und hockte sich neben Kija. Beruhigend strich er über ihr Fell und nickte ihr zu. Dann übernahm der Junge die Führung. Auf Zehenspitzen drangen sie weiter in den Kerker vor. Allmählich wurde es wieder heller. Außerdem wurden die Stimmen lauter und deutlicher. Der Gang bog nach rechts. Leon spähte um die Ecke. Im Schein einer weiteren Öllampe saßen zwei Wärter und würfelten. Aber Leon entdeckte etwas, das sein Herz höher schlagen ließ: In einer Zelle hockte eine zusammengesunkene Gestalt, auf deren Gesicht das Licht der Öllampe fiel. Es war Iti!

Leon begann nervös an seiner Unterlippe zu knabbern.

Kim hatte natürlich Recht gehabt: Es gab noch weitere Wachen. Damit hatte er rechnen müssen. Wie sollten sie an den beiden Männern vorbeikommen? Keine Chance, gestand sich Leon ein und begann noch stärker zu schwitzen.

Was jetzt?, war in Kamoses fragendem Blick zu lesen.

Mist, dachte Leon. Sein Plan war nicht bis zum Ende durchdacht. Aber es musste eine Lösung geben! Wenn sie nichts unternahmen, hatte Iti nur noch wenige Stunden zu leben.

In diesem Moment schoss Kija vor und sprang zwischen die Wachen, die erschrocken hochfuhren.

„Wo kommt denn dieses Vieh so plötzlich her?", brüllte einer der Männer.

Der andere lachte dröhnend. „Warte, das schnappen wir uns!"

Schon rannte er hinter Kija her. Voller Entsetzen sah Leon, wie die Männer versuchten, die Katze zu fangen. Doch Kija war viel zu flink für ihre Verfolger. Immer wenn sich die groben Hände um ihren Körper schließen wollten, entwischte sie. Und jetzt sauste sie in eine leere Zelle, deren Holzgitter offen stand.

„Da kriegen wird dich, da kommst du nicht mehr raus!", freuten sich die Wächter und stürmten ebenfalls in die Zelle.

Plötzlich machte es bei Leon Klick. Mit einem Satz sprang er zur Zellentür und schlug das Holzgitter zu. Bevor die Männer reagieren konnten, hatte Leon den Riegel vorgeschoben.

„Was fällt dir ein?", grölten die Wachen. „Lass uns sofort wieder raus! Was hast du hier im Gefängnis überhaupt verloren?"

Kija schlüpfte durch das Gitter zu Leon und rieb sich an seinen Beinen.

„Gut gemacht, Kija! Du bist einfach die klügste Katze der

Welt", lobte Leon. „Ohne dich wären wir mal wieder aufge-schmissen gewesen."

Die Wachen schlugen kräftig gegen das Gitter. „He, wir reden mit dir, Kleiner! Du sollst das Gitter aufsperren!"

Leon tippte sich nur an die Stirn und ging zu Itis Zelle, die Kamose bereits geöffnet hatte. Vater und Sohn lagen sich stumm in den Armen.

„Äh, ich will ja nicht stören, aber wir sollten uns beeilen", sagte Leon. „Die beiden Herren machen ziemlichen Lärm. Irgendwann wird man sie mit Sicherheit draußen hören."

„Danke! Tausend Dank!", stammelte Iti überwältigt und drückte Leons Hand.

„Bedank dich bei ihr", erwiderte Leon und deutete auf die Katze. „Es war ihre Idee."

Dann verließen sie eilig den Kerker.

# Verrat

Im Speisezimmer des Arztes Kamose herrschte ausgelassene Stimmung. Er hatte die feinsten Speisen aus der Küche holen lassen. In Itis und Kamoses Bechern perlte süßer Wein. Die Freunde stärkten sich mit kühler Ziegenmilch. Niemand war müde, obwohl die Nacht inzwischen weit fortgeschritten war. Immer wieder wollten Kim und Julian die Geschichte hören, wie Kija die Wachen überlistet hatte.

Dann wurde Kamose ernst. „Nun erzähle du, Iti: Was hat sich in deinem Haus abgespielt? Wer hat dich verhaftet? Und vor allem: Was wirft man dir vor?"

Iti verzog das Gesicht. „Ich weiß es nicht, Vater. Plötzlich sind ein paar bewaffnete Männer in mein Haus gestürmt. Wortlos haben sie mich überwältigt und fortgeschleppt."

„Haben sie nicht einmal gesagt, in wessen Auftrag sie gehandelt haben?"

„Nein, sie sagten kein Wort. Dann brachten sie mich ins Gefängnis und warfen mich in eine Zelle. Dort erst erfuhr ich, dass man mir Verrat vorwirft. Aber das ist doch lächerlich!"

Kamose legte eine Hand auf den Arm seines Sohns. „Das weiß ich. Du bist völlig unschuldig. Ganz im Gegensatz zu Aja. Ich bin mir sicher, dass er hinter all dem steckt!"

Iti nickte. „Das glaube ich auch."

205

Kamose sah ihn fest an. „Wir haben noch eine sehr schlechte Nachricht für dich. Dein Freund Cheriuf wurde ebenfalls verschleppt …"

Iti blickte seinen Vater entsetzt an. Sein Mund formte ein paar stumme Worte.

„Es tut mir leid", sagte Kamose leise. „Cheriuf hat sich mit unseren Freunden hier getroffen – das war sein Vergehen!"

„Aber das gibt doch keinen … keinen Sinn", stammelte Iti.

„Doch", sagte Leon, „denn Cheriuf hat uns etwas verraten. Er hat an Tutanchamuns Leiche eine Verletzung am Hinterkopf entdeckt! Wie du ging er davon aus, dass Tutanchamun keineswegs an den Folgen eines Unfalls gestorben ist, sondern wahrscheinlich ermordet wurde!"

„Du wolltest uns doch noch von dieser seltsamen Gestalt erzählen, die du am Tatort gesehen hast, Iti", warf Kim ein.

„Ja, natürlich", sagte Iti. Er hatte ganz offensichtlich Mühe, sich zu konzentrieren. „Diese Gestalt … war wirklich seltsam. Sie hatte lange Haare …"

„Eine Frau?", rief Julian überrascht.

„Vielleicht", erwiderte Iti. „Vielleicht aber auch nicht. Viele Männer tragen ja Perücken."

Julian nickte. Aus den Geschichtsbüchern wusste er, dass Perücken bei den Ägyptern ausgesprochen modisch waren. Vor allem bei festlichen Banketten wurden sie gern getragen.

„Du hast also das Gesicht dieser Person nicht gesehen?", hakte Julian nach.

„Leider nein", bestätigte Iti. „Sie drehte mir den Rücken zu. Außerdem war ich ja auch ein Stück weg. Ich stand in der

Tür des Nebenzimmers. Das Einzige was ich sah, war, dass die Gestalt eine Vase mit Duftöl in der Hand hielt."

„Duftöl?"

„Ja, das benutzen wir zur Körperpflege. Das ist nichts Ungewöhnliches. Deshalb habe ich mir auch nichts dabei gedacht, als ich diese Person davonhuschen sah. Es gibt viele Diener im Palast. Nicht jeden erkennt man von hinten. Und unser Pharao lag ja auf der Liege. Es sah so aus, als ob er schliefe. Alles wirkte normal und friedlich. Aber als ich vom Tod des Pharaos hörte, kamen mir plötzlich Zweifel, ob die Person mit der Vase nicht doch etwas damit zu tun haben könnte …"

„Vielleicht war es ja der Mörder oder die Mörderin. Und die Vase könnte sogar die Tatwaffe gewesen sein", überlegte Kim laut. Plötzlich erinnerte sie sich sehr gut an die etwa 50 Zentimeter große, mit dem Kopf der Göttin Hathor verzierte Vase, die sie in der Tutanchamun-Ausstellung gesehen hatte. Diese Vase war ein beeindruckendes Stück ägyptischer Handwerkskunst. Damit könnte man ohne weiteres jemandem den Schädel einschlagen. Kim schauderte bei dem Gedanken, dass die dekorative Grabbeigabe womöglich das Mordwerkzeug gewesen war.

„Entschuldigt, wenn ich euch unterbreche", warf Julian ein. „Aber ich fürchte, dass du hier nicht mehr lange sicher bist, Iti. Vermutlich haben die Wärter im Kerker in der Zwischenzeit auf sich aufmerksam machen können. Außerdem wird der schlafende Gefängniswärter wieder munter sein. Man wird nach dir suchen. Und bestimmt kommen die Verfolger auf die Idee, hier bei deinem Vater nachzuschauen."

Kamoses Miene verfinsterte sich. „Da hast du sicher Recht. Aber auch du und deine Freunde seid in großer Gefahr, denn ihr werdet ebenso gesucht. Ihr müsst euch irgendwo verstecken. Am besten bei meinem Bruder. Er wohnt ein Stück nilabwärts und wird uns bestimmt helfen. Wir packen ein paar Sachen für euch zusammen. Dann werden wir hier schleunigst verschwinden. Bei meinem Bruder können wir die nächsten Schritte beratschlagen."

Eine halbe Stunde später wollten sie gerade das Haus verlassen. Da dröhnten von außen wuchtige Schläge gegen das Holz.

„Sind sie das, die Wachen, Vater?", fragte Iti.

„Keine Ahnung", flüsterte Kamose. Angst ließ seine Stimme zittern. Wieder krachten Schläge gegen die Tür. Der Arzt packte den Griff, um die Tür zu öffnen.

„Tu's nicht!", warnte Iti.

Doch Kamose ließ sich nicht aufhalten. Ruckartig riss er die Tür auf. Mit einem Schrei fuhr der Arzt zurück.

Acht Reiter bildeten einen Halbkreis um den Hauseingang. Alle trugen Schakal-Masken, die von Feuerschein erhellt wurden.

Das Licht stammte von einer brennenden Holzfigur, die einer der Reiter mit einer Stange in den Himmel hob. Die Figur trug unverkennbar die Züge von Seth, dem Gott des Bösen. Nur das Knistern des Feuers war zu hören, sonst herrschte eine unheimliche Stille. Ein Mann huschte in diesem Moment ins Nachbarhaus.

„Chui!", brüllte Kamose. „Ich habe dich erkannt. Du hast uns verraten! Was hat man dir dafür gezahlt?"

„Wir müssen über das Dach abhauen, schnell", flüsterte Leon, der sich als Erster vom Schrecken erholt hatte. Geistesgegenwärtig schlug er Kamoses Haustür zu und legte einen schweren Riegel vor.

„Fliehen? Ich? Nie im Leben! Ich bleibe in meinem Haus!", gellte Kamoses Stimme durch den Flur.

„Sei nicht dumm, komm mit!", rief Iti und zerrte am Hemd seines Vaters. „Du bist hier nicht sicher. Gleich werden sie die Tür eintreten!"

Doch Kamose zögerte. Schläge donnerten gegen die Tür.

Iti stieß einen leisen Fluch aus und rannte hinter den Freunden her.

„Wo geht es aufs Dach?", fragte Leon.

„Hier!", sagte Iti und rannte zu einer Treppe. Dort blieb er stehen und flehte seinen Vater an: „Nun komm endlich!"

„Bin schon unterwegs", kam es zurück.

Erleichtert flitzten Iti und die Freunde die Treppe hinauf. Plötzlich drang von unten das Geräusch von splitterndem Holz und Kampfeslärm zu ihnen herauf.

„Oh nein, sie haben meinen Vater erwischt! Ich muss ihm helfen!", stieß Iti hervor und machte Anstalten, die Treppe hinunterzustürmen. Nur mit Mühe konnten die Freunde ihn davon abhalten.

„Es nützt deinem Vater nichts, wenn wir alle gefangen genommen werden!", rief Leon. „Wir müssen fliehen. Dann können wir ihm viel eher helfen – so wie wir dir geholfen haben!"

Widerstrebend gehorchte Iti. Mit Tränen in den Augen rannte er über das Flachdach, die anderen dicht hinter ihm. Sie erreichten die Kante des Daches, und Iti machte einen weiten Satz. Er landete auf dem Dach des Nachbarhauses und rollte sich geschickt ab. Als Nächste sprangen Leon, Kim und Kija. Auch sie gelangten sicher hinüber.

„Ich packe das nicht!", rief Julian. „Das … das ist viel zu weit!" Mit weichen Knien stand er an der Dachkante und starrte nach unten.

„Nicht runterschauen!", rief Leon ihm zu. „Nimm Anlauf und spring!"

Julian sah verzweifelt zu ihnen herüber. Er schien wie gelähmt zu sein.

Da tauchten zwei Männer mit Anubis-Masken auf dem Dach auf und stürmten auf Julian zu.

„Dreh dich mal um!", schrie Kim und ganz leise fügte sie hinzu. „Das wird dir hoffentlich Flügel verleihen …"

Und das tat es. In seiner Panik gelang Julian der weiteste Sprung seines Lebens. Er landete genau am Rand des Daches, auf dem seine Freunde warteten. Dort stand er einen Moment wie ein Seiltänzer, der darum kämpft, das Gleichgewicht zu halten. Leon sprang heran, packte seinen Freund an den Armen und zog ihn endgültig auf das Dach. Dabei fielen beide hin.

„Achtung!", ertönte Itis Stimme. Er schwang eine lange Holzlatte, die er auf dem Dach des Nachbarhauses gefunden hatte, und schmetterte sie den Verfolgern um die Ohren, die in dieser Sekunde hinübergesprungen waren. Schreiend stürzten die Männer mit den Anubis-Masken vom Dach.

„Guter Schlag!", sagte Kim. „Aber die anderen Kerle werden nicht lange auf sich warten lassen!"

Iti warf die Latte weg und rannte los. Mit traumwandlerischer Sicherheit führte er die Freunde von Dach zu Dach. Die Verfolger waren rasch abgeschüttelt. Iti kannte sich in dem Viertel erstaunlich gut aus. Die Freunde vermuteten, dass er nicht das erste Mal über die Dächer floh. Wahrscheinlich hatte er dank seiner Schummeleien beim Brettspiel schon eine gewisse Routine entwickelt.

Nach zehn Minuten erlebten die Freunde eine Überraschung: Sie befanden sich nun wieder auf Kamoses Haus.

„Hast du dich … etwa verirrt?", fragte Leon atemlos.

„Keineswegs", gab Iti zurück, während er an die Dachkante robbte und auf die Straße hinuntersah. „Ich will wissen, was mit meinem Vater geschieht! Seht mal, die Pferde stehen noch vor dem Haus!"

Jetzt lagen alle fünf an der Dachkante und schauten hinunter. Die Männer mit den Anubis-Masken trieben den gefesselten Kamose zu einem der Pferde und hoben ihn hinauf. Dann ritten sie gemächlich davon. Die Männer schienen sich darauf verlassen zu können, dass sich ihnen niemand in den Weg stellen würde.

„Diese Mistkerle!", wisperte Iti. „Bestimmt werden sie meinen Vater auch ins Gefängnis werfen."

„Wenigstens scheint er nicht verletzt zu sein", sagte Kim, während sie nachdenklich Kija kraulte. Die Katze wurde unruhig und erhob sich aus ihrer geduckten Haltung. „He, was hast du vor?", flüsterte Kim aufgeregt.

Die Katze drehte sich zu ihr um. Ihre Augen wirkten in dem schmalen Gesicht unendlich groß und wachsam. Leise miaute Kija. Sie wollte offensichtlich, dass die Freunde ihr folgten.

# Die geheime Botschaft

Auf der Straße schlug Kija den Weg ein, den die unheimlichen Reiter mit den Anubis-Masken gewählt hatten. Leon, Kim, Julian und Iti folgten der Katze. Geschickt glitt Kija von Haus zu Haus, immer darauf bedacht, genügend Abstand zu der sich gemächlich fortbewegenden Reitergruppe zu halten. So gelang es den Freunden, den Maskenmännern unbemerkt auf den Fersen zu bleiben. Deren Ziel war aber nicht wie erwartet das Gefängnis, sondern der Palast.

„Was wollen die denn dort?", wunderte sich Leon, während sie sich hinter einem Holzkarren versteckten.

„Das kann ich dir sagen", murmelte Julian. „Sie werden Kamose zu Aja bringen. Der Wesir steckt doch hinter allem!"

Sie spähten hinter dem Wagen hervor und sahen, wie die Reiter den Palasteingang erreichten, der von mehreren Fackeln hell erleuchtet wurde. Einer der Männer, offenbar ihr Anführer, sprang vom Pferd und ging auf die Wache zu. Die beiden wechselten ein paar Worte, die die Freunde nicht verstehen konnten. Dann verschwand die Wache im Palast. Mehrere Minuten verstrichen, ohne dass etwas passierte. Kamose saß zwischen seinen Entführern auf dem Pferd und starrte an ihnen vorbei in die Nacht, die bald dem Tag weichen würde.

Seine aufrechte Körperhaltung verriet, dass er keineswegs mutlos war.

„Wenn sie meinem Vater auch nur ein Haar krümmen, werde ich sie töten", versprach Iti wütend.

„Das hat Kamose auch gesagt, als du verschwunden warst", erinnerte sich Julian. „Und wir haben dich befreit. Also werden wir auch deinen Vater befreien können. Du musst nur fest daran glauben!"

Iti nickte.

In diesem Moment tauchte der Wachposten wieder vor dem Palast auf – aber er war nicht allein. Hinter ihm schritt eine zierliche Gestalt, die von zwei Dienern flankiert wurde.

Itis Mund klappte auf.

„Das … das ist ja Anchesenamun!", stotterte er verdutzt.

Die Frau trat vor das Tor. Das Licht der Fackeln fiel auf ihr schönes, ebenmäßiges Gesicht. Tutanchamuns junge Witwe trug ein smaragdfarbenes, eng anliegendes Gewand. Goldene Reifen schmückten ihre Oberarme, in den blauschwarzen Haaren und auf den Riemen ihrer eleganten Schuhe glitzerten Edelsteine.

„Das also ist der große Arzt Kamose", drang ihre Stimme hart und klar durch die Nacht. „Noch lieber hätte ich deinen Sohn hier bei mir gesehen. Aber du wirst uns schon verraten, wo er steckt."

„Nein", antwortete Kamose fest, „das werde ich nicht tun."

„Du wagst es, deiner Königin zu widersprechen?" Anchesenamun warf den Kopf in den Nacken und lachte höhnisch. „Aber ich werde deinen Widerstand schon noch brechen, ver-

lass dich darauf." Dann wandte sie sich an die Reiter. „Bringt Kamose in meine Gemächer und sperrt ihn ein. Dann werdet ihr diesen Iti und seine Freunde aufstöbern. Ihr werdet nicht aufhören zu suchen, bis ihr sie gefunden habt. Ich dulde keine Fehlschläge mehr, beim Amun! Holt euch Verstärkung, setzt alles in Bewegung. Wenn ihr sie nicht bis heute Abend gefunden habt, werde ich euch den Krokodilen vorwerfen. Habt ihr verstanden?"

Die Männer nickten ehrfürchtig.

Anchesenamun sah regungslos zu, wie Kamose in den Palast gezerrt wurde. Dann zog sie den Anführer der Reitergruppe beiseite und führte ihn ausgerechnet in die Nähe des Wagens, hinter dem die Freunde kauerten. Kim, Leon, Julian und Iti machten sich so klein es ging und lauschten atemlos.

„Hör zu", sagte Anchesenamun jetzt. „Ich habe eine geheime Botschaft, die du einer hochgestellten Persönlichkeit überbringen sollst."

„Ich tue alles, was du verlangst, meine große Königin", sagte der Mann unterwürfig.

Wieder ein arrogantes Lachen.

„Das rate ich dir auch. Denn ich bin mit deiner bisherigen Leistung alles andere als zufrieden. Aber ich werde dir eine zweite Chance geben, während deine Männer diesen Iti suchen."

Die Freunde lugten hinter dem Wagen hervor. Die schöne Witwe zog eine versiegelte Papyrusrolle aus einer Falte ihres Kleides.

„Das ist ein Brief an König Schuppiluliuma. Du wirst ihn jetzt sofort ..."

215

„Etwa Schuppiluliuma, der Hethiterkönig?", fragte der Mann nach.

„Wer denn sonst?", antwortete Anchesenamun ungeduldig. „Dieser Brief ist von größter Wichtigkeit. Niemand außer Schuppiluliuma darf ihn lesen, hast du das verstanden?"

„Ja, große Herrin."

„Von diesem Brief hängt die Zukunft unseres Landes ab. Wenn er in die falschen Hände gerät, sind wir alle verloren!", flüsterte die Witwe eindringlich. „Du haftest mit deinem Leben dafür, dass er seinen Empfänger erreicht. Und jetzt mach dich auf den weiten Weg. In zwei Wochen erwarte ich dich wieder hier an meinem Hof – mit guten Nachrichten, versteht sich."

Der Mann verbeugte sich tief. Dann nahm er die Papyrusrolle in Empfang. Abermals verneigte er sich.

„Schon gut, verliere keine Zeit mehr", herrschte Anchesenamun ihn an. „Lass dir ein frisches Pferd geben und reite endlich los." Mit diesen Worten ließ die Witwe den Mann stehen und verschwand im Palast. Ihr Gang war leicht und federnd.

Dann kam auch Bewegung in den Boten. Die Papyrusrolle in der Hand lief er in Richtung Pferdeställe.

„Ich fasse es nicht", wisperte Iti und richtete sich auf. Er wirkte vollkommen durcheinander. „Wir alle hatten doch eher Aja in Verdacht. Und jetzt scheint Anchesenamun die Drahtzieherin der Verschwörung zu sein! Wirklich, ich kann es nicht glauben. Tutanchamun und sie haben immer so glücklich zusammen gewirkt …"

„Was könnte sie für ein Motiv haben?", überlegte Kim laut.

Iti hob die Schultern. „Vielleicht ist ihre Kinderlosigkeit das Problem. Es gibt keinen Thronerben. Viele Leute im Palast machen Anchesenamun dafür verantwortlich. Vermutlich hat sie Angst, vom Hof verstoßen zu werden. Womöglich hofft sie, die Frau des neuen Pharaos zu werden und gesunde Kinder zu bekommen. Dann wäre ihre Stellung im Palast wieder gesichert."

„Was für ein eiskalter Plan", bemerkte Kim und schüttelte sich angewidert. „Gut, dass Kija uns hierhergeführt hat. Sonst hätten wir vermutlich nie davon Wind bekommen!"

„Aber was hat es mit dem Brief auf sich?", wollte Leon wissen. „Wir sollten uns den mal genau anschauen. Ich will wissen, was Anchesenamun vorhat!"

„Und wie willst du an den Brief herankommen?", fragte Julian.

„Och, der Reiter ist vermutlich allein unterwegs", gab Leon selbstbewusst zurück. „Und wir sind zu fünft. Klarer Fall von Überzahl!"

Julian stöhnte leise, enthielt sich aber eines weiteren Kommentars.

„Dann sollten wir uns beeilen. Gleich wird der Bote in der Wüste verschwunden sein. Er ist zweifellos zu den Ställen gegangen, um sich ein frisches Pferd zu holen. Folgen wir ihm", schlug Iti vor und ging auch schon los. Er führte seine Freunde zu einem Weg, der von den Ställen nach Osten führte. „Bestimmt kommt er hier entlang, denn das Hethiterreich liegt in dieser Richtung", erklärte Iti.

„Klingt gut", sagte Kim. „Jetzt müssen wir nur noch dafür sorgen, dass uns der Bote die Papyrusrolle aushändigt."

„Das wird er kaum freiwillig tun", sagte Julian, der jede Form der Gewalt zutiefst verabscheute.

Kim grinste. „Das stimmt wohl. Also müssen wir den Reiter, sagen wir mal, ‚überzeugen'."

„Da bin ich aber mal gespannt, wie du das machen willst."

Darauf entgegnete Kim nichts. Aufmerksam musterte sie die Umgebung. Die menschenleere Gasse war hier sehr schmal. Das war ein Vorteil, denn sie mussten den Boten irgendwie stoppen. Er durfte keine Möglichkeit haben, auszuweichen, wenn sie sich ihm entgegenstellten.

Aber wenn er einfach umdrehte und Alarm schlug? So weit darf es gar nicht erst kommen, dachte Kim. Ihre Gedanken rasten, während sie mit einer Haarsträhne spielte. Sie hatten nicht viel Zeit. Bestimmt würde der Reiter gleich an ihnen vorbeipreschen und im Schutz der Dunkelheit verschwinden.

Da fiel Kims Blick auf ein Seil, das vor dem Eingang eines Hauses lag und wie eine zusammengerollte Schlange aussah. Kim hatte eine Idee. Rasch weihte sie ihre Freunde ein.

Zwei Minuten später bezogen sie rechts und links der Gasse Stellung und verbargen sich in Mauernischen. Kurz darauf dröhnten Hufschläge über den Boden – der Reiter nahte!

Kims Hände fassten das eine Ende des Seils fester. Hinter ihr drängten sich Leon und Kija an sie. Das Mädchen warf einen Blick zur anderen Seite der Gasse. Dort hielten Iti und Julian das andere Ende des Seils. Noch lag das Seil schlaff auf dem Boden. Kims Plan war simpel, aber riskant. Sobald der Bote ganz nah war, wollten sie das Seil ruckartig hochreißen, um ihn zu stoppen. Es kam auf Sekunden an.

Der Bote stürmte heran, dicht über das Pferd gebeugt. Kims

Magen krampfte sich zusammen. Noch zehn Meter, noch fünf …

„Jetzt!", rief das Mädchen und zog das Seil straff.

Das Pferd wieherte und scheute, als es das plötzlich aufgetauchte Hindernis erblickte, und warf seinen Reiter ab, der mit einem Aufschrei in den Staub fiel. Mit wenigen Schritten waren Kim und Leon bei dem Boten. Von der anderen Seite kamen Iti und Julian. Der Reiter schien den Sturz besser überstanden zu haben als erwartet und war schnell wieder auf den Füßen. Der Mann presste die Papyrusrolle mit der linken Hand an seine Brust. Seine Rechte glitt zum Gürtel und zog einen Dolch.

„Keinen Schritt weiter oder ihr seid tot", zischte der Bote. Er warf hektische Blicke von einem zum anderen. Vorsichtig machte er ein paar Schritte in Richtung Palast.

Der Kerl wird jetzt gleich um Hilfe rufen und dann ist alles aus! Das darf nicht passieren!, dachte Kim.

Da kam ihnen Kija zu Hilfe. Sie sauste auf den Boten zu und biss ihn in die Wade. Wieder brüllte der Mann auf und versuchte, Kija mit dem Dolch zu treffen. Das nutzten die Freunde aus. Sie stürzten sich auf den abgelenkten Mann und rangen ihn gemeinsam nieder. Iti gelang es, dem Mann den Mund zuzuhalten, bis sie ihn mit einem Tuchfetzen geknebelt hatten. Dann fesselten sie ihn mit dem Seil und zogen den wild strampelnden Boten in einen verwaisten Hinterhof. Sie nahmen dem Mann die Papyrusrolle ab. Im ersten Licht des anbrechenden Tages versuchten die Freunde, den Inhalt des Briefes zu entziffern. Das war ziemlich mühsam, aber es gelang. Was sie dort lasen, verschlug ihnen den Atem.

„Anchesenamun will sich mit den Hethitern verbünden", rief Julian entsetzt. „Mit den schlimmsten Feinden der Ägypter!"

Kim deutete auf eine Stelle in der Mitte des Schreibens. „Nicht nur das – sie will sogar einen der Söhne des Hethiterkönigs Schuppiluliuma heiraten." Dann las sie laut vor: „Einen Sohn habe ich nicht. Aber du, so sagt man, wärst mit Söhnen gesegnet. Würdest du mir einen deiner Söhne zum Gatten geben?"

Iti wurde wütend. „Das ist wirklich nicht zu fassen", schnaubte er. „Damit will sie nur ihre Macht sichern. Wen auch immer sie heiratet, er wird der neue Pharao! Und sie würde natürlich Königin bleiben."

„Aber warum wendet sie sich an den Feind Ägyptens?", fragte Kim.

„Weil sie im eigenen Reich keinen vergleichbar starken Mann gefunden hat, der an ihrer Seite Pharao sein könnte", erläuterte Iti. „Aja würde Anchesenamun nie heiraten. Ich weiß, dass er sie nicht ausstehen kann. Vermutlich hat er sogar vor, sie vom Hof zu verstoßen und sich selbst zum Pharao zu machen – mit einer anderen Königin an seiner Seite."

Jetzt verstand Kim. „Vermutlich hat Anchesenamun das gewusst. Sie räumte Tutanchamun aus dem Weg, um zu verhindern, dass man sie wegen ihrer Kinderlosigkeit vom Hof verstößt. Jetzt braucht sie aber wieder einen mächtigen Mann neben sich. Notfalls sogar den Feind. Ihren persönlichen Widersacher Aja wird sie sofort töten lassen, wenn ihr Vorhaben gelingt. Da bin ich mir sicher."

220

„Vielleicht hätten sich die großen Reiche vereint – zu einer Supermacht", überlegte Julian.

„Zu einem Reich vereint? Niemals!", widersprach Iti. „Den Hethitern ist nicht zu trauen. Sie bekämpfen uns seit vielen Jahren und fallen immer wieder in unser Land ein."

Julian verkniff sich die Bemerkung, dass die Hethiter dies sicher auch über die Ägypter sagen würden, und wechselte lieber das Thema.

„Was für ein mörderischer Plan von Anchesenamun", sagte er. „Und wir alle haben Aja verdächtigt. Aber lasst uns doch weiterlesen!"

In den nächsten Zeilen beteuerte Anchesenamun, dass sie in großer Angst lebe. Ihre größte Furcht bestehe darin, dass sie einen einfachen Mann heiraten müsse und damit alle Privilegien verlieren würde.

Die Freunde waren so in den Brief vertieft, dass sie nicht bemerkten, dass es dem Boten gelungen war, die Fußfesseln zu lockern. Plötzlich rannte er los.

Iti und Leon nahmen die Verfolgung auf, brachen diese aber schnell wieder ab. In der Morgendämmerung waren die ersten Händler und Fischer unterwegs. Deswegen war es unmöglich, den Boten ohne Aufsehen zu erregen erneut zu überwältigen.

„So ein Mist!", ärgerte sich Leon. „Der Kerl wird natürlich sofort in den Palast rennen und Alarm schlagen. Anchesenamun ist gewarnt. Man wird uns noch unerbittlicher jagen als zuvor. Da drüben kommt eine Streife. Lasst uns abtauchen!"

# Kurz vor dem Ziel

Iti brachte sie zu einer verfallenen Fischerhütte am Nil. Hier waren sie zumindest vorerst sicher. Inzwischen hatte der Sonnengott Re den Himmel wieder erobert, und das Leben am großen Strom war endgültig erwacht. Mit einem Mal spürten die Freunde Müdigkeit und Hunger. Sie fühlten sich schmutzig und am Ende ihrer Kräfte. Iti erkannte, wie es um seine Freunde stand. Er selbst wirkte noch frisch.

„Ich besorge uns etwas zu essen und zu trinken", verkündete er zuversichtlich.

„Und wie willst du das anstellen? Hast du überhaupt noch Deben?", fragte Julian.

„Nein", gab Iti zu.

„Ich will nicht, dass du etwas für uns stiehlst", sagte Julian.

Iti lächelte unsicher. „Stehlen? Nein, ich leihe mir etwas. Ich bringe es auch zurück – versprochen."

„Pass auf dich auf", sagte Julian. „Die Wachen sind überall!" Voller Sorge sah er dem jungen Mann hinterher, wie er in Richtung Innenstadt verschwand.

Unterdessen streckten sich die Freunde vor der Hütte aus. Nur Kija blieb munter. Sie verschwand zwischen den Mauerresten. Kurz darauf war ein klägliches Fiepen zu hören. Offenbar hatte Kija eine Maus erwischt.

„Ich brauche dringend was zu essen, sonst kippe ich um", sagte Leon verdrossen. Er verschränkte die Arme hinter dem Kopf und blickte in den blauen Himmel. Nicht ein einziges Wölkchen war zu sehen.

Wie das Wetter in Siebenthann jetzt sein mochte?, überlegte Leon. Würde es dort mal wieder regnen? Gegen eine Dusche von oben hätte er jetzt allerdings nichts einzuwenden. Hier schien es nie zu regnen. Wenn sie wieder zu Hause waren, wollte Leon einmal nachschlagen, wie viele Regentage es in Ägypten überhaupt gab. Viele konnten es nicht sein, denn das Land bestand überwiegend aus Wüste. Das Leben war vom Nil abhängig. Er spendete das notwendige Wasser für die Landwirtschaft und den täglichen Bedarf.

Siebenthann, dachte Leon noch einmal. Eigentlich könnten sie zum Pylonen marschieren und in ihre Welt zurückkehren. In weniger als einer Stunde würden sie im *Venezia* hocken und ein Eis essen. Bei dem Gedanken an die kalte Köstlichkeit lief Leon das Wasser im Mund zusammen. Aber wollte er das wirklich? Was würde aus Iti werden? Und was aus Kamose und Cheriuf? Sie konnten die drei doch nicht einfach ihrem Schicksal überlassen und sich aus dem Staub machen. Außerdem versuchte Iti gerade etwas zu essen für sie aufzutreiben.

„Woran denkst du?", fragte Kim unvermittelt.

Leon sah sie überrascht an. Er fühlte sich ertappt.

„Hast du an Siebenthann gedacht?"

„Seit wann kannst du Gedanken lesen?", fragte er verdattert.

„Es liegt auf der Hand, dass du an Siebenthann denkst",

antwortete Kim ruhig. „Ich tue es auch. Und du sicher auch oder, Julian?" Julian nickte. „Siehst du?", sagte Kim zu Leon. „Wir denken alle an zu Hause, weil wir uns in einer ziemlich bescheidenen Lage befinden."

„Du sagst es", stimmte Leon betrübt zu. „Die Soldaten suchen uns sicher. Und früher oder später werden sie uns finden. Wir können nicht ständig davonlaufen. Anchesenamun wird alle Hebel in Bewegung setzen, um uns zu schnappen. Auf der anderen Seite können wir Cheriuf, Iti und Kamose nicht einfach im Stich lassen."

Jetzt mischte sich auch Julian ein. „Das sehe ich genauso. Wir müssen ihnen helfen."

„Nur wie?"

Julians Stirn lag in Falten. „Jedenfalls nicht, indem wir hier herumliegen und träumen. Wir müssen unbedingt handeln."

Leon und Kim sahen Julian überrascht an. Aus seinem Mund hatten sie diese entschlossenen Worte nicht unbedingt erwartet.

„Wir müssen etwas tun, mit dem niemand rechnet", fuhr Julian fort. Er stand auf und ging vor der Fischerhütte auf und ab. Dabei genoss er die neugierigen Blicke seiner Freunde. „Und mit was wird niemand im Palast rechnen?", fragte Julian. Als er keine Antwort bekam, sagte er: „Es wird niemand erwarten, dass wir auf den Feind zugehen."

„Ich verstehe nur Bahnhof", gab Leon zu.

Julian schlug ihm spielerisch auf die Schulter. „Kein Problem, ich werde es dir gern erklären. Kamose ist im Palast. Anchesenamun ist dort. Und Aja, der nichts von Anchesenamuns Komplott ahnt, und den wir warnen sollten. Er könnte dem

224

ganzen Spuk ein Ende bereiten. Also werden wir einfach in den Palast hineinspazieren!"

„Ich glaube, jetzt bist du leider vollkommen übergeschnappt!", brach es aus Kim heraus. „Offensichtlich hat dir die Sonne das Hirn ausgetrocknet. Anchesenamun wird hocherfreut sein, uns wiederzusehen. Sie wird uns umgehend festnehmen und töten lassen."

Julian lächelte listig. „Das glaube ich nicht. Denn wir werden uns verkleiden! Wir werden unerkannt in den Palast gelangen und Aja alarmieren! Ah, da kommt Iti! Und er hat etwas zu essen dabei."

Iti schleppte einige Früchte und Brot herbei und verteilte beides an die Freunde.

„Woher hast du das alles?", fragte Kim kauend.

„Ich hab's mir nur geliehen", gab Iti schmunzelnd zurück.

„Julian hat übrigens eine Idee, wie wir weiter vorgehen können", ergänzte Kim. „Er wollte uns gerade seinen Plan verraten."

„Da bin ich aber mal gespannt", sagte Iti mit großen Augen.

„Wir werden verkleidet in den Palast gelangen und Aja warnen", wiederholte Julian. „Du arbeitest doch dort. Als was könnten wir uns tarnen? Gibt es zum Beispiel irgendwelche Händler, die regelmäßig etwas anliefern?"

Iti ließ sich mit der Antwort Zeit. Dann ging ein Strahlen über sein Gesicht.

„Das ist wirklich eine gute Idee von dir, Julian. Ich weiß, dass regelmäßig *Kupit*-Lieferungen ankommen. Diese herrlich duftenden Öle stammen aus Phönizien und *Punt*. Der Pharao benutzte sie oft und gern. Und ich durfte das Kupit manchmal den Ölen beimengen, mit denen ich meinen Herrn massierte. Wir werden uns als Händler aus Phönizien tarnen und so in den Palast gelangen. Jetzt brauchen wir nur noch die richtige Kleidung."

„Wo willst du die nun wieder hernehmen?"

Iti legte den Kopf schief. „Ich werde zum Haus meines Vaters zurückschleichen. Dort werde ich sicher etwas Passendes finden. Hoffentlich wird es nicht bewacht!"

Alles ging glatt. Eine halbe Stunde darauf erschien Iti mit zwei Eseln, die mit großen Körben beladen waren. Iti verteilte wallende weiße Gewänder an Julian, Kim und Leon.

„So, jetzt sehen wir aus wie eine kleine Karawane aus dem fernen Phönizien", sagte Iti zufrieden.

„Wir werden trotzdem auffallen", vermutete Kim. „Ein junger Mann, drei Kinder, eine Katze … Nein, Iti, die Palastwachen werden uns verhaften."

Iti verzog das Gesicht, als habe er Zahnschmerzen. „Daran habe ich nicht gedacht. Dann müssen wir uns eben eine neue Geschichte ausdenken."

„Ist doch ganz einfach", sagte Julian plötzlich. „Wir verstecken Kija in einem der Körbe. Iti spielt einen phönizischen Händler, wir werden seine Diener – und Kim seine Frau."

„Wie bitte?", rief Kim.

Seit Kim während ihrer dritten Zeitreise auf der Suche nach dem Grab des Dschingis Khan dem hartnäckigen Werben eines mongolischen Menschenhändlers nur knapp entkommen war, reagierte sie auf solche Vorschläge empfindlich.

„Natürlich nur zum Schein", sagte Julian rasch. „Du kannst

dein Gesicht unter einem Tuch verbergen. Dann fällt dein Alter nicht so auf. Und viel kleiner als eine durchschnittliche ägyptische Frau bist du auch nicht."

Das schlanke, groß gewachsene Mädchen nickte widerstrebend.

Und so näherte sich kurz darauf die kleine Karawane einem der Palasttore. Vorne ging Iti mit einem Wanderstab. Dahinter folgten die verschleierte Kim und dann die beiden Packtiere, neben denen Leon und Julian herliefen.

Kija hatte sich in einem der Körbe zusammengerollt und versuchte, durch die Ritzen nach draußen zu sehen. Neben ihr steckte Anchesenamuns Brief an den Hethiterkönig Schuppiluliuma.

„Leon und Julian, ihr solltet auch die Tücher vors Gesicht nehmen, so als wolltet ihr euch vor dem Wüstenwind schützen."

Julian warf Leon einen nachdenklichen Blick zu. Heute ging tatsächlich ein scharfer Wind, der den Sand aufwirbelte und gegen ihre nackten Beine schlug. Dennoch durften sie nicht bereits durch ihre Kleidung auffallen.

„Das ist der Lieferanteneingang", erklärte Iti und deutete auf das Tor. Er rang sich ein Lächeln ab und sagte: „Dann wollen wir mal unser Glück probieren."

Vor dem Tor hatte sich eine Schlange gebildet. Händler mit Wein und Perücken aus Syrien, Straußeneiern aus Nubien, Weihrauch und Myrrhe aus Ostafrika und fein gearbeitetem Schmuck aus Arabien standen an und warteten darauf, von den Wachen in den Palast gelassen zu werden.

Julian musterte die Männer und stellte erleichtert fest, dass zwei der Händler ebenfalls Tücher vor den Gesichtern trugen, die nur die Augen freiließen. Die Wachen waren ausgesprochen gründlich. Jeder Händler wurde genau kontrolliert, bevor er durch das Tor in den Palast durfte. Langsam wurde die Schlange kürzer. Schritt für Schritt bewegte sich Itis Karawane auf die Kontrollposten zu. Schließlich standen die Freunde vor einem baumlangen Kerl, der sie von oben herab und etwas gelangweilt anschaute.

„Woher stammt ihr? Was bringt ihr? Zu wem wollt ihr?", leierte der Hüne die Fragen herunter, die er offenbar immer stellte.

Iti deutete eine Verbeugung an. „Wir stammen aus dem fernen Phönizien und liefern edle Öle für die königliche Familie."

„Ach ja?", kam es zurück. Der Riese ließ seinen Blick über die Freunde schweifen. „Und wer sind die da?"

„Meine Frau und meine Diener", antwortete Iti schnell. Seine Stimme klang ein wenig zu hell.

„Deine Frau …", sagte die Wache gedehnt. „Ist sie so hässlich oder so schön, dass sie ihr Gesicht verbirgt?"

Ein Schweißtropfen bildete sich in Kims Nacken und bahnte sich kitzelnd seinen Weg den Rücken hinunter.

Iti lachte gekünstelt. „Natürlich ist sie so schön! Sonst hätte ich sie doch nicht geheiratet!"

„Und du? Warum trägst du ein Tuch vor deinem Gesicht?", wollte der Wächter lauernd wissen.

„Wegen des scharfen Wüstenwindes, ist doch klar!", rief Iti. Er versuchte es jetzt auf die Kumpeltour. „Lauf du doch mal durch die große Wüste. *Sachmet* hatte schlechte Laune.

Selten waren die Wüstenwinde so unerbittlich wie heute. Das war kein Vergnügen, das sage ich dir."

„Ja, ja, aber hier ist keine Wüste …"

„Da hast du Recht", erwiderte Iti und zog das Tuch von seinem Gesicht.

Kim schloss die Augen und wartete. Wenn der Riese Iti kannte, war alles vorbei. Nur zögernd wagte sie es, die Augen wieder einen Spalt zu öffnen. Gerade wandte der Wachposten seinen Blick von Iti ab. Kim beobachtete den Hünen. Hatte er etwas bemerkt? Hatte er Iti erkannt?

„Gut", sagte der Mann jetzt. „Ihr dürft passieren. Aber wartet hier hinter dem Tor. Ich will einen Mann in den Palast schicken, der euch ankündigt. Dann könnt ihr eure Öle gleich an der richtigen Stelle abladen."

Den Freunden fiel ein Stein vom Herzen. Zügig durchschritten sie das Tor und suchten im Schatten eines *Obelisken* Schutz vor der heißen Sonne.

„Das ist ja gut gegangen", sagte Iti fast fröhlich. „Ich habe natürlich gewusst, dass mich der Kerl nicht kennt. Schließlich benutze ich sonst nie den Lieferanteneingang, sondern den für das Personal. Und die Wachen werden meistens am gleichen Tor eingesetzt."

„Das hättest du uns auch vorher sagen können", beschwerte sich Kim.

„Hab ich vergessen, tut mir leid", entgegnete Iti locker.

In diesem Moment näherte sich ein alter, gebeugter Mann, der nur mit einem Lendenschurz bekleidet war. „Ihr da! Kommt mit!", sagte er unwirsch. „Wir gehen zum Bäderbereich. Da könnt ihr euer Zeug abladen."

Wahrscheinlich riechst du wie ein alter Ziegenbock und könntest ein Parfüm gut vertragen, dachte Kim, verkniff sich aber jede Bemerkung. Sie wollte die Mission nicht durch eine unbedachte Äußerung gefährden. Nur zu gern folgte sie mit ihren Freunden dem Alten.

„Wir sind genau richtig", wisperte Iti begeistert. „Da kommen wir an den Gemächern von Aja vorbei. Sobald wir dort sind, stürmen wir einfach hinein. Der alte Mann wird uns nicht aufhalten können. Niemand kann das jetzt mehr, denn gleich sind wir am Ziel! Macht euch bereit!"

„Halt!", erklang eine Stimme hinter ihnen.

Entsetzt drehten sich die Freunde um, denn diese Stimme kannten sie!

Anchesenamun stand auf einer Treppe, die von reich verzierten Tonkrügen geschmückt wurde.

„Keinen Schritt weiter!", herrschte sie die kleine Gruppe an. Hinter ihr tauchten schwer bewaffnete Krieger auf. „Ergreift sie", ordnete Anchesenamun kühl an.

Die Soldaten stürmten auf die Freunde zu und stießen sie zu Boden. Nun kam die Königin heran. Lächelnd starrte sie auf die Freunde, die zu ihren Füßen im Staub lagen.

„Ihr wollt Öle für die königliche Familie bringen, sagt ihr?", rief Anchesenamun. „Dass ich nicht lache! Der Lieferant war gestern schon hier. Also lügt ihr! Was habt ihr wirklich vor?"

Als sie keine Antwort erhielt, gab sie ihren Soldaten ein Zeichen. Daraufhin rissen sie den Freunden die Tücher von den Gesichtern. Hell klang Anchesenamuns Lachen über den Hof.

„Das habe ich mir doch gedacht. Iti und seine seltsamen Freunde!" Ihr Lachen erstarb plötzlich. „Durchsucht die Körbe!", befahl die Witwe.

Die Soldaten gehorchten. Einer von ihnen schrie auf. Er hatte in den Korb gegriffen, in dem Kija versteckt war und prompt hatte die Katze ihn gebissen.

„Mist!", brüllte der Verletzte und schlug nach Kija, die aus dem Korb sprang, dem Soldaten elegant entwischte und hinter einer Mauer verschwand.

„Lass das Vieh laufen. Es ist vollkommen unwichtig", sagte Anchesenamun verächtlich. „Sucht lieber nach dem Brief!"

Es dauerte nur wenige Augenblicke, bis die Soldaten fündig wurden. Mit sichtbarer Erleichterung presste Anchesenamun das Schreiben an sich. Dann ordnete sie an: „Schafft die ganze Bande in den Audienz-Saal. Dort will ich mich in Ruhe mit ihnen unterhalten, bevor ich sie hinrichten lasse. Schließlich muss ich wissen, ob sie den Inhalt des Briefes jemandem verraten haben."

Unsanft wurden die Freunde auf die Füße gestellt, geknebelt und an den Händen gefesselt. Während sie in den Palast getrieben wurden, dachte Leon noch einmal an Siebenthann. Vor zwei Stunden hätten sie Theben durch den Pylonen verlassen und die Heimreise antreten können, an deren Ende ihr Heimatstädtchen Siebenthann auf sie wartete. Aber diese letzte Chance hatten sie verpasst. Und jetzt wartete der Tod auf sie.

# Das Gesetz des Schweigens

Leon warf seinen Freunden verzweifelte Blicke zu. In Julians Augen lag Resignation. Wohin wurden sie gebracht? In den Kerker? Zu Kamose? Wusste der vielleicht noch einen Rat, einen Ausweg? Bestimmt nicht.

Sie waren am Ende ihrer Reise angelangt, an ihrem eigenen Ende.

Mutlos trotteten sie über den Marmorfußboden. Die Wände des langen Ganges waren mit den Bildnissen verschiedener Gottheiten geschmückt. Vor allem *Thot*, der pavianköpfige Gott des Schreibens und Wissens war oft abgebildet. Die Freunde wurden an Schreibstuben vorbeigeführt, deren Türen offen standen und aus denen Gemurmel drang. Ein Beamter mit einem Schreibbrett eilte an den Freunden vorbei und musterte sie neugierig.

„Ach, das ist doch Iti!", rief er mit einer Mischung aus Überraschung und mühsam unterdrückter Wut.

„Halt den Mund!", zischte Anchesenamun heftig.

Der Beamte verbeugte sich tief. „Ich bitte um Entschuldigung, meine Königin. Aber ich freue mich, Iti in Fesseln zu sehen. Er hat mich beim Spiel betrogen!"

Anchesenamun winkte ab. „Wenn es nicht mehr ist, dann ..."

„Welchen Namen höre ich da, bei Amun?", drang in diesem Moment eine Stimme aus einer der Stuben.

Die Köpfe der Freunde flogen herum. Aus der Schreibstube kam ein großer, alter Mann. Es war der Wesir Aja. Er trug wieder sein weißes Gewand, auf dem die Göttin Maat abgebildet war!

Leon versuchte, den Knebel loszuwerden. Wenn er doch jetzt nur sprechen könnte! Er könnte alles erklären, alles aufdecken und sie alle wären gerettet. Aber der Knebel saß fest in seinem Mund. Mit aller Kraft biss Leon auf den Stoff, in der irrigen Hoffnung, ihn zerreißen zu können.

„Lass dich nicht stören ... es sind nur ein paar Gefangene", sagte Anchesenamun obenhin. Die Finger ihrer linken Hand schlossen sich ganz fest um die Papyrusrolle.

Der Wesir beachtete die Witwe nicht.

„Nun ja", sagte er, während er um die Freunde herumging. „Dass es sich um unwichtige Gefangene handelt, möchte ich bestreiten. Sonst würdest du dich kaum selbst um sie kümmern. Wie ich sehe, haben wir es mit den vier Personen zu tun, nach denen wir seit Tagen gesucht haben."

Leon warf Aja einen flehenden Blick zu, doch der Wesir beachtete ihn nicht. Der Junge schmeckte Blut. Offenbar hatte der Knebel die Haut in seinen Mundwinkeln aufgerissen.

Anchesenamun wirkte plötzlich nervös. „Mag sein. Das wird sich herausstellen. Überlass das nur mir ... und geh du an deine Arbeit."

Der Wesir zog die Augenbrauen hoch. „Wann ich an meine Arbeit gehe, werde ich selbst entscheiden", sagte der zweite

Mann im Reich selbstbewusst. „Ich empfange nur Befehle meines Pharaos."

„Der Pharao ist tot", entgegnete Anchesenamun düster.

„Was nicht bedeutet, dass du an seine Stelle trittst und mir Anweisungen erteilen kannst", antwortete Aja kalt.

In Anchesenamuns Augen blitzte Wut über diese Frechheit auf, aber sie schwieg.

Das war ein Fehler in diesem Machtduell auf dem Flur des Palastes.

„Los, weiter jetzt!", herrschte sie die Soldaten an. „Bringt Iti und die anderen in den Kerker!"

„Nicht so eilig", stoppte der Wesir die Witwe. „Ich hätte da noch ein paar Fragen an Iti."

„Du kannst Iti später beim Prozess befragen", erwiderte Anchesenamun.

Nun wirkte Aja unschlüssig. „Gut", sagte er schließlich und trat dicht an die Witwe heran. „Aber du garantierst mir dafür, dass den Gefangenen in der Haft kein Haar gekrümmt wird. Ich will nicht, dass ihnen ... etwas zustößt."

Anchesenamun lächelte falsch. „Selbstverständlich wird ihnen nichts geschehen."

Oh nein!, dachte Leon entsetzt. Wenn sie erst einmal im Kerker waren, waren sie so gut wie tot!

Da spürte er etwas an seinen nackten Beinen, etwas Warmes, Flauschiges. Kija! Unbemerkt war sie ihnen in den Palast gefolgt. Jetzt lief sie geduckt und lautlos auf Anchesenamun zu, die der Katze den Rücken zuwandte.

„Da ist ja auch das verdammte Vieh wieder!", rief eine der Wachen.

Kija sprang hoch. Genau in diesem Augenblick drehte Anchesenamun sich um. Die Witwe schrie auf, als sie die fauchende Katze auf sich zufliegen sah, und hob die Arme. Diese Abwehrreaktion nutzte Kija, um Anchesenamun die Papyrusrolle aus der Hand zu schlagen. Elegant landete die Katze auf dem harten Boden und rannte zu Aja, vor dessen Füßen das Schreiben gelandet war.

Einige Sekunden verstrichen, ohne dass jemand etwas sagte. Alle waren zu verblüfft über Kijas Attacke. Die Freunde sahen sich an und fassten wieder Mut.

Als Erste hatte sich Anchesenamun von ihrem Schreck erholt.

„Gib mir den Papyrus, Aja!", kreischte sie.

Der Wesir lächelte amüsiert. „Mir scheint, dass dieses Schreiben von großer Wichtigkeit ist. Also sollte der höchste Beamte des Reichs den Inhalt kennen. Ah, ich sehe, dass diese Nachricht für Schuppiluliuma bestimmt ist. Ein Schreiben an unseren schlimmsten Feind ... wirklich sehr interessant." Aja rollte das Schriftstück auf.

„Nein, nein, nein!", schrie die Witwe und wollte auf den Wesir zustürmen. Doch sie kam nicht weit – Kim stellte ihr ein Bein. Anchesenamun geriet ins Stolpern und stürzte. Einer der Soldaten wollte Kim packen und zuschlagen, aber er wurde von Aja gebremst.

„Lass das Mädchen in Ruhe!", ordnete der Wesir an und las weiter.

„Du erteilst meinen Männern keine Befehle!", giftete Anchesenamun, die sich gerade wieder aufgerappelt hatte. „Und jetzt gibst du mir augenblicklich den Brief wieder!"

Der Wesir ließ das Schreiben sinken. „Ergreift die Königin! Sie ist eine Verräterin!", rief er.

Die Soldaten wussten einen Augenblick nicht, auf wen sie hören sollten und zögerten. Da begann Aja, aus dem Brief vorzulesen. Keine zwei Minuten später war den Wachen klar, auf wessen Seite sie sich stellen mussten.

„Fasst mich nicht an! Ihr vergreift euch an einer Königin!

Das wird euch den Kopf kosten", rief die Witwe, als die Männer sie packten und festhielten.

Der Wesir gab einem seiner Beamten ein Zeichen, und der Mann löste die Knebel und Fesseln der Freunde.

„Ich denke, wir sollten uns ein wenig unterhalten", sagte Aja und lächelte. „Nachdem eure überaus kluge Katze der ganzen Geschichte so eine bedeutende Wendung gegeben hat."

Kija lief zu Kim und sprang auf ihren Arm. Das Mädchen streichelte sie und schaute fasziniert in die grünen Augen. „Danke, vielen Dank", hauchte Kim und hätte am liebsten geheult.

„Der Brief war schon unterwegs zu Schuppiluliuma", sagte Julian und berichtete dem Wesir in allen Einzelheiten, was geschehen war. Iti ergänzte Julians Aussage mit seinen Beobachtungen von der langhaarigen Person mit der Duftöl-Flasche, die er in der Nähe von Tutanchamun gesehen hatte. Als er fertig war, wirkte der Wesir sehr nachdenklich.

„Was hast du dazu zu sagen?", fragte er Anchesenamun leise.

Die Königin sah ihn trotzig an. „Wenn ich einen Hethiter-prinzen geheiratet hätte, hätten sich unsere beiden Reiche vereinigen können. Zusammen wären wir unbesiegbar gewesen!"

Aja lachte höhnisch. „Wie leichtgläubig bist du eigentlich? Den Hethitern ist nicht zu trauen. Die Hand, die man ihnen reicht, würden sie umgehend abschlagen!" Der Wesir überlegte einen Moment, bevor er fortfuhr. Seine Augen waren zu schmalen Schlitzen zusammengekniffen. „Ich glaube, es verhält sich ganz anders. Du bist zu klug, um diese Gefahr nicht zu kennen. Nein, Anchesenamun, du wolltest deine Macht mit allen Mitteln erhalten. Notfalls sogar an der Seite unseres schlimmsten Feindes! Was aus unserem Land wird, ist dir egal. Hauptsache, du bleibst auf dem Thron!"

Anchesenamun senkte den Kopf und schwieg.

„Dir fehlen die Worte?", setzte Aja nach. „Aber ich habe noch eine Frage an dich: Bist du die Person gewesen, die Iti von Tutanchamun weglaufen sah – mit einer schweren Ölvase in der Hand?"

Die Witwe nickte.

Also doch!, dachte Kim. Die kunstvoll gearbeitete Parfümvase, die sie in Tutanchamuns Grabschatz gesehen hatte, war wirklich die Mordwaffe gewesen!

„Du hast tatsächlich deinen eigenen Mann getötet?", fragte Aja jetzt fassungslos.

Wieder ein Nicken.

„Jeder im Palast hat mich für den nicht vorhandenen Thronfolger verantwortlich gemacht – auch mein Mann. Er drohte, mich vom Hof zu verstoßen … Aber vielleicht lag ja auch ein Fluch auf Tutanchamun. Trotz seiner Jugend war er selbst ein sehr kranker Mann", sagte Anchesenamun.

Der Wesir schnitt ihr das Wort ab. „Das will ich nicht hören. Du wolltest an der Macht bleiben, und dafür hast du gnadenlos getötet! Schafft das Weib aus meinen Augen!"

Grob packten die Wachen die junge Frau.

„Darf ich Anchesenamun noch etwas fragen?", sagte jetzt Julian. Aja nickte ihm aufmunternd zu. „Warum haben deine Männer bei ihren Aktionen das Zeichen von Seth verwendet?"

„Weil es die Zeit des Umsturzes ist", gab Anchesenamun zurück. „Die alten Zeiten, die alten Götter … all das sollte vorbei sein. Durch die Vereinigung mit den Hethitern hätte es dieses Reich mit solchen machtgierigen Priestern wie Aja nicht mehr gegeben. Ein neues Zeitalter wäre angebrochen, an dessen Anfang die Zerstörung der alten Strukturen gestanden hätte!"

„Große Worte einer schändlichen Verbrecherin", höhnte der Wesir. „Schafft sie endlich fort!"

Jetzt trat Iti vor und bat den Wesir: „Mein Vater Kamose sitzt im Kerker. Lasst ihn bitte frei! Und wisst Ihr, wo mein Freund Cheriuf ist?"

Eine der Wachen nickte: „Auch Cheriuf sitzt im Kerker!"

Aja gab den Wachen ein Zeichen, dass Itis Bitte erfüllt werden sollte.

Eine Stunde später saßen die Freunde in Ajas gewaltigem Schreibzimmer. Inzwischen waren auch Kamose und Cheriuf bei ihnen. Als Kamose, flankiert von zwei Soldaten, aufgetaucht war, war ihm sein Sohn in die Arme gefallen. Dann hatten Iti und die Freunde dem Arzt und Cheriuf berichtet, was sich alles ereignet hatte. Währenddessen ließ der Wesir die besten Speisen und Getränke auftischen.

„Ich bin euch zu tiefem Dank verpflichtet", sprach Aja. „Nicht auszudenken, was geschehen wäre, wenn Anchesenamun ihren Plan hätte durchführen können."

„Was passiert jetzt mit ihr?", fragte Kim. Sie fürchtete, für das Todesurteil dieser Frau verantwortlich zu sein.

Ajas Antwort überraschte sie. „Ich werde sie verbannen. In irgendeinen abgelegenen Teil des Reiches, wo sie niemand kennt."

„Verbannen? Und sonst geschieht ihr nichts?"

„Nein."

Iti mischte sich jetzt ein. „Aber wie willst du dem Volk erklären, dass du eine Mörderin begnadigst? Sie hat den Pharao getötet!", rief er erregt.

Der Wesir hob beschwichtigend die Hände. „Das ist richtig. Aber dieser Mord muss offiziell als Unfall dargestellt werden. Dafür werde ich sorgen ... und auch ihr seid zum Schweigen verpflichtet." Seine Stimme wurde scharf. „Ihr wisst nichts über diese Tat. Ist das klar? Sonst seid ihr selbst des Todes!"

„Aber warum, bei Amun?"

Aja nahm eine Traube vom Tablett. „Das ist ein Gebot der Vernunft. Der Name der königlichen Familie darf nicht mit einem heimtückischen Mord in Verbindung gebracht werden. Dieser Name steht für große Pharaonen, aber nicht für feige Mörder. Außerdem gibt es einen weiteren Punkt." Der Wesir machte eine Kunstpause, die er dazu nutzte, die süße Traube zu zerkauen. Er genoss ganz offenbar die neugierigen Blicke der Freunde. „Ich selbst werde Pharao werden", sagte Aja würdevoll. „Tutanchamun hat keine Nachfahren. Priester, Beamte und Soldaten stehen hinter mir. Und ich will nicht, dass am Beginn meiner Regierungszeit ein Mord steht. Und wer weiß ... vielleicht würden ein paar falsche Schlangen im Palast behaupten, dass ich es war, der Tutanchamun töten ließ, um an die Macht zu gelangen. Um die Tat zu vertuschen, schob ich sie der unschuldigen, armen Witwe in die Schuhe. Aber wo kein Mord ist, gibt es auch keinen Mordverdächtigen, versteht ihr? Tutanchamuns Tod war ein Unfall!"

Nachdenklich und ein wenig betroffen schwiegen die Freunde. Aja entging das nicht.

„Wie wäre es mit einem kleinen Spiel, Iti?", schlug er vor, um das Thema zu wechseln. „Man hört, dass du darin ein wahrer Meister sein sollst."

Träge floss der Nil dahin. Ein Fischer stakte sein Kanu vorsichtig über den breiten Strom. Die Sonne begann gerade hinter dem Tal der Könige zu versinken.

Die Freunde standen am Ufer des Flusses. Vor einer Stunde hatten sie den Palast verlassen. Iti, Cheriuf und Kamose waren nach Hause geeilt, um ein großes Fest zu organisieren. Die Freunde dagegen hatten nach all der Hektik der vergangenen Tage am Fluss Ruhe gesucht.

Jetzt ließ Leon einen flachen Stein über die Wasseroberfläche tanzen, während Kim und Julian mit Kija spielten, die als Einzige noch immer keine Ermüdungserscheinungen zeigte.

„Ein heimtückischer Mord, der als Unfall ausgegeben werden muss", sagte Julian leise.

Kim sah ihn von der Seite an. „Dir gefällt es nicht, dass wir schweigen müssen, nicht wahr?"

„Genau."

„Aber was willst du denn tun, wenn wir wieder in Siebenthann sind, Julian? Die Geschichtsbücher neu schreiben lassen? Niemand würde uns glauben. Es sei denn, wir würden das Geheimnis von Tempus verraten."

Julians Augen funkelten. „Nein!", sagte er schnell. „Das muss unser Geheimnis bleiben."

„Das sehe ich genauso", sagte Kim entschlossen. „Immerhin wissen wir jetzt, wer Tutanchamun getötet hat. Das ist doch auch etwas, oder etwa nicht?"

Julian lächelte sie an.

„Ja", bestätigte er, „das ist es. Aber manchmal fällt es schwer, ein Geheimnis zu hüten, um ein anderes nicht zu gefährden.

Apropos Tempus: Sollten wir nicht langsam mal an die Heimreise denken?"

Leon kam auf sie zu. „Na, was brütet ihr schon wieder aus?",
fragte er, während er den Boden nach einem weiteren flachen
Stein absuchte.

„Julian hat gerade vorgeschlagen, dass wir nach Siebenthann zurückreisen sollten", erwiderte Kim.

„Gute Idee", stimmte Leon zu. „Der Fall ist ja gelöst."

„Nur schade, dass wir uns von Iti, Kamose und Cheriuf
nicht verabschieden können", sagte Julian.

Kim stand auf. „Wohl wahr. Aber auch das gehört zur Abteilung ‚Geheimnis bewahren'. Kommt!" Dann lief sie Richtung Tempel.

Kija war die Einzige, die absolut keine Lust zur Heimreise
zeigte. Immer wieder blieb sie einfach hocken oder verschwand
minutenlang irgendwo.

„Ich weiß, dass du am liebsten hierbleiben möchtest", sagte
Kim zur Katze und nahm sie auf den Arm – einerseits, um sie
zu trösten, andererseits, um den Weg zum Pylonen ein wenig
zu beschleunigen.

„Aber wer weiß, Kija", ergänzte Kim dicht an ihrem Ohr.
„Vielleicht kommen wir ja bald wieder her. Und dann bist du
natürlich auch dabei!"

# Abschied

Eine Woche nach ihrer Rückkehr kletterten die Freunde in Siebenthann in einen Bus, der sie erneut in die benachbarte Großstadt brachte. Die Tutanchamun-Ausstellung im Naturkundemuseum war noch geöffnet – und genau dorthin zog es die Freunde. Sie wollten die kostbaren Grabbeigaben noch einmal sehen, bevor die Wanderausstellung weiterzog.

„Nach allem, was wir erlebt haben, möchte ich mich irgendwie … von Tutanchamun verabschieden", hatte Kim gemeint, als sie den Vorschlag gemacht hatte, die Ausstellung ein zweites Mal zu besuchen. Leon und Julian waren sofort einverstanden gewesen.

Die Zeitdetektive reihten sich in die Schlange ein, die sich vor dem Eingang gebildet hatte. Kim hatte wieder ihre große Tasche dabei, in der sie Kija versteckte. Sorgfältig suchte das Mädchen die Umgebung mit den Augen ab. Und da entdeckte Kim das, worauf sie insgeheim gehofft hatte: Auf dem Ast einer Birke saß ein Falke, der seine scharfen Augen unverwandt auf die Freunde gerichtet hatte. Leon, Julian und Kija registrierten den Vogel nicht. Doch Kim hob kurz die Hand und winkte dem Falken zu. Natürlich hatte sie keine Gewissheit, dass es derselbe Falke war, den sie bei ihrem ersten Besuch im Museum und später in der Bibliothek von Siebenthann gesehen hatte. Aber sie fühlte, dass es genau dieser Falke war. Und dieses Gefühl zauberte ein Lächeln auf Kims Gesicht.

Plötzlich breitete der Falke seine Flügel aus und schwebte davon.

„Was ist? Willst du hier anwachsen?", fragte Leon lachend.

Kim fuhr herum und errötete. Die anderen waren schon ein gutes Stück vorgerückt. Das hatte sie gar nicht mitbekommen.

„Komme ja schon", murmelte sie und schloss zu den Freunden auf.

Im Museum verliefen sich die Besuchermassen einigermaßen. Sofort strebten die Freunde zu der herrlichen Totenmaske von Tutanchamun, die friedlich in ihrer Vitrine lag.

Die Freunde sahen sich um. Sie hatten Glück: In diesem Moment waren sie allein im Raum, allein mit der Maske ... Kim ließ die Katze heraus und nahm sie auf den Arm. Ehrfürchtig beugten sich die Gefährten über die Vitrine. Niemand sagte ein Wort. Fasziniert schauten sie in das goldene Gesicht mit den großen Augen und nahmen auf diese Weise Abschied von dem Pharao, dessen früher Tod eines der größten Rätsel in der ägyptischen Geschichte war.

Kim sagte dann doch etwas: „Wir waren da", wisperte sie. „Und jetzt kennen wir das letzte Geheimnis, das dich umgibt, großer Pharao."

Leon sah sie schräg von der Seite an. „Er wird dich kaum hören können, Kim ..."

„Da wäre ich mir nicht so sicher", erwiderte das Mädchen gedankenverloren.

„Lasst uns weitergehen", schlug Julian vor. „Ich möchte mir noch mal die beiden Wachen anschauen."

Leon folgte seinem Freund, während Kim mit Kija noch einen Moment bei der Vitrine verweilte.

Kim fixierte die Maske. Und erneut schien es dem Mädchen, als bewegten sich die Augen in dem goldenen Gesicht! Es war wieder nur ein winziges Zucken der Lider. Oder war es doch ein Lichtreflex?

„Du hast es auch gesehen, oder?", flüsterte Kim zu Kija.

Als Antwort maunzte die Katze.

Plötzlich wurden hinter Kim Stimmen laut. Offenbar näherten sich andere Besucher. Rasch setzte das Mädchen die Katze zurück in die Tasche und lief ihren Freunden hinterher. Dabei fasste Kim einen festen Entschluss: Sie würde es aufgeben, der Sache mit den Augen auf den Grund gehen zu wollen. Sie wollte Tutanchamun dieses eine Geheimnis lassen. Zum zweiten Mal an diesem Nachmittag erschien ein Lächeln auf ihrem Gesicht.

# Wer war Tutanchamun?

Tutanchamun lebte in der 18. Dynastie von etwa 1345 bis 1327 vor Christus. Bereits als etwa Siebenjähriger wurde er Pharao, weil kurz nacheinander seine Vorgänger Echnaton (der vermutlich sein Vater war) und Semenchkare gestorben waren. Tutanchamun hieß ursprünglich Tutanchaton (= lebendiges Abbild des Aton), weil Pharao Echnaton (= Glanz des Aton) den Sonnengott Aton zur einzigen Gottheit des Landes ernannt und alle anderen Götter für unwichtig erklärt hatte. Mit dem jungen und leicht beeinflussbaren Pharao Tutanchaton begann eine gewaltfreie Wiederherstellung der alten Zustände – das heißt: Die alten Götter wie Amun und Horus bekamen wieder ihre frühere Bedeutung in der göttlichen Hierarchie. Tutanchaton benannte sich in Tutanchamun (= lebendes Abbild von Amun) um. Diesem Beispiel folgte auch seine Frau, die sich von Anchesenpaaton in Anchesenamun umbenannte.

Für den unmündigen Pharao führte Aja die Regierungsgeschäfte. Aja hatte bereits unter Echnaton als Wesir gedient und war ein ungewöhnlich mächtiger Mann. Doch mit den Jahren gewann der junge Pharao Tutanchamun an Selbstbewusstsein. Er verwirklichte sein erstes großes Bauwerk und vollendete die Säulenhalle im Luxor-Tempel. Sein Großvater,

Pharao Amenophis III., hatte die 45 Meter lange Halle erbauen lassen. Er war aber gestorben, bevor der Bildschmuck in Angriff genommen werden konnte.

Auch militärisch hatte Tutanchamun kleinere Triumphe vorzuweisen. Es wurden erfolgreiche Feldzüge nach Syrien und Nubien unternommen.

Mit seiner Frau Anchesenamun zeugte Tutanchamun zwei Kinder. Beide Mädchen wurden tot geboren. Ihre Körper wurden einbalsamiert und später von Archäologen gefunden.

Im Alter von etwa 18 Jahren starb der junge Pharao. Heute geht man davon aus, dass er ermordet wurde. Sein Hinterkopf weist eine Verletzung auf, die vermutlich vom Schlag mit einem harten Gegenstand herrührt. Historiker wie Bob Brier nennen unter anderem Aja als Tatverdächtigen, denn womöglich fürchtete der mächtige Wesir um seinen Einfluss, nachdem der heranwachsende Tutanchamun immer selbstbewusster wurde. Auch der oberste Heeresführer Haremhab, neben Aja und Tutanchamun der mächtigste Mann im Land, wird immer wieder als möglicher Täter genannt. Denn auch er wollte Pharao werden.

Aber natürlich war da noch Anchesenamun, die Witwe. Auch sie hatte ein Motiv, ihren Mann zu töten: Machtgier. Das Fehlen eines Thronfolgers lastete man ihr an und deswegen drohte ihr der „Rauswurf" aus dem Palast. Bewiesen ist, dass die junge Frau unmittelbar nach dem Tod ihres Mannes versuchte, an die Macht zu gelangen, und zwar mit fremder Hilfe. In einem Brief an den Hethiterkönig Schuppiluliuma, dem größten Feind Ägyptens, bot sie ihm an, einen seiner Söhne zu heiraten und ihn damit zum König von Ägypten zu erheben. Doch der Plan kam ans Licht und wurde vereitelt.

Aja und Haremhab müssen Anchesenamuns Verhalten als Skandal empfunden haben – ein Pakt mit dem ärgsten Feind war Hochverrat. Nach diesem Vorfall wird Anchesenamun in der Geschichtsschreibung nicht mehr erwähnt. Ihr weiteres Schicksal ist unbekannt.

Es gibt also mindestens drei dringend Tatverdächtige, aber wer Tutanchamun ermordete, wird wohl nie endgültig geklärt werden.

Der greise Aja zog den wesentlich jüngeren Haremhab auf seine Seite. Es ist zu vermuten, dass Aja ihm den Pharaonen-Thron versprach – nach Ajas eigener Regierungszeit selbstverständlich.

Und so geschah es auch: Aja leitete Ägyptens Geschicke vier Jahre lang bis zu seinem Tod. Ihm folgte Haremhab auf den Thron. Er regierte Ägypten etwa 27 Jahre lang mit eiserner Hand und führte das Land zu neuer Blüte.

Insgesamt betrachtet war Tutanchamun ein recht unbedeutender Pharao. Seine Berühmtheit hat er vor allem einem Archäologen zu verdanken:

Am 26. November 1922 entdeckte der britische Maler und Ägyptologe Howard Carter (1874–1939) im Tal der Könige eine Grabkammer. Im schwachen Licht einer Kerze spähte er durch ein Loch, das er vorsichtig in die Wand geschlagen hatte.

„Am Anfang sah ich nichts", schrieb Carter später. „Doch je mehr sich meine Augen an die Finsternis gewöhnt hatten, desto mehr Tiere, Statuen und Gold erblickte ich im Dunkel."

Carter hatte eine weltweit einmalige, sensationelle Entdeckung gemacht: Er fand das Grab eines Pharaos, das in den Jahrhunderten zuvor noch nicht geplündert worden war.

Nach und nach wurde der Schatz des Tutanchamun geborgen. Schmuck, Truhen, Liegen, Schatullen, zwei mannshohe Wächter, ein 110 Zentimeter langes Lastschiff, Wagenteile und Gefäße aller Art und vieles mehr. Alles ist feinste Handarbeit und besteht aus den wertvollsten Materialien wie Gold und Lapislazuli oder edlen Hölzern. Besonders interessant und berühmt sind Tutanchamuns drei ineinander verschachtelte Sargschreine. Der äußere besteht aus Holz mit Blattgold. Der mittlere, ebenfalls aus Holz und Blattgold gefertigt, ist zudem mit Kristall und Halbedelsteinen besetzt. Der innere Sarg besteht aus purem Gold und wiegt 110,4 Kilogramm! Die Mumie des Pharaos ist unversehrt und über und über mit Schmuck und Gold bedeckt. Eine herrliche Goldmaske mit fein gezeichneten, friedlichen Gesichtszügen bedeckt den Kopf des früheren Herrschers. Heute wird der Schatz des Tutanchamun im Museum von Kairo aufbewahrt. Teile des Grabschatzes werden bei Wanderausstellungen immer wieder in Museen auf der ganzen Welt ausgestellt.

# Glossar

**Amun**  oberster Reichsgott, sitzend mit einem Zepter oder stehend mit einer Krone und zwei hohen Federn dargestellt

**Ankh**  Henkelkreuz, das im alten Ägypten ewiges Leben symbolisierte

**Anubis**  Gott mit einem schwarzen Hunde- oder Schakalkopf. Anubis stand dem Totenkult vor, war unter anderem zuständig für das Einbalsamieren. Während des Einbalsamierens trug der Priester die Maske des Anubis.

**Chons**  Mondgott in der Gestalt eines Kindes

**Deben**  Zahlungsmittel in der Form eines gefalteten Fadens aus Metall, von dem man die gewünschte Menge abschnitt. Ein Paar Sandalen kostete etwa drei Deben, ein Bett 25 Deben, ein Ochse 100 Deben. Man zahlte auch mit Metallringen (Schati), die ein Zwölftel Deben wert waren. Münzen gab es in Ägypten erst in römischer und griechischer Zeit.

**Hathor**  Göttin des Himmels

**Horus**  falkenköpfiger Gott, Herr des Himmels. Neben Amun der wichtigste Gott der Ägypter, der vom Pharao verkörpert wurde

**Irep**  Wein

**Irtet**  Milch

**Isis**  Frau vom Gott Osiris, oft als Vogel dargestellt. Mutter von Horus

**Kupit**  Parfüm. Die Basisprodukte waren damals das Harz des Terpentinbaumes, die Ginsterblume, Schilf, Zyperngras, Wacholder, Safran, Zimt, Kardamon, Narde, Minze und Mastixbaum.

**Lapislazuli**  blauer Edelstein

**Maat**  Göttin der Gerechtigkeit, dargestellt als Frau mit einer Feder auf dem Kopf

**Mut**  Göttin mit einem Geierkopf

**Nekropole**  Totenstadt

**Obelisk**  vom griechischen Wort *obeliskos* (= Bratspieß) abgeleitet; langer Steinblock mit quadratischer Basis, der sich nach oben verjüngt und in einer Spitze mündet.

**Obsidian**  vulkanisches Gestein (Erzgussstein), das sich gut zu Schmuck und Waffen verarbeiten ließ.

**Osiris**  Gott der Unterwelt und der Fruchtbarkeit, oft auch als Vogel dargestellt, Ehemann von Isis, Vater von Horus

**Punt**  Land an der ostafrikanischen Küste, entspricht vermutlich dem heutigen Somalia.

**Pylon**  die beiden massiven Türme, die den Eingang zu einem Tempel flankieren.

**Re**  falkenköpfiger Sonnengott

**Sachmet**  löwenköpfige Göttin, deren Feueratem die heißen Wüstenwinde waren.

**Seth**  Gott des Bösen, des Umsturzes, des Chaos. Feind von Horus und Osiris. Seth wurde zumeist als Fantasie-Tier mit eckigen Ohren und einer langen Nase dargestellt, das an eine Mischung aus einem Esel und einem Windhund erinnert.

**Skarabäus** vierflügliger Käfer, im alten Ägypten als heilig verehrt. Der Skarabäus verlieh den Menschen den „Lebenshauch" und wurde daher gern als Amulett getragen.

**Thot** Gott des Schreibens und Wissens, aber auch der Magie. Oft mit einem Pavian- oder Ibiskopf dargestellt.

**Uschebti** Figur eines Dieners, der den Pharao im Jenseits verwöhnen sollte.

**Wesir** oberster Beamter in Ägypten, zumeist Innen-, Justiz- und Finanzminister in einer Person; der wichtigste Mann nach dem Pharao

# Kleopatra
# und der Biss der Kobra

# Inhalt

# Die Spinne

Da! Gleich war es so weit! Kim starrte nach vorn zur Lehrerin. Irmtraud Wellenberg-Otenbröck, eine Frau Mitte fünfzig mit Pagenschnitt und randloser Brille, unterrichtete die Klasse gerade in Biologie. Schlangenarten standen auf dem Stundenplan. Doch was sich da von der Decke auf die linke Schulter der Lehrerin abseilte, war garantiert keine Schlange, sondern eine ziemlich fette Spinne.

Kim freute sich schon auf den Moment, in dem die Lehrerin die Spinne entdecken würde. Würde die Lehrerin kreischen oder in Ohnmacht fallen? Kim konnte Frau Wellenberg-Otenbröck nicht besonders gut leiden, weil sie irgendwann vergessen hatte, wie man lachte, und außerdem strenge Noten verteilte. Auch Leon und Julian, die mit Kim in dieselbe Klasse gingen, hatten andere Lieblingslehrer.

Jetzt war die Spinne nur noch wenige Zentimeter von der Schulter der Lehrerin entfernt. Gleich würde es lustig werden! Kim schaute hinüber zu Leon und Julian. Beide feixten. Offenbar hatten auch sie das Krabbeltier entdeckt.

Irmtraud Wellenberg-Otenbröck deutete nach links zur Tafel, während sie sprach – und schaute genau auf die Spinne, die nun wenige Zentimeter vor ihrer Nase baumelte.

Kim hielt die Luft an.

Doch zu ihrer Enttäuschung folgte kein Schrei. Während in der Klasse vereinzelt Gelächter laut wurde, nahm Frau Wellenberg-Otenbröck die Spinne in die Hände, öffnete das Fenster und setzte das Tier raus. Ganz cool, ohne mit der Wimper zu zucken.

„So, das hätten wir", sagte die Lehrerin gelassen. „Weiter im Text. Habt ihr gewusst, dass …"

Kim hörte nur halb zu. Es gab Fächer, die sie mehr interessierten. Geschichte zum Beispiel. Andererseits gehörte Irmtraud Wellenberg-Otenbröck zu den Lehrerinnen, die bevorzugt unangemeldete Tests schreiben ließen. Und deshalb war es stets ratsam, dem Unterricht zu folgen. Kim seufzte leise und versuchte, sich auf die Worte der Bio-Paukerin zu konzentrieren.

„Kommen wir nun zur *Uräusschlange*", sagte die Lehrerin jetzt. „Einem ganz besonderen Tier aus der Gattung der Kobras. Denn diese Schlange galt den alten Ägyptern als heilig. Schaut euch mal das Foto auf Seite sechsundvierzig in eurem Buch an."

Nun war Kim wieder ganz bei der Sache. Die alten Ägypter? Nur zu gut erinnerte sie sich an ihr Abenteuer bei der *Pharaonin Hatschepsut*. Die einstige Königin vom Nil hatte als Machtsymbol ein Stirnband getragen, das mit einer goldenen Uräusschlange geschmückt gewesen war! Rasch schlug sie die Seite auf. Sie sah eine dunkelbraune Schlange, die sich drohend aufgerichtet und den Kragen aufgestellt hatte.

„Die Uräusschlange wird bis zu zweieinhalb Meter lang und jagt in der Nacht Kröten und Vögel. Ihr Biss ist sehr giftig. Ja, Kim?"

„Ich habe gelesen, dass der Biss einer Uräusschlange tödlich ist", sagte Kim, die sich gemeldet hatte. „Starb nicht auch die berühmte Pharaonin *Kleopatra* durch den Biss einer solchen Schlange?"

Die Lehrerin schüttelte den Kopf. „Nein, das ist sehr unwahrscheinlich. Der Biss der Uräusschlange ist zwar höchst gefährlich, aber nur ganz selten tödlich. Ich kenne die Geschichte natürlich auch. Demnach hat sich Kleopatra VII. von einer Uräusschlange beißen lassen, um Selbstmord zu begehen. Das ist aber mit ziemlicher Sicherheit Unsinn."

Überrascht blickte Kim zu Leon und Julian hinüber. Ihre Freunde wirkten wie elektrisiert.

Wenn es nicht der Biss der Schlange war, was war es dann gewesen? Woran war Kleopatra in Wirklichkeit gestorben? Der Sache mussten sie unbedingt auf den Grund gehen!


„Jungs, was haltet ihr von einem kleinen Besuch in der Bibliothek?", fragte Kim ihre Freunde auf dem Heimweg von der Schule. „Es muss doch in irgendeinem Buch stehen, was damals wirklich vorgefallen ist!"

„Gern", erwiderte Julian. „Ich kenne auch nur die Variante mit dem Selbstmord durch den Kobrabiss. Wir könnten uns nach den Hausaufgaben in der Bibliothek treffen. Oder, Leon?"

„Klar, ich bin dabei", sagte der Junge mit den vielen Sommersprossen.


Die Bibliothek im uralten Benediktinerkloster St. Bartholomäus lag verlassen vor ihnen. Wie üblich hatten die Freunde für ihren Besuch eine Stunde gewählt, in der die Bibliothek geschlossen war, um ungestört zu sein. Schließlich besaß Julian einen Schlüssel. Die Kinder wurden von einer hübschen Katze mit smaragdgrünen Augen begleitet. Kija wieselte um Kims Beine herum und versuchte, einen kleinen Ball zu fangen, den das Mädchen vor sich her kickte.

Kurz darauf machten sich Julian, Leon und Kim auf die Suche nach Literatur über Kleopatra VII. Sie wälzten mehrere Fachbücher und recherchierten im Internet.

„Die Geschichte über den Kobrabiss stammt aus der Feder von *Plutarch*", las Leon vor, der vor einem Computer hockte und mithilfe einer Suchmaschine fündig geworden war. „Plutarch war ein Schriftsteller. Allerdings schrieb er diesen Text hundert Jahre nach Kleopatras Tod. Seine Quelle war sein Großvater, der einen Leibarzt kannte, der wiederum mit einem Koch befreundet war, der am Hof der Pharaonin gearbeitet haben soll, als Kleopatra starb. Und dieser Koch soll von dem Kobrabiss berichtet haben. Na ja, besonders glaubwürdig klingt das alles nicht ..."

„Allerdings", stimmte Kim ihm zu. Sie setzte sich an einen Tisch und vertiefte sich in ein Fachbuch, während Kija sie immer wieder mit dem Näschen anstupste und anklagend auf den Ball blickte.

„Wir spielen später, versprochen", sagte Kim und ließ ihren Blick über die Seiten wandern. Kurz darauf fand sie eine interessante Textstelle und las laut vor: „Kleopatra VII. beging am 12. August 30 vor Christus Selbstmord, und zwar in *Alexandria*, der Stadt, in der sie regiert hatte."

„Alexandria?", warf Julian ein. „Da stand doch dieser berühmte Leuchtturm. Wie hieß der noch gleich?"

Kim stöberte in ihrem Buch. „*Pharos!*", stieß sie schließlich hervor und zeigte Julian und Leon eine Abbildung. Darauf sah der gewaltige Leuchtturm eher wie ein Hochhaus aus. „In Alexandria gab es aber auch das *Museion*, die berühmte Bibliothek mit mindestens fünfhunderttausend Schriftrollen sowie einen beeindruckenden Palast und daneben einen Tempel für Kleopatras Lieblingsgöttin *Isis*. Wow, der Leuchtturm war etwa hundertfünfunddreißig Meter hoch und gehörte zu den sieben Weltwundern!", rief sie. „Er war mit griechischen Götterstatuen geschmückt. Schließlich hatte ein Grieche Alexandria gegründet, nämlich *Alexander der Große*. Er hatte die Perser aus Ägypten vertrieben. Nach Alexanders Tod übernahm einer seiner Generäle mit dem Namen *Ptolemaios I.* die Macht in Alexandria und gründete das Reich der *Ptolemäer*."

Leon zupfte an seinem Ohrläppchen. „Also war Kleopatra auch eine Ptolemäerin. Aber: Steht denn da auch, warum Kleopatra angeblich Selbstmord begangen hat?", brachte er seine Freunde auf das eigentliche Thema zurück.

Kim vertiefte sich wieder in den Text. „Ja", sagte sie schließlich. „Kleopatra hatte eine entscheidende Schlacht gegen die Römer verloren, die Seeschlacht von *Actium*. Diese hatte sie an der Seite ihres Geliebten, des Römers *Marcus Antonius*, gegen die Truppen von *Octavian* geführt."

„Kleopatra hatte einen römischen Geliebten?", fragte Leon überrascht.

„Oh ja", sagte Kim und fasste zusammen, was sie eben gelesen hatte. „Die beiden hatten sogar drei gemeinsame Kinder. Dieser Marcus Antonius war ein sogenannter *Triumvir* und herrschte mit Octavian über das Römische Reich. Ägypten gehörte bereits dazu. Allerdings durften die Pharaonen unter der Vormundschaft der Römer weiterregieren. Kleopatra umgarnte Marcus Antonius. Schließlich verliebte er sich in sie und siedelte nach Alexandria über. Es gab Gerüchte, dass Marcus Antonius Alexandria zur neuen römischen Hauptstadt machen wollte. Das brachte das Fass zum Überlaufen und war für Octavian ausschlaggebend, um gegen seinen ehemaligen Freund und Mitregenten in die Schlacht zu ziehen. In Actium besiegten seine Truppen das Heer von Kleopatra und Marcus Antonius. Den beiden gelang zwar die Flucht nach Alexandria, doch dort stürzte sich Marcus Antonius ins eigene Schwert und auch Kleopatra brachte sich um, weil sie Angst hatte, von Octavian in einem Triumphzug nach Rom geschleppt zu werden. So steht es hier jedenfalls."

Kim las noch ein wenig weiter. Aber auch in diesem Buch wurde die These vertreten, dass sich Kleopatra durch einen Kobrabiss selbst tötete. Die Freunde versuchten es mit anderen Quellen, kamen aber nicht weiter.

„Eine harte Nuss", sagte Julian schließlich. „Wie Kleopatra starb, ist weiter mysteriös."

„Und damit ein Fall für uns", sagte Kim.

„Vorsicht", mahnte Julian. „Wenn es kein Selbstmord war, dann war es vielleicht …" Er brachte den Satz nicht zu Ende.

„Ein Mord", hauchte Kim. Sie spürte eine leichte Gänsehaut.

Leon nickte. „Ja, das könnte ein höchst gefährlicher Fall werden. Wir müssen eben wieder gut aufpassen. Ich will der

Sache unbedingt auf den Grund gehen. Immerhin wissen wir, wann und wo Kleopatra starb. Was haltet ihr von einer kleinen Zeitreise mit Tempus?"

Kim strahlte. „Das wollte ich auch gerade vorschlagen. Wir müssen das Rätsel um den Tod der Königin knacken! Was meinst du, Julian?"

Der Junge mit den blonden Haaren zögerte einen Moment. Aber dann war auch er einverstanden.

Keine zwei Minuten später liefen die Gefährten zu dem geheimnisvollen Zeit-Raum, der hinter einem hohen Regal, das auf einer Schiene bewegt werden konnte, verborgen war. Die Freunde stemmten sich gegen das Regal und schoben es ein Stück zur Seite. Nun tauchte die schwarze Tür zu Tempus auf, die mit diabolischen Fratzen und rätselhaften, jahrhundertealten Symbolen übersät war.

Julian räusperte sich. „Seid ihr bereit?"

Kim und Leon nickten stumm.

Julian öffnete das Tor zur Geschichte und betrat den unendlichen Zeit-Raum mit seinen Tausenden von Türen, über denen je eine Jahreszahl prangte. Blauer Nebel waberte um die Beine der Gefährten, denen es wie immer unmöglich war, sich in dem Raum, dessen Boden im Rhythmus der Zeit pulsierte, zu orientieren. Im schwachen Licht, das in Tempus herrschte, versuchten die Freunde, die Tür mit der Jahreszahl 30 vor Christus zu finden.

Neben Kim flog eine der Türen auf und ein grässliches Brüllen erklang. Ihr lief ein kalter Schauer den Rücken hinunter. Sie schaute zu Kija. Die Katze warf ihr einen ungeduldigen Blick zu. Mit leiser Verzweiflung zuckte Kim die Schultern.

Wie sollten sie die richtige Tür finden? Die Pforten waren nicht nach einem bestimmten System sortiert.

So irrten Julian, Kim und Leon durch Tempus und verließen sich auf ihr Glück. Manche der Türen waren fest verschlossen. Aber die meisten standen offen oder schlugen im Wind, der unvermittelt durch den Zeit-Raum fegte. Aus den offenen Türen, an denen die Freunde vorbeistolperten, drangen zumeist beunruhigende Geräusche – Weinen, Schreie oder Schüsse.

Leon war es schließlich, der die richtige Pforte fand.

„Purer Zufall", sagte er und strahlte.

Kim zog die Stirn kraus. Zufall? Das glaubte sie nicht. Es gab keine Zufälle, davon war sie überzeugt, jedenfalls nicht in diesem Zeit-Raum. Kim fixierte die Tür. Zunächst schien es ihr, als würden ausgerechnet aus dieser Pforte keine Geräusche dringen. Doch dann vernahm sie ein leises Zischen. Kim zuckte zusammen. So zischte eine Schlange! Sie schluckte.

„Okay, Jungs?", fragte sie Leon und Julian und nahm Kija auf den Arm.

„Ja!"

Die Freunde fassten sich an den Händen und konzentrierten sich ganz fest auf Alexandria. Denn nur so konnte Tempus sie an den richtigen Ort bringen. Dann machten sie den einen, aber entscheidenden Schritt durch die Tür. Dahinter erwartete sie ein schwarzes Nichts, eine unendliche, bodenlose Tiefe, in die sie sogleich schwerelos hineinfielen.

266

# Der Mann auf dem Gerüst

Verwirrt rieben sich die Gefährten die Augen. Die Sonne blendete sie und es war herrlich warm. Die Luft roch nach Meer. Vor ihnen öffnete sich eine Bucht. Auf den blaugrünen Wellen tanzten Schiffe in allen Größen. Einfache Boote aus Schilf mit einem geschwungenen Bug, auf dem Fischer standen, die ihre Netze auswarfen. *Barken*, voll beladen mit Korn. Flache, breite Kähne, die Holzstämme und andere schwere Lasten transportierten. Und ein mächtiges Kriegsschiff mit drei übereinander angeordneten Ruderreihen, einem breiten Segel und einem Furcht einflößenden Rammsporn.

An der Hafenmauer reihten sich Lagergebäude und Gasthäuser aneinander, zwischen denen sich Palmen in der leichten Brise wiegten. Piere ragten wie spitze Zungen in das runde, riesige Hafenbecken. Dort lagen große Handelsschiffe, die gerade entladen wurden.

Auf einer Insel auf der rechten Seite erhob sich hinter einer Mauer ein Palast, der aus mehreren ineinander verschachtelten Gebäuden bestand. Jedes Gebäude hatte ein flaches Dach, um das sich ein goldenes Schmuckband zog, das in der Sonne glitzerte. Die Fassaden der prunkvollen Gebäude bestanden aus blendend weißem Marmor, der in scharfem Kontrast zum blauen Meer stand. In breiten, mehrere Meter hohen Fenstern blühten farbenprächtige Blumen – roter Mohn wechselte mit blauen Kornblumen. In der Mitte der Mauer befand sich ein rechteckiges, zehn Meter hohes Tor, auf dessen wuchtigen Pfeilern je ein Steinwesen mit Falkenkopf thronte, der mit einer goldenen Scheibe gekrönt war.

„Der Gott *Re*", murmelte Julian, der sich nur zu gut an ihre ersten beiden Abenteuer im alten Ägypten erinnerte. „Der Gott der Sonne!"

Zwischen den beiden Skulpturen zog sich ein breiter Balkon entlang, der mit vielen kleinen Säulen aus Stein verziert war.

Ob sich die mächtige Kleopatra dort dem Volk zeigte?, überlegte Julian fasziniert.

Schräg rechts hinter dem Palast stand ein wunderschöner Tempel. Julian erinnerte sich an Kims Worte in der Bibliothek. Bestimmt handelte es sich um das Heiligtum der Göttin Isis. Der lehmfarbene, kantige *Pylon* war mit bunten Figuren übersät, die Julian auf die Entfernung nicht genau erkennen konnte.

In diesem Moment riss ihn Leon, der sich umgedreht hatte, aus seinen Tagträumen. „Der Turm, das ist der Leuchtturm", rief er begeistert.

Jetzt erkannten die Freunde, dass Tempus sie durch das gewaltige, quadratische Fundament von Pharos in die Welt der Ägypter geschickt hatte.

Leon legte den Kopf in den Nacken und schaute nach oben. Das war kein Leuchtturm, wie er ihn aus seinen Schulbüchern oder von einem Urlaub an der Nordsee kannte. Im Wesentlichen bestand er aus vier Elementen. Das Fundament war etwa zweihundert Meter breit und ebenso lang sowie fünfzehn Meter hoch. Darauf standen zahlreiche Statuen, die Herrscher, aber auch Götter zeigten. Das Meer umspielte die Plattform an drei Seiten. Auf der vierten Seite führte ein Damm auf die Stadt mit dem Palast zu.

Auf dem Fundament erhob sich der Sockel des Leuchtturms, der etwa siebzig Meter hoch und dreißig Meter breit war, sich nach oben jedoch verjüngte und vierzehn Stockwerke hatte. Auch seine Fassade war mit Marmor verkleidet, der in der flirrenden Sonne glitzerte wie weißes Gold. Jedes Stockwerk hatte genau sieben Fenster. Neben dem Eingang erhob sich ein Baugerüst.

„Jungs, der Turm wäre eine irre Wohnung mit Meerblick", sagte Kim, die jetzt statt Jeans und Turnschuhen ein weißes Leinenkleid mit zwei praktischen Innentaschen und Sandalen trug. Leon und Julian hatten nur Lendenschurze aus Leinen und ebenfalls Sandalen an.

Über dem obersten Stockwerk des riesigen Sockels wölbte sich ein *Fries*, der wie ein überstehender Kragen aussah. Das oberste Stockwerk des Sockels war zugleich das Fundament für das dritte Bauelement – den *Oktogon*, einen achteckigen, rund dreißig Meter hohen Turm, dessen Abschluss wiederum mit einem Fries geschmückt war. Von den Abbildungen, die er gesehen hatte, wusste Leon, dass dort oben acht schneeweiße *Tritonen* thronten, die in Muschelhörner bliesen. Die Götter hatten menschliche Oberkörper mit den Vorderbeinen eines Pferdes. Ihre Unterkörper ähnelten Delfinen.

Auf dem Oktogon stand ein gut zehn Meter hoher, giganti-

scher Zylinder, über dem sich eine spitze Haube wölbte. Aus dem Zylinder schoss gleißendes Licht – das Leuchtfeuer.

„Wahnsinn!" Julian staunte.

In diesem Moment miaute Kija und alle schauten zu ihr hinunter. Die Katze blickte zum rechteckigen Eingang des Leuchtturms, der nur wenige Meter von den Freunden entfernt lag. Dort stand ein breitschultriger Mann mit einer langen Lederschürze. Sein kreisrunder, kahler Kopf ruhte scheinbar halslos auf dem massigen Oberkörper. Unter der Schürze lugten muskulöse O-Beine hervor.

Der Mann stampfte wütend mit dem Fuß auf. „Zu schwer, zu heiß, ich kann es nicht mehr hören!", brüllte er. „Das ist jetzt schon der dritte Arbeiter, der nach wenigen Tagen die Brocken hinschmeißt, bei *Hathor!*"

Ein Junge, der etwa im Alter der Gefährten war, redete beruhigend auf ihn ein. „Wir finden bestimmt neue Arbeiter, Vater!"

„Ach ja?", schnaubte der Mann. „Nur wann? Jeden Moment können Kleopatra und dieser elende Römer Octavian kommen und wir haben zu wenig Männer, um das Leuchtfeuer in Gang zu halten. Was für eine Blamage! Man wird mich den Krokodilen zum Fraß vorwerfen."

Die Freunde blickten sich kurz an. Ein Entschluss war gefasst. Schließlich brauchten sie unbedingt Arbeit und eine Unterkunft. Kim und Leon überließen wie üblich Julian das Reden.

„Guten Tag", begrüßte Julian Vater und Sohn freundlich.

Dem Mann mit der Schürze traten die Augen aus dem Kopf. „Guten Tag? Was soll an diesem Tag gut sein?"

„Vielleicht können wir euch helfen. Wir haben unsere Eltern verloren, sind gerade hier in Alexandria angekommen und haben gehört, dass wir bei euch vielleicht Arbeit finden könnten", erzählte Julian. „Wir sind sehr fleißig!"

Der Mann kniff die Augen zusammen. „Besonders kräftig siehst du aber nicht aus", urteilte er seufzend. „Das ist eine sehr harte Arbeit. Das Feuer muss Tag und Nacht brennen. Tagsüber füttern wir es mit Holz, Wurzeln, Binsen und Reisig, nachts mit Öl und Pech. Ich weiß nicht …"

„Warum denn nicht, Vater?", fragte der junge Ägypter jetzt. Er hatte eine drahtige Figur, eine vorwitzige, spitze Nase sowie flinke Augen. Auch sein Kopf war kahl geschoren. Allerdings trug der Junge wie alle Ägypter in seinem Alter eine kecke, seitliche Jugendlocke.

„Ich weiß wirklich nicht, Hapu", sagte sein Vater noch einmal.

„Lassen wir es doch auf einen Versuch ankommen", schlug Julian vor. „Wir können zur Probe arbeiten."

„Also gut", willigte der Mann ein. „Wenn ihr eure Sache gut macht, könnt ihr im Stall schlafen und bekommt etwas zu essen. Sag ihnen, was zu tun ist, Hapu. Ich gehe schon mal rauf."

„Danke, dass du uns geholfen hast, Hapu", sagte Julian, sobald dessen Vater im Turm verschwunden war.

„Oh, gerne geschehen", antwortete der ägyptische Junge fröhlich. „Mein Vater heißt übrigens Senmut und ist der Lichtmeister. Er bildet mich gerade aus. Und wie heißt ihr?"

Nun stellten sich die Freunde vor. Natürlich vergaßen sie auch Kija nicht, die sich sofort mit Hapu anfreundete. Dann erklärte Hapu Leon, Kim und Julian, was sie zu tun hatten. In erster Linie mussten sie Brennmaterial nach oben schaffen. Außerdem hatten die Freunde dafür zu sorgen, dass das Feuer immer genügend Kraft hatte.

Sicher wäre es besser gewesen, wenn sie Arbeit im Palast der Pharaonin gefunden hätten, um Kleopatra näher zu sein, dachte Julian. Aber das hier, das war immerhin ein Anfang. Und wer wusste es schon, vielleicht fanden sie ja bereits morgen Arbeit im Palast der Herrscherin vom Nil.

„Bis zur obersten Plattform können wir Eselskarren benutzen", erklärte Hapu gerade.

„Deshalb gibt es hier also einen Stall", sagte Leon.

„Genau", erwiderte Hapu. „Im Turm verläuft eine spiralförmige Rampe nach oben. Aber von der Plattform mit den Tritonen müssen wir das Brennmaterial entweder eine Treppe hinauftragen oder mit Seilzügen hochhieven."

Julian nickte. „Das klingt wirklich anstrengend. Aber das bekommen wir schon hin!" Sein Blick fiel auf das Gerüst am Turm.

„Ist der Turm beschädigt?"

„Nach einem Sturm wurden ein paar Fugen ausgebessert", erwiderte Hapu. „Aber die Arbeiter sind fertig, soviel ich weiß. Das Gerüst müsste endlich mal abgebaut werden."

Julian wollte seinen Blick vom Gerüst abwenden – doch dann hielt er inne. War da nicht gerade jemand entlanggehuscht? Die Sonne blendete ihn. Er beschattete die Augen mit der Hand. Jetzt glaubte er, in einem Fenster eine Gestalt verschwinden zu sehen.

„Was ist?", fragte Leon.

„Weiß nicht, da oben war gerade jemand …" Julian musste wegschauen, weil seine Augen jetzt zu tränen begannen.

„Das kann nicht sein. Dort wird nicht mehr gearbeitet", sagte Hapu. Julian schwieg. Er war sich ziemlich sicher, dass dort jemand gewesen war. Seltsam … Was hatte derjenige dort verloren gehabt?

„Und gleich kommt die Pharaonin?", fragte Kim neugierig, während sie mit Hapu den Turm betraten, in dem es angenehm kühl war und in dem einige Arbeiter herumliefen.

„Ja", sagte der junge Ägypter nachdenklich. „Unsere Königin will Octavian den Leuchtturm zeigen. Deswegen ist mein Vater auch so nervös. Aber das sind wir alle …"

„Warum?"

„Niemand in Alexandria traut Octavian", erklärte Hapu, während er auf einen Karren zusteuerte, der hoch mit Reisig beladen war. „Wir haben die Seeschlacht bei Actium gegen Octavians Truppen verloren, unser Verbündeter Marcus Antonius hat sich daraufhin ins Schwert gestürzt und nun haben wir alle Angst, dass der große Sieger Octavian uns Ägypter unterjochen will. Aber wir hoffen, dass es unserer wunderschönen Pharaonin gelingt, auch Octavian um den Finger zu wickeln und dafür zu sorgen, dass die Römer wieder abziehen und uns in Ruhe lassen, wenn wir ihnen kostenlos Korn liefern." Hapu kicherte. „Immerhin ist ihr das bereits bei Julius Caesar und Marcus Antonius geglückt. Warum also nicht bei Octavian? Eigentlich kann niemand der göttlichen Kleopatra widerstehen! Aber dennoch – viele haben Angst, dass es diesmal anders sein könnte."

In diesem Augenblick ertönte eine Fanfare. Erschrocken ließ Hapu die Zügel des Esels los.

„Beim *Horus*, das wird sie sein!", rief er und stürzte wieder nach draußen.

Über den Deich, der die Leuchtturminsel mit der Stadt verband, marschierte eine Prozession auf sie zu. Rechts und links wurde der Tross von Soldaten, die mit Speeren und Schilden bewaffnet waren, flankiert. Es handelte sich sowohl um Ägypter, die nur mit Schurzen bekleidet waren und scharfkantige Keulen trugen, als auch um römische *Legionäre* mit ihren typischen Kurzschwertern und Brustpanzern über den roten *Tuniken*.

„Keine Frage, sie kommen!" Schon flitzte Hapu wieder in den Turm, um seinen Vater zu alarmieren.

Nur zwei Minuten später hatte die Prozession den Leuchtturm erreicht. Hapu und sein Vater warfen sich vor einer schlanken, zierlichen Frau zu Boden, und die Freunde beeilten sich, es ihnen nachzutun.

„Schon gut, steht auf", sagte sie kühl.

Julian wagte es, den Blick zu heben. Kleopatra! Daran zweifelte Julian keine Sekunde. Die Pharaonin hatte dunkle, leicht schräg stehende Augen, die von einer hauchdünnen, hellblauen Puderschicht umrahmt wurden, eine feine, spitze Nase und volle Lippen. Das akkurat geschnittene Haar, in das Perlenschnüre eingeflochten waren, hing ihr in einem blauschwarzen Pony über die Stirn und seitlich wie eine Kappe bis auf die Schultern. Kleopatras Krone bestand aus einem breiten Band aus Gold, in das drei aufgerichtete Kobras aus Elfenbein eingearbeitet waren. Die Königin trug einen wallenden Traum aus blassgrüner Seide und elegante Sandalen aus versilbertem Leder. An ihren Armen funkelten goldene Reifen und an ihrem Hals glitzerte eine Kette aus Smaragden.

Eine schnelle Bewegung lenkte Julian ab. Er schaute nach rechts. Das Gerüst! Erneut war dort jemand entlanggehuscht! Diesmal war sich Julian absolut sicher. Doch auch dieses Mal war der Schatten genauso schnell verschwunden, wie er auftgetaucht war. Julian schaute wieder zur Königin.

Neben ihr stand ein schlanker Römer Anfang dreißig, der ebenfalls mit Tunika und Brustpanzer bekleidet war. Seinen Kopf mit den schwarzen, lockigen Haaren und den etwas abstehenden Ohren schmückte ein Helm mit rotem Federbüschel. Der Mann hatte ein ernstes Gesicht mit leicht melancholischen Zügen. Seine Nase war gerade, aber eine Spur zu lang, seine Augen verrieten Wachsamkeit und Klugheit.

Das muss Octavian sein, dachte Julian. Unmittelbar hinter dem Feldherrn stand eine Frau Mitte vierzig in einem weißen Kleid mit goldenen Schmuckrändern. Sie war etwas größer als Kleopatra und ihre dunklen Haare fielen ihr in eleganten Löckchen in die Stirn. Ihre Gesichtszüge waren hart, um den Mund lag ein bitterer Zug.

„Es ist uns eine große Ehre, Euch den Leuchtturm zeigen zu dürfen, gottvolle Königin", sagte der Lichtmeister Senmut.

Kleopatra lachte auf. „Ich kenne diesen Turm. Er soll meine Gäste, den edlen Triumvirn und seine Schwester *Octavia*, von der Baukunst des ägyptischen Volks überzeugen." Sie klatschte in die Hände und ein Diener trat eilig vor.

„Holt die Sänften!", ordnete Kleopatra an.

Der Diener verschwand.

Kurz darauf wurden die Königin und ihre Gäste in je einer Sänfte die Rampen im Inneren des Turms hinaufgetragen. Die Gefährten schlossen sich dem Zug an.

„Octavia ist die Witwe von Marcus Antonius", raunte Hapu ihnen unterwegs zu. „Man erzählt sich in der Stadt, dass sie nur deshalb nach Alexandria gekommen ist, um die Urne ihres Mannes mit nach Rom zu nehmen. Dort soll sie im Familiengrab beigesetzt werden. Beim *Amun*, diese Frau muss unsere Königin hassen ..."

Julian nickte verstohlen. Kleopatra hatte der Römerin den Mann weggenommen und in einen Krieg gegen sein eigenes Volk geführt. Diesen Krieg hatte Marcus Antonius verloren und sich daraufhin ins Schwert gestürzt. Oh ja, Octavia musste Kleopatra wirklich abgrundtief hassen!

Es dauerte etwa eine Viertelstunde, bis der Tross beim Leuchtfeuer angekommen war. Hier war die Hitze schier unerträglich. Aus einer steinernen Wanne loderten die Flammen drei Meter hoch. Ein Arbeiter schob einen blank polierten, gewaltigen Spiegel auf einer Schiene um das rasende Feuer herum, sodass der Flammenschein in alle Richtungen reflektiert werden konnte. Zum Schutz vor der Hitze hatte er sich in eine nasse Tunika gehüllt. Jetzt hielt er inne und verneigte sich. Senmut lotste seine Besucher hinter den Spiegel, der die Hitze ein wenig abschirmte.

„Bei Nacht ist unser Feuer dreihundert *Stadien* weit zu sehen", sagte der Lichtmeister stolz.

„Beachtlich, sehr beachtlich", erwiderte der Triumvir mit

sonorer Stimme und machte einen Schritt zurück, während ihm der Schweiß auf die Stirn trat.

„Lasst uns bei den Tritonen eine Erfrischung zu uns nehmen", schlug Kleopatra vor.

Rasch verließ die Gruppe das Höllenfeuer und begab sich über die Treppe hinunter zur Terrasse mit den Götterfiguren. Diener eilten herbei und reichten Pokale mit *Irep*. Der Wein war mit kaltem Wasser verdünnt.

Der Triumvir nahm einen Schluck. Dann sagte er: „Einen solchen Leuchtturm haben wir in Rom nicht." Er lächelte überheblich. „Noch nicht." Sein Blick glitt über das Areal, das sich vor ihnen ausbreitete. „Aber ich muss zugeben, Alexandria ist eine schöne Stadt."

Kleopatra quittierte das Kompliment mit einem Nicken. „Oh ja, sie ist zauberhaft, bei Isis."

„Aber nur dank der Römer", bemerkte Octavia spitzfindig.

Verärgert zog Kleopatra eine Augenbraue hoch.

Auweia, Zickenalarm!, dachte Kim, hielt aber den Mund.

„Mein Mann, Marcus Antonius, hat Alexandria zu dem gemacht, was es heute ist", fuhr die Witwe fort. „Es war ein Römer, der diese Stadt aufblühen ließ!"

Kleopatra machte schnell eine wegwerfende Handbewegung. „Das ist lächerlich und das weißt du auch. Aber es ehrt dich, dass du das Andenken an unseren geliebten Marcus Antonius wahren willst und seinen Namen preist. Sehr erstaunlich, schließlich hat er dich verlassen!"

„Ja, das hat er", giftete Octavia, offenbar erbost über den gut platzierten Seitenhieb. „Weil er blind war. Du hast ihm schöne

Augen gemacht. Doch du hast ihn nie geliebt, du hast ihn nur benutzt, um an der Macht zu bleiben. Zu guter Letzt hast du ihn in einen Krieg gegen unser Rom geführt, den er niemals gewinnen konnte. Und jetzt ist er tot. Du hast ihn auf dem Gewissen, Kleopatra."

„Genug, beim Amun!", rief die Königin und schleuderte ihren Pokal zu Boden.

Die Witwe hatte die Arme in die Seiten gestemmt. „Nein, du verbietest mir nicht den Mund!", schrie sie. „Was ist dein nächster Schritt? Willst du dich jetzt an meinen Bruder Octavian heranmachen? Um weiter regieren zu können als Günstling von Rom? Aber das wird dir nicht gelingen, niemals! Deine Zeit läuft ab, du merkst es bloß nicht!"

Die Freunde warfen sich alarmierte Blicke zu.

Aus Kleopatras Augen schossen Blitze. Doch bevor sie etwas entgegnen konnte, hob Octavian gebieterisch den Arm.

„Ihr vergesst euch", tadelte der Triumvir die Frauen scharf. „Euer Benehmen ist kindisch und eurer Stellung unwürdig."

„Würde?", zischte die Witwe. „Weißt du überhaupt, was das ist, Kleopatra? Seit Jahren regierst du nur, weil wir Römer es dir gestatten. Du bist …"

„Es reicht!", stoppte Octavian seine Schwester jetzt endgültig.

Kim sah, dass sich die Witwe auf die Lippen biss. Sie schaute aufs Meer hinaus. In ihren Augen schimmerten Tränen.

„Wie wäre es mit einem Imbiss im Palast?", wechselte Kleopatra das Thema und warf Octavian einen freundlichen Blick zu.

„Nur zu gern", erwiderte er und lächelte.

Der Rückweg verlief schweigend. Die Gefährten liefen mit Senmut und Hapu vor den Sänften her.

Vor dem Leuchtturm hatte sich eine große Menschenmenge versammelt, die neugierig auf die Königin und ihren Besuch wartete. Die Freunde mischten sich unters Volk. Julian schaute noch einmal hinauf zum Leuchtfeuer. Dabei fiel sein Blick erneut auf das Gerüst. Eine Stange ragte aus dem Fenster, neben dem es befestigt war. Das Gerüst schwankte leicht.

In dieser Sekunde brandete großer Jubel auf. Julian schaute nach vorn. Gerade war Kleopatra aus dem Turm getreten, während sich der Triumvir und seine Schwester noch im Schatten des Eingangs aufhielten. Der Blick des Jungen glitt zurück zum Gerüst. Jetzt schwankte es noch stärker. Und nun erkannte Julian, dass sich die Stange bewegte! Sie wurde von jemandem, der sich im Turm versteckte, gegen die senkrechte Strebe der Konstruktion gedrückt! Wenn das Gerüst umkippen sollte, würde es genau auf die Königin fallen!

Julian schrie eine Warnung, aber die ging im allgemeinen Lärm unter. Leon und Kim schauten Julian verdutzt an. Aber Julian hatte jetzt keine Zeit für Erklärungen. Er deutete nur nach oben zum Gerüst und Leon und Kim verstanden sofort. Während sie die Menschen um sie herum warnten, drängelte sich Julian nach vorn zu Kleopatra. Da huschte Kija zwischen seinen Beinen hindurch und lief auf die Königin zu, die sich gerade zu einem Kind hinabgebeugt hatte. Die Katze sprang Kleopatra an. Die Königin schrie auf und wich zurück.

„Achtung", rief Julian. „Das Gerüst!"

# Der geheimnisvolle Papyrus

Das Gerüst stieß noch einmal gegen die Wand und senkte sich dann, getrieben von der Stange, wieder nach vorn. Es sah aus wie ein seltsamer, gefährlicher Tanz auf hölzernen Beinen. Die Leibwächter reagierten blitzschnell und zogen Kleopatra beiseite. Schließlich siegte die Schwerkraft, und das Gestell kippte endgültig um.

Julian sah es wie in Zeitlupe auf sich zufliegen. Durch einen Satz brachte auch er sich in Sicherheit.

Das Gerüst krachte mit furchtbarem Getöse auf den harten Boden. Streben knackten, Stangen splitterten und Bretter brachen. Eine große Staubwolke stieg auf. Schreie wurden laut. Ein Mann war durch einen Holzsplitter am Bein verletzt worden, ein anderer hatte eine Stange auf den Kopf bekommen und blutete aus einer Platzwunde. Jemand rief nach einem Arzt.

„Gott sei Dank ist nicht noch mehr passiert! Das hätte ganz anders ausgehen können", rief Leon fassungslos.

„Allerdings! Und es war ein Anschlag", sagte Julian und berichtete, was er beobachtet hatte.

Seine Freunde lauschten mit großen Augen.

Da trat Kleopatra auf sie zu. Sie wirkte völlig ruhig. „Was für ein ungewöhnliches Tier", sagte sie sanft und musterte Kija interessiert. „Schön, wachsam und offenbar sehr klug. Sie hat mir womöglich das Leben gerettet."

Julian wagte sich einen Schritt vor. „Ja, das stimmt. Aber sie gehört uns", sagte er fest. „Das Gerüst wurde umgestoßen. Ich habe es gesehen." Nun berichtete Julian zum zweiten Mal.

„Es ist das Schicksal der Könige, dass man ihnen nach dem Leben trachtet", erwiderte Kleopatra ernst und gab den Soldaten den Befehl, den Turm abzusuchen.

Dann wandte sie sich wieder der Katze zu und streckte ihr ihre schlanke Hand entgegen. Kija drückte ihr Köpfchen dagegen.

Kleopatra lachte. Es war das Lachen einer Siegerin. „Ich werde dich in meinen Palast aufnehmen, ich liebe Katzen!"

„Sie gehört uns", wiederholte Julian. Wie zur Bestätigung wechselte Kija die Seiten und begann, um die Beine der Kinder herumzustreifen.

Erstaunt schaute die Königin die Freunde an. „Nun", sagte sie. „Wenn ihr euch nicht trennen wollt, dann …" Sie zögerte und die Gefährten fürchteten schon, dass die Königin ihnen Kija wegnehmen wollte. „… dann werdet ihr eben auch im Palast wohnen", vollendete Kleopatra den Satz.

Die Gefährten konnten ihr Glück kaum fassen.

„Ihr werdet euch um das Wohlergehen dieser wunderbaren Katze kümmern, bei Isis. Folgt dem anderen Personal", ergänzte Kleopatra und wandte sich wieder ihren Gästen zu.

Dabei hatten Julian, Kim und Leon Gelegenheit, Octavian und seine Schwester kurz zu beobachten. Ihre Gesichter zeigten keinerlei Regung.

„Ob Octavia hinter dem Anschlag steckt?", wisperte Leon.

„Gut möglich, sie scheint Kleopatra ja wirklich zu hassen", sagte Julian. „Wir sollten sie unbedingt im Auge behalten!"

Jetzt stürmten die Soldaten heran, die den Turm abgesucht hatten. „Göttliche Königin, die Seile, mit denen das Gerüst am Turm befestigt war, sind durchgeschnitten worden. Aber einen Verdächtigen konnten wir nicht finden", sagte der Hauptmann. „Womöglich ist er mit einem Boot entkommen."

Mit versteinerter Miene gab Kleopatra das Signal zum Aufbruch.

Die Freunde hasteten zu Hapu und Senmut und informierten sie.

„Oh, wie schade", sagte Hapu. „Ihr habt doch gerade erst angefangen, bei uns zu arbeiten."

„Allerdings." Sein Vater seufzte. „Wieder ein paar helfende Hände weniger. Aber dem Willen der göttlichen Kleopatra kann sich niemand widersetzen. Ehrlich gesagt, beneide ich euch sogar. Viel Glück!"

„Ja", rief auch Hapu. „Und schaut doch mal wieder vorbei, wenn es euch zu langweilig wird!"

Das versprachen die Freunde und eilten Kleopatra hinterher, die mit ihren Gästen und den Dienern den Damm betreten hatte, der zur Stadt führte.

Kurz darauf traten sie durch das riesige Tor mit den falkenköpfigen Steinfiguren und gelangten in einen weitläufigen Park. Überall huschten Gärtner umher, zupften Unkraut, brachten Büsche in Form oder harkten den Weg, der sich an mehreren Teichen vorbeischlängelte, in denen blaue und weiße Lotosblumen wuchsen. Platanen und Weiden spendeten Schatten.

Ein dürrer Diener trat auf die Freunde zu und sonderte sie von Kleopatras Gefolge ab. „Ich habe den Befehl, euch euren Arbeitsplatz zu zeigen", sagte er ein wenig gelangweilt und führte sie auf ein Brückchen, das einen der Teiche überspannte.

„Da sind ja Krokodile!", entfuhr es Leon. Eine gewaltige Echse fixierte ihn mit kalten Augen und riss das Maul auf.

„Natürlich", erwiderte der Diener. „Kleopatra mag viele Tiere und natürlich auch die heiligen Krokodile. Wenn die Biester nur nicht immer so viel Hunger hätten! Man kommt mit dem Füttern gar nicht mehr nach. Manchmal bedienen sie sich auch selbst. Erst gestern haben sie wieder zwei Pfauen aufgefressen."

„Ah ja", sagte Leon gedehnt.

Der Diener zeigte ihnen zunächst einen geräumigen Käfig, in dem drei ausgesprochen fette graue Katzen dösten. Als sie Kija erblickten, stellten sich ihre Nackenhaare auf und sie fauchten im Chor. Kija ignorierte die drei Dicken jedoch.

„Ihr sollt den Käfig sauber halten und die Katzen füttern." Der Diener lachte gehässig. „Die drei fressen fast so viel wie ein Krokodil."

So sehen sie auch aus, dachte Leon.

„Das Futter erhaltet ihr in der Palastküche", sagte der Diener und deutete mit dem Daumen über die Schulter. „Die drei bekommen nur das Beste, denn Kleopatra liebt sie über alles. Sie sind ihr genauso heilig wie die Krokodile, versteht ihr?"

Als Nächstes brachte der Dürre sie zu einem Flachbau, in dem das Personal untergebracht war. Links lag der Palast, rechts der Park, gegenüber waren die Ställe. Die Gefährten bekamen ein kleines, sauberes Zimmer mit einem Fensterchen. Dicke Schilfmatten dienten als Betten.

„Macht zuerst einmal den Katzenkäfig sauber", sagte der Dürre zum Abschied. „Und noch etwas: Oft will unsere göttliche Herrscherin ihre Katzen beim Bankett dabeihaben. Dann putzt sie gut heraus. Denn dafür sind die drei manchmal zu faul."

Die Freunde machten sich an die Arbeit, während Kija draußen vor dem Käfig hocken blieb und ausgiebig ihr Fell putzte, misstrauisch beäugt von den Katzen im Gehege.

„He, seht mal", wisperte Leon nach einer Weile. „Da vorn ist Octavia!"

Die Witwe eilte in wenigen Metern Entfernung vorbei und strebte dem Palasttor zu. Sie hatte ihren Kopf mit einem Tuch verhüllt.

„Scheint so, als wolle Octavia den Palast verlassen. Ohne Diener oder Soldaten", fuhr Leon fort. „Seltsam! Wir sollten ihr folgen."

Die Freunde schauten sich kurz um. Niemand beachtete sie. Also machten sie sich aus dem Staub. Kija heftete sich an ihre Fersen.

„Wo wollt ihr hin?", verlangten die Wachen am Tor von den Kindern zu wissen.

„Wir brauchen Kräuter vom Markt", log Leon. „Eine der königlichen Katzen hat Bauchweh."

Die Wachen verdrehten die Augen und winkten sie durch.

Auf dem Weg vor dem Palast brauchten die Gefährten nicht lange Ausschau zu halten. Sie sahen, dass Octavia auf den mächtigen Isis-Tempel zulief.

Der Pylon des Tempels bestand aus zwei je zwanzig Meter hohen und fünfzehn Meter breiten, braunen Türmen, in die Bildhauer farbenprächtige Götterfiguren gemeißelt hatten. Vor allem die Göttin Isis tauchte in diesen Reliefs immer wieder auf, zumeist mit einem langen roten Kleid, einem *Ankh*-Kreuz in der Hand und einem kleinen goldenen Thron auf dem Kopf. In ihrer Nähe war oft ihr Gemahl zu sehen: *Osiris*, der Gott des Totenreichs, der in seinen Händen Krummstab und Geißel trug. Zwischen den Türmen war ein gut zehn Meter hohes und fünf Meter breites offenes Steintor, durch das die Priester und die Pharaonen in den Tempelhof gelangen konnten.

Die Freunde sahen, dass der Innenhof von einem Säulengang umschlossen war. Jede Säule war mit einem *Kapitell* geschmückt, das eine Lotosblüte zeigte.

Octavia hatte jedoch keinen Blick für den Tempel, sie war offensichtlich in Eile. Mit großen Schritten überquerte sie die Brücke, die die Palastinsel mit dem Hafenviertel verband. An der Kaimauer lagen zahlreiche Lastensegler, die soeben entladen wurden. Sklaven schleppten Kornsäcke und schwere *Amphoren* mit Öl und Wein. Einige Waren wurden gleich am Kai verkauft. So bot ein Händler feine Duftöle an, ein anderer Perücken und ein dritter blank polierte, kleine Spiegel.

Octavia lief weiter, den Blick gesenkt. Wenig später erreichten sie ein lang gezogenes Gebäude aus gräulichem Marmor. Auf dem Flachdach hockten Steinfiguren, die wie Paviane aussahen.

„Das ist der Gott *Thot*", sagte Julian, der sich gut mit den ägyptischen Göttern auskannte. „Der Gott des Wissens, der Schreiber und der Bildung. Ich würde mal tippen, dass dieses Gebäude die berühmte Bibliothek von Alexandria ist – das Museion."

Octavia lief einige Stufen hinauf und verschwand in dem Gebäude. Die Freunde überlegten nicht lange und betraten die Bibliothek ebenfalls. Doch sie kamen nicht weit.

„Wohin des Weges?", knarzte sogleich eine unangenehme Stimme. Im Halbdunkel hockte ein kleiner, dürrer Mann mit missmutigem Gesicht hinter einer Art Tresen.

„Oh, wir suchen eine Schriftrolle", entgegnete Julian schnell.

Der kleine Mann lachte. Es klang wie das Meckern einer Ziege. „Ach ja? Das ist aber eine Überraschung!" Schlagartig wurde er wieder ernst. „Ihr Krümel könnt doch noch nicht mal lesen, wetten? Und außerdem kommt hier nicht jeder rein!"

„Wir sind Diener der göttlichen Kleopatra", erwiderte Julian. „Und wir sind in ihrem Auftrag hier. Wir sollen eine Rolle besorgen mit ... äh ... Rezepten gegen Bauchweh."

„Bauchweh bei Katzen", präzisierte Leon. „Eine der göttlichen Katzen ist erkrankt."

„Und außerdem können wir lesen", zischte Kim.

„Das soll ich euch glauben?", meckerte der kleine Mann.

In diesem Moment stolzierte Kija einfach an ihm vorbei in den ersten Saal. Der Mann blickte ihr verdutzt hinterher. „Diese Katze sieht nicht krank aus ...", sagte er unschlüssig.

„Ist sie auch nicht", erwiderte Julian. „Es handelt sich um eine andere. Aber wir können auch gerne wieder gehen und Kleopatra ausrichten, dass – wie ist Euer Name?"

Der kleine Mann warf sich in die Brust. „Djeser, ich leite dieses ehrwürdige Haus."

„Gut, wir sagen der göttlichen Königin, dass Djeser uns die Hilfe verweigert hat", sagte Julian und verschränkte die Arme vor der Brust.

Djeser hob die Hände. „Schon gut, beim Thot, dann geht hinein. Die Rollen mit den Rezepten findet ihr im rechten Gang. Aber fasst nichts an, sondern fragt einen Diener!"

Die Freunde betraten den Saal, der noch viel größer war, als sie gedacht hatten. In der Mitte plätscherte ein kleiner Brunnen, um den sternförmig Lesepulte aufgestellt waren, an denen Frauen und Männer jeglichen Alters lasen. Es herrschte eine andächtige Stille, fast wie in einer Kirche. Licht fiel durch eine Kuppel und schlanke Fenster, die von Säulen flankiert wurden. Jede Säule war mit Thot-Figuren verziert.

In unzähligen Regalen lagerten Schriftrollen. Es waren Hunderttausende von Papyri. An jedem hing ein Bändchen mit einem Holzplättchen, auf dem Inhalt und Herkunft der jeweiligen Schrift vermerkt waren. Auch die Regale waren beschriftet. Staunend liefen die Gefährten an den Regalwänden entlang. Es gab Literatur zu den verschiedensten Themen: Schiffbau, Architektur, Mathematik, Zoologie, Botanik, Physik, Astronomie, Medizin und Philologie.

An den Lesesaal war eine Art Großraumbüro angegliedert. Die Tür stand offen und die Kinder sahen, dass sich hier etwa fünfzig Männer über Schriften beugten, die sie offenbar gerade kopierten. Es folgte eine Werkstatt, in der schadhafte Papyri ausgebessert wurden. Daran schloss sich eine Regalwand mit Landkarten an, dann folgte die medizinische Abteilung. Und genau hier stand Octavia. Sie war in ein Gespräch mit einem der Diener vertieft. Schnell tauchten die Freunde hinter einem Regal ab und lugten dann unauffällig um die Ecke. Octavia gab dem Diener einige Münzen.

„Aber Ihr müsst mir versprechen, dass Ihr den Papyrus morgen zurückbringt", sagte der Diener gerade mit Nachdruck.

Octavia nickte ungeduldig.

Der Mann seufzte auf und reichte ihr mit einer theatralischen Geste eine Schriftrolle. Dann rauschte Octavia eilig an den Gefährten vorbei, ohne sie zu bemerken.

„Mist, das ging aber schnell", sagte Julian. „Möchte mal wissen, was sich Octavia ausgeliehen hat."

„Finden wir es heraus", sagte Leon, marschierte einfach auf den Diener zu und wiederholte Julians Geschichte von der kranken Katze. „Hoffentlich hat die Dame gerade nicht die Rolle ausgeliehen, die auch wir benötigen", schloss er seinen Bericht.

„Wir leihen normalerweise gar nichts aus", sagte der Diener kühl. „Nur bei dieser hochgestellten Römerin müssen wir eine Ausnahme machen. Die Römer führen sich auf, als würde ihnen Alexandria bereits gehören ... Na ja, jedenfalls hat sich diese Römerin einen Papyrus über Kräuter ausgeliehen."

Kräuter? Was hatte Octavia bloß vor? Leon zupfte an seinem Ohrläppchen. Vielleicht giftige Kräuter? Zu dumm, dass der Museions-Diener nicht besonders redselig war.

„Nun?", fragte der Diener misstrauisch. „Was sucht ihr genau?"

Leon riss sich zusammen. Er verkniff sich die Frage, um welche Kräuter es sich gehandelt hatte. Stattdessen forschte er nach: „Gibt es vielleicht eine Art Rezept gegen Bauchweh – bei Katzen?"

Anstatt zu antworten, lief der Diener voraus und griff schließlich in ein Regal. Er zog einen Papyrus heraus und entrollte ihn auf einem Pult. Die Freunde überflogen den Text. Es handelte sich um ein allgemeines Rezept gegen Bauchschmerzen.

„Danke!", rief Leon. „Das reicht uns schon. Das wird der königlichen Katze guttun!"

Als sie wieder vor dem Museion standen, platzte er heraus: „Kräuter! Ich sage euch: Octavia will einen Gifttrank zusammenmischen."

Julian hockte sich auf eine der Stufen. „Das ist nicht bewiesen. Vielleicht steht ja auch etwas ganz Harmloses auf dem Papyrus."

„Das glaube ich nicht", sagte Leon. „Wir wissen, dass Octavia Kleopatra hasst. Sie hat ein sehr starkes Motiv, sie will die Pharaonin vergiften! Und genau deshalb war sie heute in der Bibliothek. Octavia ist die Kobra!"

# Das Krokodil

Am selben Abend gab es ein großes Bankett zu Ehren der Römer. Auch die Freunde waren als Diener eingeteilt, denn Kleopatra verlangte, dass die göttlichen Katzen am Bankett teilnahmen. Die Gefährten sollten die Katzen füttern.

Der Wein floss in Strömen, während Tänzerinnen, Musiker und Feuerschlucker auftraten. Diener schleppten Tabletts mit Köstlichkeiten heran: Es gab mit Gurkenpaste gefüllten Antilopenbraten und Lammfilets in Knoblauch, geräucherten Aal mit Thymian, Nilbarsch in Pflaumensauce, Hummer und Austern, gebratenen Eber mit Honigtunke, Brustfleisch von Flamingo und Kranich sowie als Leckereien für zwischendurch Granatäpfel, Datteln, Honigkuchen, Maulbeeren und Melonen.

Das Festessen fand in einem Prunksaal mit vergoldeten Wänden statt. Kunsthandwerker hatten Kleopatras Lieblingsgöttin Isis dort verewigt, aber auch die Pharaonin selbst. Kleopatra war bei der Jagd, auf einem Streitwagen, aber auch in der Rolle der *Maat*, der Göttin der Gerechtigkeit, zu sehen. Sklaven hatten Unmengen von Rosenblättern auf dem weißen Marmorboden ausgestreut. Der ganze Raum war von ihrem schweren Duft erfüllt. Die Decke des Saals war mit wunderschönen Bildnissen von Kranichen und Ibissen verziert und wurde von farbenfroh bemalten Säulen mit Kapitellen in Palmenform getragen.

Kleopatra empfing die Gäste auf einem Elfenbeinthron, gekleidet in ein eng anliegendes Kleid aus golddurchwirktem Leinen. In ihren Haaren funkelten Perlen, auf dem Kopf ruhte die herrliche Krone. Neben der Königin saß ein siebzehnjähriger Mann, ein ausgesprochener Schönling mit energischem Kinn, der mit deutlich zur Schau gestellter Arroganz das Treiben um ihn herum beobachtete. Die Freunde hatten erfahren, dass es sich um *Caesarion*, den Sohn von Kleopatra und *Julius Caesar*, handelte. Auch die drei Kinder von Marcus Antonius und der Pharaonin, alle noch unter zehn Jahren alt, waren zugegen.

Zu Kleopatras Füßen in den edelsteinbesetzten Sandalen lagen drei Kissen, auf denen die drei fetten Katzen mit halb geschlossenen Augen ruhten. Unmittelbar vor ihren Schnäuzchen standen Silberschalen mit Fischhäppchen. Neben den dreien saß eine vierte Katze, ein schlankes, bernsteinfarbenes Tier mit smaragdgrünen Augen: Kija. Kim, Leon und Julian hockten etwas abseits und behielten alles im Auge. Es war ihnen nicht entgangen, dass Kleopatra und Caesarion kein Wort miteinander wechselten.

„Zwischen den beiden herrscht wohl Eiszeit", wisperte Kim.

„Allerdings", erwiderte Leon ebenso leise. „Außerdem trinkt Caesarion sehr viel Wein. Bei der Witwe ist die Stimmung aber auch nicht gerade bestens."

Kim und Julian schauten zu den Römern hinüber, die auf Liegen ruhten, die über und über mit Kissen bedeckt waren.

Octavia verfolgte mit verschlossener Miene die Tanzdarbietungen. Ihr Bruder nippte gerade lächelnd an seinem Pokal mit Wein.

„Sie plant etwas", flüsterte Leon und deutete mit dem Kinn auf Octavia.

„Aber wie will sie Kleopatra vergiften?", fragte Julian. „Die Pharaonin hat einen Vorkoster."

Tatsächlich war Kleopatra augenscheinlich auf der Hut. Jedes Häppchen wurde vorab probiert. Ähnlich war es mit den Getränken.

Julian schüttelte den Kopf. „Nein, so kommt Octavia nicht an die Pharaonin heran."

Leon sog hörbar die Luft ein. „Vorsicht! Denkt an den Anschlag mit dem Gerüst. Damit hat auch niemand gerechnet ..."

Ein träges, etwas klägliches Miauen erinnerte die Freunde an ihre Aufgabe. Also holten sie ein neues Tablett mit Muschelfleisch für die Mopskatzen aus der Küche.

Eine Stunde später war es nahezu unerträglich heiß im Prunksaal. Schließlich schlug der Triumvir vor, einen Spaziergang im Park zu unternehmen. Kleopatra war einverstanden.

Leon fiel siedend heiß ihr Abenteuer bei der Pharaonin Hatschepsut ein: Als die Königin einen Spaziergang im Palastgarten gemacht hatte, hatte ein Bogenschütze auf sie geschossen ...

„Kommt!", forderte Leon seine Freunde auf. „Wir sollten in der Nähe von Kleopatra bleiben!"

Der Park wurde von Fackeln erhellt. Sklaven liefen mit

großen Palmwedeln neben Kleopatra, ihren Kindern und den Gästen her und fächelten ihnen Luft zu. Die Pharaonin schritt voran und führte die Gesellschaft zu den hübschen Teichen. Leon ließ seinen Blick über das Wasser gleiten. Da! Ein länglicher Schatten – eines der Krokodile lag halb verborgen zwischen Schilf und Lotosblumen. Jetzt blieb Kleopatra stehen. Sie deutete zum Himmel und redete auf den Triumvirn ein, der unmittelbar neben ihr stand. Er lächelte Kleopatra immer wieder charmant an – und die Pharaonin lächelte zurück.

Leon schaute zu Octavia und erkannte, dass die Witwe ihren Bruder genau beobachtete. Auf ihrer Stirn bildete sich eine Zornesfalte.

„Seht ihr, was ich sehe?", wisperte Leon seinen Freunden zu.

„Octavia bekommt gleich einen Tobsuchtsanfall", erwiderte Kim.

Nun lachte Kleopatra hell auf. Dann lief sie voraus und gelangte zu der Brücke ohne Geländer, die sich über den Teich spannte. In der Mitte der Brücke geschah es: Die Pharaonin rutschte aus. Einen Augenblick stand sie schwankend auf den Holzbrettern – doch dann verlor sie den Halt und stürzte schreiend in den Teich.

Fast in derselben Sekunde kam Bewegung in den länglichen Körper im Schilf. Das Krokodil glitt aus seinem Versteck.

Prustend tauchte die Pharaonin auf, während das Reptil hinter ihrem Rücken auf sie zuschwamm, geräuschlos und zielstrebig. Noch war es etwa zehn Meter entfernt. Mit Entsetzen sahen die Menschen am Ufer die drohende Gefahr – aber niemand machte Anstalten, der Pharaonin zu Hilfe zu

eilen. Zu groß war offenbar die Angst vor dem Krokodil. Nur die Freunde reagierten.

„Vorsicht!", brüllte Leon und deutete zum Schilf.

Kleopatra fuhr herum und schrie gellend auf. Verzweifelt begann sie zu schwimmen. Doch das Krokodil war schneller, viel schneller.

Geistesgegenwärtig packte Leon eine der Fackeln und schleuderte sie auf das Reptil. Das Geschoss verfehlte die Schnauze des Tieres nur um Zentimeter und erlosch zischend. Wütend schnappte das Krokodil danach. Doch schon schlug die zweite Fackel neben ihm ein. Das Tier wurde langsamer, wandte sich dem Angreifer zu und verlor dabei das erste Ziel – Kleopatra – aus den Augen. Nun griffen auch Julian und Kim ein. Zu dritt feuerten sie Fackeln auf das Krokodil, das jetzt nach allen Seiten biss und schnappte. Inzwischen hatte Kleopatra das rettende Ufer erreicht. Helfende Hände streckten sich ihr entgegen und zogen sie aus dem Wasser.

Klitschnass wie sie war, bedankte sie sich bei den Gefährten. „Ich denke, dass ich mit euch einen guten Griff gemacht habe", sagte sie und lächelte sogar. „Ihr scheint meine Glücksbringer zu sein. Aber jetzt will ich mich umziehen. Und dann lasst uns weiterfeiern. Erfrischt bin ich jedenfalls." Sie griff an ihren Kopf. „Meine Krone! Ich habe sie verloren!"

Die Pharaonin warf einen ärgerlichen Blick auf die Brücke, dann auf den Diener, der ihr am nächsten stand. „Wie kann das Holz so glatt sein? Wechselt es aus! Und zwar gleich morgen, damit es keine weiteren Unfälle gibt. Und sucht meine Krone, bei Isis!", befahl sie.

Der Diener verneigte sich tief, dann zog sich Kleopatra

kurz zurück. Unterdessen begab sich die Gesellschaft wieder in den Prunksaal. Nur die Freunde blieben an der Brücke zurück, die von den Dienern mit einem Seil abgesperrt wurde.

„Lasst uns mal schnell die Brücke untersuchen, bevor sie abgerissen wird", schlug Leon vor, als die Diener verschwunden waren.

Kim, Julian und Kija folgten ihm. Sie stiegen über das Seil und betraten vorsichtig den Steg. Kurz vor der Mitte ließ sich Leon auf die Knie sinken. Im Licht der Fackeln entdeckte er eine Lache auf dem Holz.

„Ob das Wasser ist, das hochspritzte, als Kleopatra ins Wasser stürzte?", überlegte er laut. Er tippte mit dem Finger in die Flüssigkeit. Sie war leicht zäh. Leon roch daran. „Öl!", stieß er hervor. „Jemand hat Olivenöl auf die Bretter gegossen. Kein Wunder, dass Kleopatra ausgerutscht ist."

„Also war auch das ein Anschlag, der wie ein Unfall aussehen sollte", sagte Kim atemlos. „Ob Octavia dahintersteckt?"

„Beweisen können wir das leider nicht", erwiderte Leon, während er aufstand. „Aber jetzt sollten wir zurück in den Saal und diese dicken Fellmonster mästen, bevor wir auffallen."

Im Prunksaal herrschte wenig später wieder ausgelassene Stimmung. Kleopatra hatte sich umgezogen. Strahlend schön war sie der Mittelpunkt eines rauschenden Festes. Auch die Krone saß wieder an ihrem Platz. Nur bei zwei Teilnehmern wollte sich keine gute Laune einstellen. Bei Octavia, die mürrisch auf einer Liege saß, und bei Caesarion, der immer noch viel trank und dabei immer aggressiver wurde.

Die Freunde, die sich weiter um die unersättlichen Katzen kümmerten, wurden schließlich Zeugen, wie sich der junge Ägypter jetzt ausgerechnet mit dem erfahrenen Triumvirn anlegte. „Wenn ich unsere Truppen bei Actium geführt hätte, wären wir siegreich aus der Schlacht herausgegangen!", tönte er und erntete dafür nur ein spöttisches Lachen von Octavian.

„Jawohl, aber meine werte Mutter hat mir das Oberkommando nicht zugetraut", sagte Caesarion mit mühsam unterdrückter Wut. „Nein, sie hat sich lieber auf den alten Marcus Antonius verlassen. Sie hat auf ihr Herz gehört anstatt auf ihren Verstand – was für ein Fehler, beim Amun!"

„Nur weil das Blut eines Julius Caesar in dir fließt, bist du noch lange kein guter Stratege, mein Junge!", sagte der Triumvir von oben herab.

Caesarion schleuderte den vollen Weinpokal auf den Boden. „Nennt mich nie wieder Junge!", drohte er.

Erneut erntete er nur ein Lachen.

„Was ist nur in dich gefahren, Caesarion?", rief jetzt Kleopatra, die aus einer Unterhaltung mit einem anderen Gast aufgeschreckt war.

Caesarion deutete mit dem Finger auf sie. „Du bist schuld", giftete er. „Schuld an unserer Niederlage! Du und dieser Marcus Antonius habt uns ins Verderben geführt!"

Octavian lächelte höhnisch.

Kleopatras Nasenflügel bebten vor Zorn. „Ich glaube, es ist besser, wenn du dich zurückziehst, Caesarion. Der Wein scheint dir zu Kopf gestiegen zu sein", sagte sie kalt.

Caesarion erhob sich tatsächlich. Aber nur, um sich in einen anderen Teil des riesigen Saales zu begeben.

Seine Mutter schüttelte den Kopf. Dann lockte sie Kija zu sich heran und begann sie zu kraulen. Die Katze schnurrte.

Die Gefährten wandten sich ab und schoben den Fettwänsten ein paar Häppchen in die Mäuler.

„Offenbar glaubt Caesarion, dass er selbst die Regierungsgeschäfte führen sollte. Er scheint auf den Thron zu wollen!", wisperte Julian.

„Das sehe ich auch so", sagte Leon. „Und wenn ihr mich fragt, haben wir jetzt einen zweiten Verdächtigen. Vielleicht steckt ja Caesarion hinter diesen merkwürdigen Unfällen!"

# Der Verdacht

Um Mitternacht sorgte der hohe Gast aus dem fernen Rom für eine Überraschung. Der Triumvir erhob sich von seinem Lager und ließ die Instrumente der Musiker mit einer kurzen Handbewegung verstummen.

„Nun ist es an der Zeit, der einzigartigen Herrscherin vom Nil Geschenke zu machen", sagte er salbungsvoll. „Es ist alte Sitte in Rom, dem Gastgeber Präsente aus der Heimat mitzubringen."

Den Freunden entging nicht, dass Octavia zusammenzuckte, als ihr Bruder „einzigartige Herrscherin" sagte.

Die anderen Gäste dagegen jubelten und klatschten.

Nun nickte der Triumvir einem Diener zu, der kurz verschwand. Wenig später kehrte er zurück und führte eine kleine Prozession an. Die Männer marschierten auf Kleopatra zu und überreichten ihr nacheinander verschiedene Geschenke – vor allem Goldschmuck. Am meisten freute sich Kleopatra jedoch über eine Flöte aus Elfenbein.

„Ich weiß, dass du Musik liebst", sagte Octavian. „Aber ist es auch richtig, dass du es meisterlich verstehst, die Flöte zu spielen?"

Kleopatra lächelte geschmeichelt. Dann erhob sie sich ebenfalls und setzte die Flöte an ihre Lippen.

Sofort brandete Beifall auf.

Nur Kija benahm sich merkwürdig. Sie strich um die Beine der Pharaonin und fauchte.

„Kija!", rief Kim warnend.

Doch die Katze beachtete sie nicht und fauchte erneut.

Schließlich schob Kleopatra sie mit dem Fuß beiseite und begann zu spielen. Eine wunderschöne, zarte Melodie schwebte durch den Prunksaal. Alle schwiegen ergriffen. Als die Pharaonin die Flöte wieder absetzte, klatschten die Zuhörer begeistert. Nur Octavia und Caesarion hielten sich zurück.

Strahlend bedankte sich Kleopatra bei Octavian und gab den Musikern ein Zeichen, dass sie wieder an der Reihe seien.

Das Fest ging weiter und die Stimmung wurde immer ausgelassener. Nur Kleopatra verlor mehr und mehr ihre Fröhlichkeit. Ihr Gesicht bekam einen harten Zug. Schließlich presste sie beide Hände auf den Bauch.

„Es scheint ihr nicht gut zu gehen", flüsterte Kim ihren Freunden zu.

„Ist mir auch schon aufgefallen", erwiderte Leon leise. „Hat sie etwas gegessen, was der Vorkoster nicht probiert hat?"

„Nein", sagte Julian. „Ich habe genau aufgepasst."

Die Pharaonin nahm Kija auf den Arm und winkte Kim zu sich. „Ich fühle mich nicht wohl und werde meine Gemächer aufsuchen – und du wirst mich mit dieser wunderbaren Katze begleiten. Ich bin mir sicher, dass ich dann schneller gesund werde." Sie lächelte schwach. „Schließlich seid ihr meine Glücksbringer."

Kim verneigte sich.

Kleopatra verkündete, dass sie sich zurückziehen wolle, was von allen mit großem Bedauern aufgenommen wurde – sah man von Octavia und Caesarion ab.

Kim winkte Leon und Julian zu. Dann lief sie der Pharaonin zusammen mit Kija hinterher. Ihnen folgte ein Diener, der die Geschenke der Römer trug. Kleopatra schritt in einen Seitenflügel des Palastes und betrat ein geräumiges Zimmer an der Seeseite, vor dem zwei Wachen standen. Der Boden bestand aus schwarzem, kühlem Marmor, die hellgrauen Wände waren mit einzigartigen, bunten Malereien verziert. Sie zeigten wüste Schlachten, aber auch Szenen aus dem Alltag: einen Fischer, der sein Netz auswarf, oder einen Bauern beim Pflügen. Das Mobiliar war erstaunlich spärlich. Es bestand im Wesentlichen aus fein gedrechselten Truhen und einer großen Katze aus Bronze, die die Göttin *Bastet* verkörperte.

Der Diener legte die Geschenke auf einen Tisch und entfernte sich, um den Leibarzt der Pharaonin zu alarmieren. Kim und Kija erhielten den Befehl, neben dem Bett der Herrscherin zu warten. Keine zwei Minuten später stürmte der Arzt herein. Er tastete Kleopatras Bauch ab, fühlte ihren Puls und redete ununterbrochen. Kim sah, dass Kleopatra inzwischen ungewöhnlich blass war. Auf ihrer Stirn stand kalter Schweiß. Und der Arzt redete und redete.

Schließlich stoppte die Pharaonin ihn barsch. „Hör auf!", herrschte sie ihn an. „Dein Gequatsche macht mich noch kränker!"

Beleidigt trat der Arzt einen Schritt zurück.

„Lass mich allein. Ein wenig Schlaf wird mir guttun. Und

morgen sehen wir weiter", sagte Kleopatra matt. „Nur das Mädchen und die Katze sollen bleiben."

Die Pharaonin streckte sich auf ihrem Bett aus und schloss die Augen. Kurz darauf war sie eingeschlafen.

Kim setzte sich neben dem Bett auf ein Kissen und schlang die Arme um die Knie. Im Raum herrschte angenehmes Halbdunkel. Nur zwei Öllämpchen brannten. Kija glitt heran und hockte sich neben das Mädchen.

Warum ging es Kleopatra so schlecht? War sie doch vergiftet worden? Aber wie? War ihnen etwas entgangen? Der Abend lief wie ein Film vor Kims Augen ab. Sie versuchte, sich an jedes Detail zu erinnern. Das Essen, die Tänzer, der Sturz in den Teich mit dem Krokodil, die Geschenke …

Die Geschenke? Kims Blick fiel auf den Tisch ganz in ihrer Nähe. Dort lagen die Schmuckstücke und die Flöte. Das Mädchen erinnerte sich noch genau an den Moment, als Kleopatra das Instrument an ihre Lippen gesetzt hatte und die zarte Melodie erklungen war. Plötzlich hielt Kim die Luft an. Sie hatte einen ungeheuren Verdacht! Ihr wurde abwechselnd heiß und kalt. Konnte es sein, dass an der Flöte Gift geklebt hatte? Kim sprang auf und ging ganz leise zum Tisch. Dabei behielt sie die Wachsoldaten, deren Rücken sie in der Tür sah, im Auge.

Da lag sie, die Flöte, klein und unschuldig. Eine schöne Arbeit. Das Elfenbein schimmerte matt. Kim streckte die Hand nach dem Instrument aus. In diesem Moment fauchte Kija leise und warnend. Kim drehte sich um. Die Augen der Katze waren weit aufgerissen. Kims Hand begann zu zittern. Sie zog sie zurück und schaute zu den Wachen. Doch sie kehrten ihr immer noch den Rücken zu. Dann kniete sich Kim vor den Tisch und schob ihr Gesicht ganz dicht an die Flöte heran. Die Katze kam auf samtenen Pfoten zu Kim und drängte sich gegen sie, als wollte sie das Mädchen vom Tisch vertreiben. Doch Kim blieb, wo sie war. Im schwachen Lampenschein untersuchte sie die Flöte. Ihre Augen wurden schmal. Klebte da nicht etwas am Mundstück der Flöte, eine nahezu durchsichtige Flüssigkeit? Kim war sich nicht sicher. Ihr Herz schlug ihr bis zum Hals. War es Gift, war die Pharaonin mit diesem Instrument vergiftet worden?

Kims Blick irrte durch den Raum. Dann fand sie, was sie suchte: ein Stück Stoff, in das eines der Schmuckstücke eingewickelt worden war. Damit fasste Kim die Flöte an und ließ sie in einer der Innentaschen ihres Gewands verschwinden. Ihr Puls jagte, denn sie hatte einen gefährlichen Plan geschmiedet. Sie wollte das Instrument aus dem Palast schmuggeln, um es einem Experten zu zeigen. Dann würden Leon, Julian und sie Gewissheit haben, ob diese kleine, schöne Flöte in Wirklichkeit ein Mordinstrument war.

# Die Kobra

Doch vorerst wollte Kim weiter bei der Pharaonin wachen. Das Mädchen beobachtete die schlafende Herrscherin. Es wirkte alles so friedlich. Aber Kim ahnte, dass der Schein trog.

Sie legte sich auf ein paar Kissen neben dem Bett, und zwar so, dass man sie vom Eingang nicht direkt sehen konnte – es sei denn, man hätte sich gebückt und unter der Liege hindurchgeschaut. Kim versuchte wach zu bleiben. Aber der Schlaf übermannte sie schließlich doch.

Zwei oder drei Stunden mochten vergangen sein, als sie von Kija geweckt wurde. Kim schreckte hoch.

„Was ist denn los?", murmelte sie ein wenig ungehalten.

Die Katze starrte zur Tür. Kim folgte dem Blick. Die Wachen waren verschwunden. Merkwürdig … Aber dort vorne war etwas anderes. Eisiges Entsetzen überkam Kim. Denn von der Tür kroch etwas aus dem Halbdunkel auf sie zu, schnell und absolut geräuschlos. Und dieses Etwas, das erkannte Kim mit jagendem Puls, war eine gewaltige Kobra, bestimmt zweieinhalb Meter lang!

Kims Gedanken überschlugen sich. Stimmte die Geschichte mit dem tödlichen Schlangenbiss etwa doch? Wo kam das Tier plötzlich her? Und: War die Flöte völlig ungefährlich?

Jetzt war die Kobra nur noch etwa einen Meter von der Liege entfernt. Geschmeidig richtete sie sich auf und spreizte ihren Kragen. Ihre Zunge zuckte prüfend vor und zurück, ihr Blick war kalt und starr. In diesem Moment sank Kleopatras rechte Hand vom Bett. Die Kobra fixierte sie lauernd, bereit zum Angriff.

Kim schrie auf.

Die Pharaonin fuhr hoch und schaute zu Kim, die sprachlos vor Angst auf die Schlange deutete.

„Was soll das Geschrei?", fragte die Pharaonin verärgert.

„Die, die Ko-ko-kobra!", stammelte Kim.

Kleopatra winkte müde ab. „Sie ist völlig harmlos. Sogar handzahm."

Wie zur Bestätigung glitt die Kobra davon und rollte sich in der Nähe des Tisches zusammen.

Kim atmete auf. „Ich …"

„Schweig!", befahl die Königin und presste wieder die Hände auf ihren Bauch. „Und nun geh auch du! Ich will nicht mehr gestört werden. Aber lass die Katze hier!"

Kim verneigte sich und gehorchte, obwohl sie Kija nicht gern zurückließ. Außerdem überlegte sie, ob sie der Pharaonin von ihrem Verdacht mit der Flöte erzählen sollte. Doch während Kim zur Tür ging, verwarf sie diesen Gedanken. Kleopatra würde sie ja doch nicht zu Wort kommen lassen.

Kim lief Richtung Prunksaal. Sie musste Leon und Julian unbedingt von ihren Ermittlungen berichten. Als sie um eine Ecke bog, kamen ihr zwei Wachsoldaten entgegen. Aber es waren ganz sicher nicht die, die zuvor an der Tür zu Kleopatras Gemächern gestanden hatten.

„Was machst du hier, Kleine?", fragte einer der Soldaten drohend.

„Kleopatra hat mich weggeschickt", antwortete Kim. Hoffentlich durchsuchten die Wachen sie nicht und fanden die Flöte!

„Weggeschickt?", wiederholte der Soldat misstrauisch. „Heißt das, dass du die ganze Zeit über im Schlafraum der göttlichen Kleopatra warst?"

„Ja", gab Kim zu. Sie hatte Angst. „So lautete der Befehl."

Der Soldat schien einen Moment unschlüssig zu sein. Er beriet sich mit dem anderen Mann. Dann ließen die Wachen Kim passieren.

Eine Minute später erreichte Kim den Prunksaal. Als sie ihn betreten wollte, war plötzlich Kija neben ihr.

„Wo kommst du denn jetzt her?", fragte Kim mit einer Mischung aus Erleichterung und Sorge. Schließlich war es gut möglich, dass die Pharaonin noch wütender werden würde, wenn sie merkte, dass Kija einfach davongelaufen war.

Julian und Leon waren immer noch damit beschäftigt, die dicken Katzen zu versorgen. Sie wirkten müde, während um sie herum das Fest in vollem Gange war.

In wenigen Sätzen informierte Kim ihre Freunde, die aus dem Staunen gar nicht mehr herauskamen.

„Sollte dein Verdacht richtig sein, dann schweben auch wir in Gefahr", sagte Julian. „Denn der Täter wird es nicht sehr lustig finden, wenn wir seine Tatwaffe gefunden haben."

„Ist mir schon klar", murmelte Kim.

„Hier hat sich auch etwas getan", berichtete Leon leise. „Vor etwa einer Stunde ist Caesarion einfach verschwunden.

Und Octavia macht einen ziemlich nervösen Eindruck auf mich."

„Ja, auf mich auch", sagte Julian und gähnte. „Aber allmählich macht mich das Observieren ziemlich müde. Hoffentlich dürfen wir uns bald zurückziehen."

Doch davon konnte keine Rede sein. Eine weitere Stunde verging. Schließlich tauchte Caesarion wieder auf. Er wirkte erstaunlich nüchtern und ernst. Aus seinem Gesicht war jede Farbe gewichen. Langsam, als trüge er eine schwere Last, schritt er zum Thron seiner Mutter. Hinter ihm lief jener Arzt, den Kleopatra vorhin aus dem Zimmer geworfen hatte.

Nun hatte Caesarion den Thron erreicht. Er hob die Hand und sofort kehrte eine gespannte Stille ein. Allen im Prunksaal schien klar zu sein, dass Caesarion eine wichtige Mitteilung zu machen hatte.

Die Freunde warfen sich unbehagliche Blicke zu.

# Der Mann ohne Namen

Caesarion räusperte sich. Dann sagte er mit starrem Blick: „Sie, Liebling der Götter und des Volkes, Königin von Ägypten, unerreichbar an Schönheit, Klugheit und Mut – sie, Kleopatra, ist tot."

Es herrschte sprachloses Entsetzen. Kim schaute bestürzt zu Boden. Kija drängte sich an ihre Beine. Kim schluckte und zwang sich, den Kopf zu heben. Octavia ruhte nach wie vor auf ihrer Liege. Ihre Augen waren kalt, die Lippen schmal. Kim war sich nicht sicher, aber für einen Moment glaubte sie, den Anflug eines Lächelns auf dem Gesicht der Römerin zu sehen. Ihr Bruder hingegen wirkte ernstlich betroffen.

„Aber wie konnte das geschehen?", rief jemand.

Caesarion straffte die Schultern. „Für jeden von uns wird die Zeit kommen, aus dieser Welt in das Reich von Osiris zu gehen. Manche haben die Macht, den Zeitpunkt selbst zu bestimmen. Die göttliche Kleopatra hatte die Möglichkeit und sie wählte diesen Weg. Sie ließ sich von einer Kobra beißen."

Der Arzt hinter Caesarion nickte betrübt.

Kim ballte wütend die Fäuste. „Aber das stimmt doch gar nicht", wisperte sie Leon und Julian zu. „Was wird hier gespielt?"

„Sei lieber still", flüsterte Leon. „Wenn bekannt wird, was

wir wissen, könnte es gefährlich werden. Denn die Mörder werden uns als Zeugen beseitigen wollen."

Kim biss sich auf die Unterlippe. Mit klopfendem Herzen schaute sie zu den Soldaten hinüber, die an den Eingängen zum Prunksaal wachten. Aber die Soldaten hatten Kim und ihre Freunde nicht im Visier. Auch sie schauten fassungslos zu Caesarion. Kleopatras Sohn lobte seine tote Mutter noch in den höchsten Tönen. Dabei wirkte er seltsam aufgekratzt. Schließlich beendete er das Fest und die trauernde Gesellschaft löste sich auf. Auch die Freunde wurden samt den Tieren hinausgeschickt. Nachdem sie die drei dicken Katzen in ihrem Käfig abgeliefert hatten, durften sie sich endlich in ihre Kammer zurückziehen. Völlig erschöpft sanken Leon und Kim auf ihre Matten. Julian ging zum einzigen Fenster und schaute hinaus.

„Ist wirklich Gift an der Flöte?", überlegte Leon laut. „Das sollten wir morgen überprüfen und …"

„Psst!", machte Julian in diesem Augenblick.

„Was ist?"

„Da kommen Leute!"

Sofort schlichen Kim und Leon zum Fenster. Und jetzt sahen sie es auch: Aus Richtung des Palastes kamen geduckte Gestalten auf die Unterkunft der Diener zu. Sie trugen Lanzen und keiner von ihnen hatte eine Fackel dabei.

„Wollen die etwa zu uns?", fragte Kim mit bebender Stimme.

„Bestimmt", erwiderte Leon. Angst schnürte ihm die Kehle zu. „Weil du etwas gesehen hast, was du womöglich besser niemals gesehen hättest!"

Julian hastete zur Tür. „Los, wir müssen abhauen. Schnell!"
Schon riss er die Tür auf.

Der erste der Männer war vielleicht noch zwanzig Meter entfernt. Gehetzt blickte sich Julian um: Wo sollten sie hin? Rechts führte der Weg zum Park mit den Teichen, gegenüber zu den Ställen.

„Kommt!", rief Julian und rannte nach rechts. Leon, Kim und Kija folgten ihm.

Da ertönte ein knappes Kommando. Im Rennen warf Julian einen Blick über die Schulter. Die Männer hasteten ihnen nach. Und sie kamen sehr schnell näher. Mit jagendem Puls erreichte der Junge die Brücke.

Oh nein, durchfuhr es ihn, hoffentlich rutschten sie dort nicht auch aus. Oder war die Brücke schon erneuert worden? Keine Zeit zum Überlegen. Es gab nur diesen einen Weg!

Julian sprang über die Absperrung auf die Brücke. Sein linker Fuß rutschte weg, er verlor das Gleichgewicht und krachte auf das Holz. Ein höllischer Schmerz schoss in sein linkes Knie. Leon und Kim ging es nicht besser. Nur Kija blieb auf allen vieren. Sie grub ihre Krallen in die Bretter und kam voran.

„Wir machen es ihr nach!", rief Julian, rappelte sich auf und krabbelte auf Händen und Füßen weiter. Schon hatte er die Mitte der Brücke erreicht. Aus dem Augenwinkel bemerkte er jetzt einen länglichen Schatten, der aus dem Schilf auf ihn zukam: ein Krokodil! Hinter Julian wurden Flüche laut. Er schaute zurück und sah, dass die Soldaten ebenfalls auf der Brücke gestürzt waren. Dann folgte ein Schrei, der Julian das Blut in den Adern gefrieren ließ. Kim! Sie lag auf dem Rücken und trat wild um sich. Zwei Männer versuchten, ihre Beine zu

314

packen. Mit einem Satz sprang Kija über Julian hinweg und stürzte sich auf die Angreifer. Sie fauchte und teilte mit ihren rasiermesserscharfen Krallen heftig aus.

„Wir müssen ihnen helfen!", brüllte Leon. Ohne groß nachzudenken, warf er sich ins Getümmel. Auch Julian überwand seine Furcht. Zum Glück war die Brücke so schmal, dass nur zwei Männer nebeneinander dort Platz hatten.

Kim trat einem der Soldaten mit voller Wucht vor die Brust. Der Mann schrie auf und fiel von der Brücke. Entsetzt sahen die Freunde, wie das Krokodil auf ihn zuschwamm. In diesem Moment warf einer der anderen Soldaten seinen Speer, der genau vor der Schnauze des Tieres ins Wasser zischte. Das Krokodil wechselte den Kurs und dem Soldaten gelang die Flucht aus dem Teich.

Jetzt stürzten sich die Angreifer wieder auf die drei Kinder. Der Kampf war hart und kurz. Kim, Leon und Julian wurden niedergerungen und an den Händen gefesselt. Die Soldaten bändigten Kija mit einem Netz und steckten sie in einen Sack, in dem sie sich wie wild gebärdete.

„Was wollt ihr?", rief Julian verzweifelt.

Doch die Männer antworteten ihm nicht. Sie trieben ihn und seine Freunde zum Palast. Es ging mehrere schmale Treppen hinunter. Die Luft wurde schlechter, es stank nach Schimmel. Vereinzelte Fackeln warfen ein trübes Licht an die schmucklosen Wände. Je tiefer sie kamen, umso kühler und feuchter wurde es. Irgendwo schlug jemand gegen eine Tür. Ein monotones Bollern, jäh unterbrochen von einem bestialischen Schrei, der in ein dumpfes Schluchzen überging. Eine Ratte huschte vor ihren Füßen entlang.

„Die stecken uns ins Verlies", sagte Leon leise.

Der Mann, der voranging, sperrte eine Tür auf. Dann wurden Julian, Kim und Leon in einen finsteren, stinkenden Raum gestoßen. Kija flog in ihrem Sack auf den Boden, landete aber sicher. Die Tür krachte hinter ihnen ins Schloss, ein Riegel wurde vorgeschoben. Im Licht eines einzigen Öllämpchens erkannten die Freunde ein niedriges Gewölbe, von dessen Decke Wasser tropfte. Auf dem Boden lagen dreckiges Stroh, ein paar Knochen und schimmelige Brotreste.

Kim schluckte, beugte sich dann zu dem strampelnden Bündel hinab und befreite Kija. „Na toll", sagte sie. „Ein dreckiges Loch, nichts zu essen und zu trinken, keine Betten und niemand, der ..."

Ein irres Kichern ließ sie verstummen. Das Mädchen schoss herum. Hinter ihnen hockte ein bärtiger Mann mit verfilzten Haaren. Seine Kleidung bestand nur noch aus Lumpen.

„Besuch, wie nett", sagte er mit heiserer Stimme. „Und es sieht so aus, als wäre er von Dauer." Wieder lachte er.

„Wer bist du?", fragte Julian.

Der Bärtige hob die Schultern. „Ein Leben zählt hier nichts, ein Name erst recht nicht. Ich bin nur ein Betrüger, habe Salben und Tinkturen verkauft, die leider gar nichts nützen. Nun bin ich schon ein Weilchen hier." Er stand auf und kam einen Schritt auf die Freunde zu. Sein linkes Auge fehlte, das rechte war milchig weiß. „Und wer seid ihr?", fragte er.

Julian schluckte. Dann übernahm er wie üblich das Vorstellen. Außerdem berichtete er noch von Kleopatras Tod. Dabei kam ihm ein Gedanke. Der Mann schien sich offenbar mit Kräutern auszukennen. Etwa auch mit Gift?

316

Als Julian geendet hatte, ließ sich der Mann ohne Namen langsam neben der Tür zu Boden sinken. „Tot?", fragte er tonlos. „Wisst ihr, wie sie starb?"

Julian antwortete ausweichend. Dann stellte er eine Frage: „Wir haben gar keine Ahnung, was man uns vorwirft. Gibt es eigentlich einen Prozess oder so etwas?"

„Wenn ihr Glück habt und man euch nicht vergisst!", antwortete der Mann ohne Namen und lachte auf seine irre Art.

Gut, dachte Julian, das war eine Chance. Er hoffte, dass man sie bei Tagesanbruch hier herausholen wollte. Womöglich, um sie zu verhören. Das war ihre einzige Chance. Aber bis dahin wollte er die Zeit nutzen.

„Du hast also Tinkturen und so etwas verkauft?", fragte er den Bärtigen freundlich.

„Ja", antwortete der Mann bereitwillig und prahlte mit seinen Betrügereien. „Mein Liebestrank und meine Giftmischungen fanden immer reißenden Absatz, ich verkaufte sie auf den Märkten in den Städten und den Oasen."

„Giftmischungen?", fragte Julian interessiert nach.

Der Mann grinste schief. „Ja, aber es war ein ganz harmloses Pulver. Doch die Leute haben es gern gekauft, um irgendjemanden in das Reich von Osiris zu schicken. Ich kann überhaupt kein Gift zusammenmischen. Es gibt in ganz Alexandria nur einen, der das wirklich beherrscht. Man nennt ihn den Skorpion. Er ist ein Freund von mir."

Nun waren auch Leon und Kim hellhörig geworden.

„Was für ein ungewöhnlicher Spitzname", sagte Julian. „Und wie heißt er richtig?"

318

„Akif", erwiderte der Mann. „Er wohnt im Hafen. Dieser Mann arbeitet mit tödlicher Präzision. Aber man konnte ihm noch nie etwas nachweisen. Außerdem hat er sehr einflussreiche Freunde im Palast." Er seufzte. „Das unterscheidet ihn von mir."

Julian nickte gedankenverloren. Ihn schauderte. „Ich bin müde", sagte er dann. „Wir sollten jetzt besser schlafen."

Wieder zuckte der Mann ohne Namen nur mit den Schultern. Er ließ den Kopf auf die Brust sinken. Kurz darauf schnarchte er.

Die Gefährten kauerten auf dem klammen Stroh. Keiner von ihnen wagte es, sich hinzulegen.

„Der Skorpion!", flüsterte Leon. „Der Mann könnte uns sicher sagen, ob die Flöte vergiftet ist!"

Doch Julian tippte sich an die Stirn. „Das habe ich erst auch gedacht, aber dieser Kerl ist ein Mörder!"

„Was sollen wir sonst machen?", fragte Leon.

„Erst mal müssen wir hier raus", sagte Kim nüchtern. „Und jetzt lasst uns wirklich versuchen, ein wenig zu schlafen."

Und so lehnten sich die Freunde an das kalte Gemäuer und fielen in einen unruhigen Schlaf.

Wenige Stunden später wurden sie unsanft geweckt. Wachen zerrten sie aus dem Verlies und stießen sie die Treppen hinauf. Wieder fiel kein einziges Wort. Gierig sogen die Freunde die Luft ein, die sich Stufe für Stufe verbesserte. Schließlich sahen sie das Sonnenlicht wieder, das ihnen warm entgegenflutete. Die Freunde blinzelten. Man trieb sie durch den Palast und zu ihrer Überraschung fanden sie sich kurz darauf im Prunksaal wieder. Dort folgte die nächste Überraschung. Denn auf dem Pharaonenthron saß Caesarion, umgeben von einer Schar von Dienern und Beamten, von denen einer ein Schreiber war, der im Schneidersitz auf dem Boden saß, eine Papyrusrolle in der Hand.

Caesarion auf dem Thron ... Das geht aber schnell!, dachte Julian. Offenbar hatte Caesarion schon die Macht an sich gerissen!

„Ah, die kleinen Katzendiener", begrüßte Caesarion sie. Er trug ein eher schlichtes, schneeweißes Gewand, das mit geflochtenen Bordüren verziert war, eine protzige Edelsteinkette und einen breiten Goldreif am linken Unterarm. Ein selbstgefälliges Lächeln umspielte seine Lippen. Doch unvermittelt funkelten seine Augen zornig. „Auf die Knie!", schrie er.

Sofort gehorchten die Gefährten.

Caesarion wandte sich an Kim. Seine Stimme war schneidend: „Du, so habe ich gehört, warst vergangene Nacht bei meiner Mutter. Hast bei ihr gewacht und ... alles ... gesehen."

Als Caesarion keine Antwort erhielt, blaffte er die Kinder an: „Erhebt euch! Und jetzt rede, Mädchen!"

Julian warf einen Blick auf Kim. Sie wirkte ruhig und furchtlos. Zum Glück, denn jeder Fehler konnte jetzt schlimme Folgen für sie haben. Ganz offensichtlich versuchte Caesarion herauszufinden, was Kim wusste. Aber wollte er wirklich nur die Umstände des Todes seiner Mutter klären? Oder steckte Caesarion etwa selbst hinter dem Mord? Hatte er Kleopatra töten lassen, um auf den Thron zu gelangen?

„Ja, ich war bei ihr", antwortete Kim jetzt mit fester Stimme.

Caesarions Stimme wurde gefährlich leise. „Und?"

Kim streckte das Kinn vor. „Ich folgte ihren Befehlen, legte mich neben ihre Ruhestätte und wachte über ihren Schlaf."

„Und dann?"

Kim schaute zu Boden. „Irgendwann muss ich eingedöst sein. Die Königin weckte mich. Sie war wütend, weil ich eingenickt war und schickte mich fort."

Eine gute Notlüge!, dachte Julian.

„Dir ist also nichts Verdächtiges aufgefallen?", hakte Caesarion nach.

Julian wurde heiß. Jetzt musste Kim aufpassen. Julian sah ihr an, dass sie scharf nachdachte. Wenn Caesarion wirklich den Mord in Auftrag gegeben hatte, würde er Kim als mögliche Zeugin beseitigen lassen!

„Nein", erwiderte Kim.

Caesarion massierte seine Schläfen. Seine Stimme klang eisig, als er fragte: „Bist du dir sicher, dass du nichts vergessen hast?"

Kims Kehlkopf hüpfte wie ein Jojo. „Ja."

Ein dünnes Lächeln erschien auf Caesarions Gesicht. „Wir haben Möglichkeiten, die Wahrheit herauszufinden. Tief unten im Verlies, wo niemand dich hören wird, wenn du um Gnade flehst. Ich hätte dich und deine Freunde auch dort verhungern lassen können."

Julians Nackenhaare stellten sich jäh auf. Kleopatras Sohn spielte mit ihnen und ihrer Angst. Die Nacht im Verlies hatte sie einschüchtern sollen.

Caesarion hörte auf zu lächeln. „Ein Fingerschnippen, und ihr seid wieder dort", sagte er hart.

Julian schloss die Augen.

# Die Sackgasse

„Ich sage die Wahrheit", erwiderte Kim.

Caesarion nickte bedächtig. „Nun gut, beim Amun, ich will dir glauben. Ich weiß, dass meine Mutter euch vertraut hat. Also werde ich euer kleines, armseliges Leben schonen. Ihr werdet euch weiter um die heiligen Katzen kümmern und den Palast nicht mehr ohne meine Erlaubnis verlassen." Er machte eine Handbewegung, als wollte er ein paar lästige Fliegen verscheuchen. „Und jetzt raus mit euch. Ich muss die Trauerfeiern für meine Mutter vorbereiten – und natürlich meine Krönung zum König von Ägypten."

Kurz darauf waren die Freunde im Katzenkäfig. Die drei dicken Katzen lagen faul herum und blinzelten schläfrig.

„Das ging ja noch mal gut", sagte Leon, während er die goldenen Fressnäpfe füllte. „Aber womöglich hat uns Caesarion nur verschont, weil er kein weiteres Aufsehen erregen wollte. Wie hätte es ausgesehen, wenn er uns beseitigt hätte? Wie ein Schuldeingeständnis! Bestimmt hat es sich im Palast herumgesprochen, dass Kim die Letzte war, die Kleopatra lebend gesehen hat. Ich frage mich nur, ob das Verschwinden der Flöte aufgefallen ist."

„Sicher", vermutete Julian. „Seltsam, dass Caesarion nicht danach gefragt hat."

Leon wiegte den Kopf. „Nein, das konnte er nicht. Damit hätte er ja zugegeben, dass er weiß, was Kleopatra getötet hat. Möglichkeit Nummer zwei: Er hat mit dem Mord überhaupt nichts zu tun und weiß gar nichts von der vergifteten Flöte. Also vermisst er sie auch nicht. Wir sollten Octavia nicht aus den Augen verlieren, Leute!"

„Vielleicht ist das Zeug an der Flöte auch ganz harmlos. Das müssen wir unbedingt herausfinden", sagte Julian leise. „Am besten gehen wir in die Bibliothek. Dort werden wir noch am ehesten jemanden finden, der uns helfen kann."

Kim zog die Augenbrauen hoch. „Caesarion verlangt, dass wir uns bei ihm abmelden."

„Das kommt nicht infrage", sagte Leon. „Wir hauen bei der nächstbesten Gelegenheit einfach ab. Caesarion kann seine Augen nicht überall haben."

„Vielleicht doch", warf Kim ein. „Er könnte uns zum Beispiel beschatten lassen."

„Natürlich könnte er das", entgegnete Leon. „Dann müssen wir eben gut aufpassen und uns nicht erwischen lassen. Denn eins steht fest: Hier im Palast kommen wir nicht weiter!"

Kim nickte. „Also gut, dann versuchen wir es. Was meinst du, Julian?"

„Bingo, bin dabei! Wir müssen in die Bibliothek!"

Ihre Stunde schlug gegen Mittag, als sie mit der Arbeit fertig waren. Re, Gott der Sonne, hatte seine ganze Kraft entfaltet und Alexandria brütete unter einer Hitzeglocke. Wer konnte, zog sich an einen kühlen Ort zurück. Der Park war nun menschenleer. Im schmalen Schatten der Palastmauern eilten die

Freunde zum Tor, wo zwei Soldaten vor sich hin dösten. Erneut erzählten sie ihre Geschichte von den kranken Katzen und durften hinaus.

Kija lief voraus und führte sie zunächst wieder in den Hafen. Auf der Höhe eines Wirtshauses blieb die Katze unvermittelt stehen. Sie drehte sich um und machte einen Buckel. Leon, der direkt hinter Kija war, schaute über die Schulter. Ein Mann verschwand hinter einem hoch mit Obst beladenen Karren, vor den ein Ochse gespannt war. Ein Verfolger?

„Was ist?", fragte Kim besorgt.

„Ich glaube, dass sich jemand an unsere Fersen geheftet hat", wisperte Leon. „Nicht umdrehen, sonst bemerkt er, dass wir ihn gesehen haben. Aber vielleicht können wir ihn abhängen. Seht ihr die Gasse gleich neben der Schenke?"

Kim und Julian nickten.

„Daneben steht der Stand eines Schmuckhändlers", flüsterte Leon. „Wir gehen an dem Stand vorbei, dann schlagen wir einen Haken und rennen in die Gasse. Dort können wir den Kerl bestimmt loswerden!"

Schon schlenderten die Freunde auf den Stand zu. Dann ging alles blitzschnell. Sobald sich die Gasse neben ihnen öffnete, schlüpften die Gefährten hinein und rannten los. Das Sträßchen machte einen scharfen Knick. Leon blickte noch einmal zurück. Niemand zu sehen, hervorragend! Doch da ertönte ein Pfiff, ein schrilles Alarmzeichen. Offensichtlich wurden sie tatsächlich verfolgt. Sie hasteten an einer Töpferwerkstatt vorbei, folgten dem Gässchen, das in einem sanften Bogen nach links schwenkte, flitzten unter einer Wäscheleine

324

hindurch – und mussten plötzlich abbremsen. Sie waren in eine Sackgasse geraten.

Die Gefährten schossen herum. Das, was sie jetzt erblickten, verschlug ihnen die Sprache. Es war nicht nur ein Verfolger, es waren gleich sechs bis an die Zähne bewaffnete Männer. Ihre muskulösen, nackten Oberkörper glänzten vor Schweiß. Ein knappes Kommando, dann stürzten sich die Soldaten auf die Gefährten, die diesmal gar nicht erst den Versuch machten, sich zu wehren.

Erneut wurden sie in den Palast gezerrt. Als sie den Prunksaal erreicht hatten, wurden die Kinder zu Boden gestoßen. Sie wagten nicht aufzuschauen.

„So schnell sieht man sich wieder", hörten sie Caesarions Stimme. „Mir scheint, ich habe vorhin einen Fehler gemacht. Das wird mir nicht noch einmal passieren. Schaut mich an!"

Widerstrebend gehorchten die Freunde. Der junge Herrscher saß breitbeinig auf dem Thron. Hinter ihm stand ein Diener, der ihm mit einem Palmwedel Luft zufächelte. Caesarion starrte die Freunde durchdringend an. Seine Augen funkelten kalt. „Ihr habt euch aus dem Palast geschlichen und gegen meinen Befehl verstoßen. Wo wolltet ihr hin?", fragte er lauernd.

Julian spürte die Blicke seiner Freunde auf sich ruhen. „Nun, Eure Stadt ist wunderschön", begann er unsicher. „Und weil wir sehr wissbegierig sind, wollten wir …"

„Wissbegierig, ach so …", unterbrach Caesarion ihn. Er nahm mit spitzen Fingern eine Olive von einem Silbertablett, das auf einem Beistelltischchen mit Mosaikmuster stand.

„Ich habe das Gefühl, dass ihr mir etwas verheimlicht",

sagte er. „Meine Großmut hat jetzt ein Ende. Wenn ihr nicht redet, werdet ihr das Licht der Sonne nie wiedersehen."

Julian verließ jeder Mut. Was sollte er denn sagen? Die Wahrheit? Aber was, wenn Caesarion hinter dem Mord an Kleopatra steckte? Er brauchte eine gute Ausrede, etwas, was den Herrscher zufriedenstellte! Aber ihm wollte nichts einfallen! Angst stieg in ihm auf. Es war, als legte sich eine eiskalte Hand um sein Herz und drückte langsam zu.

Caesarion spuckte den Olivenkern auf einen Teller, den ihm ein Diener hinhielt. „Ich sehe schon, ihr seid völlig …"

Weiter kam er nicht. Ein Speer flog über die Köpfe der Freunde hinweg und nagelte den Palmwedel an die Wand. Der Diener schrie, als habe ihn die Waffe durchbohrt. Caesarion warf sich flach zu Boden. Augenblicklich bildeten seine Wachen einen menschlichen Schutzschild.

Die Freunde fuhren herum. Eine Horde Krieger in kurzen schwarzen Tuniken drängte in den Saal, angeführt von einem bulligen Mann, der ein langes Schwert in der einen und eine wuchtige, zweischneidige Streitaxt in der anderen Hand schwang. Entschlossen deutete er auf den Herrscher und stieß einen furchtbaren Kampfschrei aus. Dann stürmten die Krieger auf Caesarion zu. Die Freunde befanden sich genau zwischen den beiden Parteien. Ihre Augen weiteten sich vor Entsetzen.

# Eine Stadt in Aufruhr

Kija reagierte am schnellsten und brachte sich mit einem Sprung zur Seite in Sicherheit. Jetzt endlich reagierten auch Leon, Kim und Julian. Im letzten Moment machten sie den Weg für die Angreifer frei, die sie sonst zweifellos einfach über den Haufen gerannt hätten. Aber auch die Verteidiger hatten sich formiert, ihre Waffen im Anschlag. Heftig prallten die beiden Reihen aufeinander. Funken stoben, als zwei Schwerter sich trafen. Einer der Angreifer wurde von einem Kinnhaken gefällt wie ein morscher Baum von einer scharfen Axt. Dann bekam einer der Verteidiger einen Hieb vor die Brust, der ihn aus den Sandalen hob und auf das hübsche Beistelltischchen katapultierte, das unter der Last augenblicklich zersplitterte. Unvermittelt segelte das Silbertablett auf einen der Angreifer zu, der sich gerade noch ducken konnte. Aber der Mann dahinter war zu langsam, bekam es an den Kopf und ging zu Boden. Der Anführer der Eindringlinge versuchte, sich mit wuchtigen Schlägen seiner Streitaxt einen Weg zu Caesarion zu bahnen.

Der junge Herrscher krabbelte auf allen vieren aus der Gefahrenzone und hetzte zum hinteren Ausgang des Saals. Wieder ertönte ein furchtbarer Schrei, ein Pfeil sauste durch den Raum, dem Fliehenden hinterher.

„Caesarion!", gellte eine Stimme.

Der Herrscher tat instinktiv das einzig Richtige – er duckte sich. Der Pfeil streifte seinen Kopf und Caesarion schrie auf. Er presste die Hände auf die Wunde, aus der Blut sickerte. Aber er entkam, während der Kampf weiterwogte.

„Weg, wir müssen auch weg!", brüllte Leon und lief los.

Seine Freunde folgten ihm. Sie flitzten am Thron vorbei, der genau in diesem Moment von einer Lanze durchbohrt wurde und nach hinten umschlug. Ungehindert gelangten auch die Gefährten durch den Hinterausgang. Dort lagen zwei bewusstlose Palastwachen auf dem Boden. Von Caesarion war jedoch nichts zu sehen.

„Was ist hier los?", fragte Kim atemlos.

„Keine Ahnung", rief Leon. „Ich weiß nur eins: raus hier!" Er rannte voran, führte sie in den Park, vorbei an den fetten Katzen und dem Krokodil.

Auch hier war weit und breit keine Menschenseele zu sehen. Erschöpft gelangten sie zum Palasttor. Niemand hielt Wache. Erleichtert stürmten die Kinder hindurch. Erst jetzt kamen ihnen ägyptische Soldaten entgegen. Es war eine ganze Hundertschaft, die von einem Hauptmann kommandiert wurde. Die Männer stürmten an den Gefährten vorbei, ohne sie zu beachten.

„Sieht so aus, als habe jemand Alarm schlagen können", rief Julian. „Die Soldaten werden Caesarion zu Hilfe eilen!"

Wenig später erreichten sie völlig ausgepumpt einen Platz im Hafenviertel. Aus einem öffentlichen Brunnen schöpften sie Wasser, tranken und hockten sich dann auf die Steinstufen des sechseckigen Bauwerks.

„Wer waren die Angreifer?", überlegte Leon laut.

„Vielleicht war es ein Putsch", sagte Kim, während sie in Kijas fragende Augen schaute.

Julian sah sie überrascht an. „Wie kommst du denn darauf? Ich denke eher, dass es Römer waren."

„Glaube ich nicht. Sie trugen keine römischen Uniformen", warf Kim ein. „Und was ist mit Caesarion? Steckt er doch nicht hinter dem mysteriösen Tod seiner Mutter? Sollten wir uns bei unseren Nachforschungen besser auf Octavia konzentrieren?"

Leon wusste keine Antwort. Langsam ließ er seinen Hinterkopf gegen das kühle Gemäuer sinken. Hinter seiner Stirn mit den vielen Sommersprossen arbeitete es. Caesarion und Octavia: Beide waren verdächtig, beide hatten ein Motiv. Oder mussten sie Caesarion nach dem Überfall als Verdächtigen streichen? Leon schwankte. Einiges sprach dafür, schließlich schien Caesarion selbst Opfer zu sein. Aber vielleicht hatte er sich bei seinem Kampf um die Macht auch nur verrechnet, womöglich gab es jemanden, der ebenfalls sehr mächtig war und der nun versuchte, Caesarion auszuschalten, um selbst auf den Pharaonenthron zu gelangen. Fakt war: Im Palast schien ein Machtkampf zu toben, und weder Leon noch Julian oder Kim konnten wissen, wer im Moment das Sagen hatte.

Rufe wurden laut. Leon entdeckte eine Gruppe von Männern, die wild diskutierten. Er konnte einige Worte aufschnappen. Immer wieder hörte er die Namen Kleopatra und Caesarion. Natürlich, dachte Leon. Der Tod der schönen Pharaonin war Stadtgespräch. Aber hatte sich der Überfall auf ihren Sohn schon herumgesprochen? Wohl kaum.

Leon ließ seinen Blick schweifen. Er bemerkte noch andere Gruppen von Menschen, die zusammenstanden und redeten. Alle wirkten erregt. Spannung lag in der Luft, auch wenn das alltägliche Leben teilweise seinen Gang ging. So wurde nur ein paar Schritte von ihnen entfernt ein Handelsschiff entladen. Ein Schreiber machte sich Notizen. In der Nähe des Brunnens spielte ein Mädchen mit einer Art Rassel – einem mit Samenkörnern gefüllten Stoffball. Das wirkte fast normal und friedlich. Doch in diesem Moment betrat ein Trupp römischer Soldaten den Platz. Die Legionäre schauten sich um. So, als suchten sie jemanden. Leon beschlich ein merkwürdiges Gefühl. Hielt man etwa nach ihnen Ausschau? Oder sah er jetzt schon Gespenster? Andererseits hatte Kim nach wie vor die Flöte.

„Köpfe runter", zischte Leon. Man konnte schließlich nie wissen. Zwei, drei Minuten verstrichen. Erst dann wagte Leon wieder aufzuschauen.

Der Trupp war verschwunden, aber egal, wohin er auch blickte, überall waren jetzt Legionäre. Sie waren meist zu viert oder fünft, recht unauffällige kleine Gruppen, die aber alles im Blick zu haben schienen. Nun lösten sie eine kleine Versammlung von ägyptischen Kaufleuten vor einem Gasthaus auf. Beschimpfungen wurden laut. Schließlich zog einer der Legionäre drohend das Schwert und die Ägypter wichen wütend zurück.

„Möchte mal wissen, wer Alexandria derzeit regiert", sagte Leon leise zu seinen Freunden. „Hier ist was im Gange. Und das gefällt mir ganz und gar nicht. Wir sollten uns verkrümeln!"

„Aber wohin?", fragte Kim.

„Wie wäre es mit einem Besuch bei unseren Freunden am Leuchtturm?", schlug Leon vor. „Vielleicht können wir uns dort nützlich machen und zumindest vorübergehend von der Bildfläche verschwinden."

„Gute Idee!", meinte Julian.

Leon sondierte kurz die Lage. Die Legionäre hatten jetzt rund um den Platz Stellung bezogen. Es war eine Drohgebärde, die ihre Wirkung nicht verfehlte. Die Ägypter gingen ihrer Arbeit nach. Aber es war unverkennbar, dass es in der Stadt brodelte.

Auf die Freunde achteten die Soldaten jedoch nicht. Also machten sie sich unauffällig aus dem Staub und erreichten unbehelligt den gigantischen Leuchtturm Pharos.

Hapu sah sie nahen und winkte ihnen zu. Dann rief er seinen Vater Senmut heran.

„Natürlich könnt ihr bei uns arbeiten und wohnen", versprach der Lichtmeister, nachdem Leon einfach behauptet hatte, dass man im Palast keine Verwendung mehr für sie hätte. „Ich kann nach wie vor jede Hand gebrauchen."

„Aber nun berichtet, was im Palast vorgefallen ist", drängte Hapu. Er wirkte neugierig und besorgt zugleich. „Habt ihr etwas mitbekommen? Warum hat sich unsere wunderbare Königin umgebracht?"

Leon überlegte kurz. Sie konnten den beiden unmöglich etwas von ihren Ermittlungen berichten.

„Wie konnte die Kobra überhaupt in ihr Schlafgemach gelangen? Das hätte man doch verhindern müssen!", rief Hapu.

Die Lüge mit dem Selbstmord hatte also schon die Runde

gemacht, dachte Leon. Hier hatte die Legende ihren Anfang genommen.

„Wenn es ihr Wunsch war", warf Senmut ein, „wird es niemand gewagt haben, sich dem zu widersetzen."

Hapu wirkte regelrecht verzweifelt. „Aber man kann ihr doch nicht eine giftige Schlange bringen!"

„Wir wissen auch nicht mehr als ihr", sagte Leon jetzt und kam sich dabei ziemlich mies vor. „Wir waren ja nur kleine Diener und keine Vertrauten der Pharaonin."

Senmut seufzte nur. Düster schaute er in den strahlend blauen Himmel über der schönen Hafenstadt. Vom Meer kam ein leicht salziger Geruch. Vögel kreischten.

„Niemand weiß genau, warum Kleopatra den Tod wählte, beim Osiris", sagte er schließlich. „Es gibt viele Gerüchte. Caesarion soll die Macht übernommen haben, was ihm ja auch zusteht. Nun, vermutlich gibt es erst einmal eine mehrtägige Trauerfeier. Dann wird die Krönung des neuen Pharaos erfolgen. Hoffentlich …"

Sein Sohn sah ihn ängstlich an. „Hoffentlich? Wie meinst du das?"

„Es sind zu viele Römer in der Stadt", sagte der Lichtmeister. „Und es scheinen immer mehr zu werden. Das schmeckt garantiert keinem Ägypter." Er klopfte auf seine Lederschürze. „Hier habe ich ein Messer. Auch viele andere haben sich bewaffnet. Wir treffen uns heute Abend, sobald es dunkel wird. Dann werden wir beraten, wie es weitergeht. Die Römer müssen von hier verschwinden! Womöglich braucht Caesarion unsere Hilfe." Noch einmal klopfte Senmut auf seine Schürze. „Ich jedenfalls bin bereit."

## Kijas Spezialeinsatz

Die Gefährten halfen drei Stunden beim Holzschleppen. Am späten Nachmittag gönnte Senmut ihnen eine Pause.

„Hier sind wir womöglich erst einmal sicher", sagte Julian zu Kim und Leon. „Aber im Leuchtturm kommen wir keinen Schritt in unserem Fall weiter. Wir müssen einen zweiten Versuch in der Bibliothek wagen. Bestimmt finden wir dort einen Experten in Sachen Gift. Oder wir bekommen heraus, was auf dem Papyrus steht, den sich Octavia ausgeliehen hat. Sie ist für mich inzwischen wieder die Hauptverdächtige!"

„In Ordnung", stimmte Kim zu. „Vielleicht hören wir dort auch ein paar Neuigkeiten, was Caesarion betrifft!"

Die Freunde machten sich auf den Weg. Kija lief voran. Im Hafen herrschte nach wie vor nervöse Anspannung. Überall waren Legionäre, hielten sich aber im Hintergrund. Auch Julian fragte sich nun, ob man nach ihnen fahndete. Das Dumme war, dass er nicht wusste, wie der Feind genau aussah. Waren es Ägypter, Römer oder die Männer, die vorhin Caesarion attackiert hatten? Womöglich würde er den einen oder anderen wiedererkennen, aber sicher war das nicht. Also versuchten die Freunde, möglichst unsichtbar zu bleiben. Julian sorgte dafür, dass sie nicht zusammen liefen, sondern in einem Abstand von etwa fünf Metern. Falls man sie suchte, würde man vermutlich nach drei Kindern und einer Katze Ausschau halten, nicht aber nach einzelnen Kindern.

Etwa zehn Minuten später hatten sie die berühmte Bibliothek von Alexandria erreicht. Doch am Eingang des Museions erlebten sie eine unangenehme Überraschung. Man ließ sie nicht hinein. Denn diesmal verlangte der kleine, griesgrämige Djeser ein Schriftstück von ihnen, das erklärte, in wessen Auftrag sie unterwegs waren. Da mussten die Gefährten passen. Wütend hockten sie sich in der Nähe des Museions in den Schatten einer Dattelpalme.

„Und was jetzt?", fragte Julian missmutig.

„Wir suchen den Skorpion", schlug Leon vor. „Das ist das Einzige, was mir noch einfällt. Er muss die Flöte unter die Lupe nehmen."

Julian stöhnte. „Der Mann ist ein Mörder!"

„Hast du eine bessere Idee?", fragte Leon leicht gereizt.

Ein Miauen ließ sie aufsehen. Es war einer dieser Maunzer, der die Freunde sofort aufs Höchste alarmierte. Kijas Schwanz peitschte von der einen zur anderen Seite. Die Gefährten folgten dem Blick der Katze – und erstarrten.

Octavia strebte mit kleinen, tippelnden Schritten auf die Bibliothek zu. Und sie hatte eine Papyrusrolle in der Hand!

„Richtig!", stieß Kim hervor. „Octavia hatte doch versprochen, den Papyrus heute zurückzubringen. Und diese Rolle brauchen wir!"

„Na klar, aber wie willst du da rankommen? Octavia wird sie dir kaum geben", erwiderte Leon. In seiner Stimme schwang leise Verzweiflung mit.

Julian sah, wie die Römerin auf sie zukam. Sie hielt den

Blick gesenkt, schien ihre Umgebung nicht zu beachten. Ganz offenbar bemerkte sie nicht, dass sie sehr genau beobachtet wurde – von drei Kindern und einer ausgesprochen klugen und wachsamen Katze.

Plötzlich hatte Julian eine kühne Idee. Kim, Leon oder er würden sicher nicht an den geheimnisvollen Papyrus herankommen. Aber schließlich waren sie ja zu viert! Wenn nun Kija …

Doch weitere Überlegungen waren gar nicht nötig, denn als Octavia nur noch wenige Meter von ihnen entfernt war, schoss die Katze los. Schnurstracks und völlig geräuschlos flitzte sie auf die Römerin zu, und ehe sich diese versah, sprang Kija ihr so vor die Füße, dass Octavia stolperte und stürzte. Dabei fiel ihr die Schriftrolle aus der Hand. Die Katze packte die Rolle und zerrte sie hinter eine Mauer. Erst jetzt begann die sichtlich verdutzte Octavia zu brüllen. Sie schüttelte die Fäuste und schrie der Katze die schlimmsten Verwünschungen hinterher. Dann unternahm sie einen halbherzigen Versuch, Kija zu folgen, brach diesen aber nach wenigen Schritten sogleich ab. Sie stampfte ein paarmal wütend mit dem Fuß auf und ging schließlich, ärgerlich vor sich hin brummelnd, zurück in Richtung Palast.

Kim konnte nur mühsam ein lautes Lachen unterdrücken. „Das war eine der besten Nummern, die Kija je gebracht hat", sagte sie anerkennend, während sie mit Leon und Julian nach dem Tier suchte.

Die Katze erwartete sie ganz in der Nähe der Mauer. Stolz hockte sie vor der Schriftrolle. Leon, Kim und Julian streichelten Kija ausgiebig, dann rollte Julian den Papyrus auf.

„Jetzt bin ich aber mal gespannt!", wisperte Kim.

Mit klopfenden Herzen begannen die Freunde den Text zu lesen.

# Der Skorpion

„Das darf doch nicht wahr sein", entfuhr es Julian. „Was für eine Pleite!"

Kim ließ sich kopfschüttelnd auf den Boden sinken. „Ein Rezept gegen Rheuma, ich fasse es nicht. Octavia wollte also gar kein Gift zusammenmischen. Und ich war wirklich überzeugt, dass sie mit Kleopatras mysteriösem Tod zu tun hat. Ihr Motiv ist doch besonders stark. Kleopatra hat ihr schließlich den Mann weggenommen!"

„Jetzt verstehe ich auch, warum Octavia vorhin so wenig Einsatz gezeigt hat, um den Papyrus wiederzubekommen. Der Inhalt ist vollkommen harmlos." Julian seufzte.

„Seht es doch mal positiv", sagte Leon. „Wir haben jetzt eine Verdächtige weniger. Octavia scheint nichts mit Kleopatras Tod zu tun zu haben."

„Also bleibt nur noch Caesarion", sagte Julian. „Auch wenn mich das nicht so richtig überzeugt. Zudem ist völlig unklar, wo er überhaupt ist."

„Ja", sagte Leon. „Möchte mal wissen, wer den Machtkampf im Palast für sich entschieden hat."

„Schritt für Schritt, Jungs", sagte Kim, während sie den Papyrus zusammenrollte. „Ich bin dafür, dass wir nun doch diesen seltsamen Skorpion suchen. Der Mann ist vermutlich wirklich unsere letzte Chance, um herauszufinden, was es mit der Flöte auf sich hat. Jetzt sollten wir aber zurück zum Leuchtturm gehen, sonst wird Senmut noch sauer. Ich habe keine Lust, wieder irgendwo rauszufliegen!"

Nachdem sie dem verdutzten Bibliotheksleiter Djeser den Papyrus in die Hände gedrückt hatten, liefen sie zum Leuchtturm, wo der Lichtmeister sie bereits mit einer Menge Arbeit erwartete. Er hatte aber auch eine Neuigkeit für sie: Caesarion hatte für den nächsten Morgen eine Rede an das Volk angekündigt.

„Das ist ja mehr als interessant", wisperte Kim den beiden Jungen zu. „Es sieht so aus, als hätte Caesarion das Ruder wieder in der Hand."

Leon hob die Schultern. „Warten wir's mal ab …"

Als sich die Dämmerung über die Stadt am Meer senkte und die ersten Lichter auf den unzähligen Booten und in den Schenken aufflammten, verließ Senmut sein Reich, um sich zu der angekündigten Versammlung zu begeben. Er hatte für die nächsten Stunden eine Vertretung eingesetzt und seinen Sohn Hapu ins Bett geschickt. Auch Leon, Kim und Julian riet er, sich hinzulegen.

„Morgen wird wieder ein harter Tag", sagte er, bevor er verschwand. Die Gefährten zogen sich brav in ihr Zimmer zurück. Doch nach einer halben Stunde machten sie sich heimlich auf den Weg ins Hafenviertel. Diesmal ging Leon voran, denn schließlich war es seine Idee gewesen, den gefährlichen Mann zu suchen.

Jetzt, als sie über den Damm auf die Häuser zustrebten, während hinter ihnen das grelle Licht von Pharos wie ein goldener Finger über das rauschende Meer strich, beschlich ihn ein mulmiges Gefühl.

„Der Mann ist ein Mörder." Julians Worte hallten in Leons Ohren wider. War es wirklich eine so gute Idee, diesen Mann zu suchen?

Julian riss ihn aus seinen Gedanken. „Wo sollen wir anfangen?", fragte er.

„Gastwirte wissen oft am besten Bescheid", sagte Kim. „Wir versuchen es in einer Schenke. Ich habe auch schon eine Idee, wie wir vorgehen!"

Kurz darauf betraten sie ein Gasthaus mit dem vielversprechenden Namen „Zum Nilpferd". Kija schlüpfte als Erste durch die offen stehende Tür. Der Schankraum war hell und freundlich. An die Wände hatte ein Maler Männer bei der Jagd auf Nilpferde gezeichnet. An den rechteckigen, blank polierten Tischen hockten einige Ägypter vor ihren Bechern mit zähflüssigem Gerstenbier, das mit Honig gesüßt war. Einige aßen etwas, zumeist einfache Fischgerichte mit Brot. Die Freunde gingen zum Tresen, hinter dem ein kleiner Mann stand, der sie freundlich anlächelte.

Kim lächelte zurück. „Unsere Familie ist erst vor Kurzem nach Alexandria gezogen", erzählte sie. „Und leider ist unser Vater schwer erkrankt. Kein Arzt konnte ihm helfen. Sie vermuten, dass er sich eine Vergiftung zugezogen hat. Womöglich hat er etwas Schlechtes gegessen."

„Aber nicht bei mir", sagte der Wirt schnell. Sein Lächeln war verschwunden. „Ich verwende nur frische Zutaten." Eifrig begann er auf dem blitzsauberen Tresen herumzuwischen, obwohl dort noch nicht einmal ein Brotkrümel zu sehen war.

341

„Nein, natürlich nicht", erwiderte Kim. Sie senkte die Stimme. „Einer der Ärzte sagte, dass vielleicht eine Art Gegengift helfen könnte. Aber nur ein Mann in der Stadt würde sich damit auskennen. Und genau diesen Mann suchen wir."

Ein Schatten legte sich auf das Gesicht des Wirts. „Ihr meint doch nicht etwa …?"

Das Mädchen blickte ihn herausfordernd an. „Doch, den meinen wir. Man nennt ihn den …"

„Psst!", machte der Wirt und legte einen Finger auf die Lippen. „Ich will mit dem Kerl nichts zu tun haben. Und in diesem Lokal ist er nie zu Gast, dafür sorge ich!"

Kim nickte. „Aber vielleicht kannst du uns sagen, wo wir ihn finden!"

Der Wirt deutete mit dem Daumen nach links. „Folgt der Straße bis zum Ende. Auch da gibt es ein Gasthaus. Man sagt sich, dass sich der Mann, nach dem ihr sucht, dort gerne aufhält. Aber ich warne euch: Ich habe noch nie gehört, dass dieser Kerl jemanden geheilt hat. Ganz im Gegenteil. Sein Name steht für den Tod."

Kim lief ein Schauer über den Rücken. Aber sie spielte ihre Rolle zu Ende. „Oje", murmelte sie. „Aber wir sehen keine andere Möglichkeit. Vielen Dank!"

Dann verließen die Freunde das „Nilpferd" und spazierten die Straße in der angegebenen Richtung hinunter. Die Straße wurde schmaler und war schließlich nur noch eine unbeleuchtete Gasse, in der es widerlich nach Fischabfällen stank. Ganz am Ende, eingeklemmt zwischen einem schmucklosen Wohnhaus und der Werkstatt eines Spiegelmachers, erhob sich ein weiteres Gasthaus, zu erkennen an einem Schild, das windschief über dem Eingang hing und eine Amphore zeigte.

„Na dann", sagte Kim und zog die Tür auf.

Die Luft war stickig. Zwei Männer hockten an einem Tisch und waren in ein Brettspiel vertieft. Sie sahen noch nicht einmal hoch, als die Freunde zu dem dritten Mann gingen, der sich in dem Raum mit der niedrigen Decke aufhielt und den sie wegen der Schürze, die er trug, für den Wirt hielten. Der feiste, stark behaarte Ägypter mit den hervorquellenden Augen saß neben dem Fenster, fächelte sich Luft zu und musterte die jungen Gäste voller Argwohn.

„Ihr sucht Akif?", fragte er, sobald Kim ihre Geschichte vom kranken Vater erneut erzählt hatte. „Wirklich?" Er begann, den Dreck unter seinen Fingernägeln hervorzupulen.

„Ja", bestätigte Kim. Sie wurde unsicher – vor allem, als sie bemerkte, dass sich Kijas Haare sträubten. War Akif etwa einer der beiden Männer, die über dem Spiel brüteten?

Der Wirt lachte lautlos und präsentierte dabei zwei höchst unvollständige Zahnreihen.

„Ihr seid mutig, sehr mutig", sagte er schließlich. „Er ist nicht hier, wohnt aber gleich nebenan."

Die Freunde verabschiedeten sich und traten auf die Straße hinaus. „Sieht nicht gerade einladend aus", murmelte Kim, als sie vor dem Nachbarhaus standen.

„Egal, wir versuchen es", sagte Leon.

Julian zog den Kopf zwischen die Schultern. „Ich glaube nicht, dass er zu Hause ist. Es brennt nirgends Licht", stellte er fest.

Doch Leon ließ sich nicht beirren. Er ging zur Tür und

klopfte laut an. Dabei schwang die Tür einen Spalt auf. Ein schmaler Streifen Licht floss über die staubigen Steinfliesen im Flur. Die Freunde warteten unschlüssig. Nichts rührte sich.

„Ich sag doch, es ist keiner da!", zischte Julian beschwörend.

„Unsinn", konterte Leon. „Es ist Licht zu sehen und die Tür ist nicht verschlossen." Er bollerte erneut gegen die Tür, die jetzt ganz aufschwang.

Ein Fauchen ertönte, dann schoss ein schwarzer Schatten auf Leon zu. Instinktiv duckte er sich und sah etwas an sich vorbeifliegen – einen Kater mit einem erstaunlich breiten Kopf. Er landete auf allen vieren und stürmte augenblicklich auf Kija los. Kija parierte seinen Angriff mit einem gut platzierten Schlag ihrer messerscharfen Krallen, der den Kater auf die Nase traf und ihn in die Flucht trieb. Die Katze maunzte zufrieden. Dann stolzierte sie an den verdutzten Kindern vorbei einfach in das Haus hinein.

„Kija!", rief Julian, aber die Katze war schon verschwunden. „Na toll, was machen wir jetzt?"

„Ihr nach, oder?", sagte Leon.

„Du kannst doch nicht einfach in das Haus gehen!" Julian stöhnte.

In diesem Moment tauchte eine hagere Gestalt auf dem Flur auf. Leons Puls beschleunigte sich. Es war ein Mann, zweifellos, das sah Leon an seinem Kahlkopf, auf den von hinten etwas Licht fiel. Das Gesicht des Mannes lag im Dunkeln. Trotzdem hatte Leon das unangenehme Gefühl, dass er die Freunde anstarrte. Etwas blitzte auf und Leons Augen weiteten sich – es war ein Messer mit einer furchterregend langen Klinge.

„Wer seid ihr und was wollt ihr?", schnarrte die Stimme des Mannes.

Abwehrend hob Leon die Hände und machte einen Schritt zurück. „Wir haben etwas, das wir Euch zeigen wollen – sofern Ihr der Mann seid, den man den Skorpion nennt."

Das Messer deutete weiter auf die Freunde. „Ja, ich bin der, den ihr sucht", sagte der Mann. „Aber ich lasse mich nicht von drei kleinen Dieben hereinlegen, beim Osiris. Verschwindet!"

Kim drängte sich an Leon vorbei. Sie hielt die Flöte in den Händen. „Es geht um dieses Instrument. Wir vermuten, dass die Flöte vergiftet worden ist. Und es gibt nur einen Mann in ganz Alexandria, der prüfen kann, ob unser Verdacht stimmt – nämlich Euch."

Der Skorpion ließ sich Zeit mit der Antwort. „Kommt rein", sagte er schließlich und trat vom Flur in ein angrenzendes Zimmer.

Die Freunde folgten ihm mit klopfenden Herzen – und wären am liebsten sofort wieder umgedreht. Das rußende Licht eines einsamen Öllämpchens erhellte die in einem rostigen Rot gehaltenen Wände, auf die große Männer mit hässlichen schwarzen Hundeköpfen gemalt waren – Bildnisse des Totengottes *Anubis*. Die Decke des Raums war schwarz wie eine mondlose Nacht. Es gab nur ein Fenster an der der Gasse abgewandten Seite.

Der Skorpion ließ sich in einen Sessel fallen. Die Gefährten erschraken, als sie sein Gesicht sahen. Irgendeine furchtbare Krankheit musste es zerstört haben. Unzählige Narben und Pusteln hatten es verunstaltet, die Haut war fahl und spannte über den Knochen wie brüchiger Papyrus. Der Mann hatte

dünne, blutleer wirkende Lippen und weder Wimpern noch Augenbrauen.

Er warf Kim einen Blick zu. „Eine Flöte, sagst du?"

Kim riss sich zusammen und versuchte, nicht mehr dieses schreckliche Antlitz anzustarren. Behutsam legte sie das kleine Instrument auf den Tisch.

Der Skorpion warf einen schnellen Blick auf die Flöte. Dann faltete er die Hände vor dem Bauch. „Was könnt ihr bezahlen?"

Kim schluckte. So ein Mist, daran hatte sie gar nicht gedacht! Hilfe suchend schaute sie zu Leon und Julian. Doch die beiden zuckten nur mit den Schultern.

„Wir haben kein Geld", gestand Kim.

Der Skorpion zog eine Grimasse. „Ihr vergeudet nur meine Zeit."

„Es ist wichtig", sagte Kim schnell. „Es ist nämlich nicht unsere Flöte. Sie gehörte – Kleopatra …"

Der Mann schwieg.

„Es ist möglich, dass diese Flöte etwas mit Kleopatras Tod zu tun hat", preschte Leon vor.

„Wo habt ihr sie her?", fragte der Skorpion lauernd.

„Aus dem Palast", antwortete Kim ausweichend.

„So so, aus dem Palast", wiederholte der Mann. „Ich glaube nicht, dass Kleopatra dir das Instrument geschenkt hat, Kleine."

Kim atmete einmal tief durch. Dann sagte sie: „Ich habe sie nach dem Tod der Pharaonin an mich genommen, weil wir einen Verdacht haben und …"

Der Skorpion hob die Hand und brachte Kim damit zum

347

Schweigen. „Genug, seid jetzt still!", befahl er. Dann zog er das Lämpchen dichter heran und beugte sich im flackernden Lichtschein über die Flöte.

Die Freunde warfen sich triumphierende Blicke zu. Gleich würden sie mehr wissen und womöglich das Rätsel um den mysteriösen Tod der berühmten Pharaonin geknackt haben!

Der Mann nahm ein schneeweißes Tuch aus einer Schublade und tupfte damit vorsichtig auf dem Mundstück herum. Dann holte er mehrere Tontöpfchen mit verschiedenen Flüssigkeiten aus einem Regal im hinteren Teil des Raumes. Der Skorpion befeuchtete das Tuch mit der ersten Tinktur und fuhr erneut über das Mundstück. Diesen Vorgang wiederholte er mehrmals. Dann roch er an dem Mundstück, wobei seine spitze Nase unmittelbar über der Flöte schwebte. Schließlich lehnte er sich in seinem Stuhl zurück. Sein Gesicht war eine ausdruckslose Maske.

„Und, ist es Gift?", fragte Kim, die vor Neugier fast platzte.

# Absolut tödlich

Der Skorpion verzog den Mund zu einer Art Grinsen.

„Wer immer diese Flöte spielt, er tut das zum letzten Mal", sagte er.

„Also habt Ihr Gift am Mundstück gefunden", stieß Kim hervor.

Der Mann nickte, wobei er immer noch grinste. „Aber ja, und was für eins. Es ist absolut tödlich, mein Kind. Mir scheint", sagte er, während er die Flöte behutsam in ein Tuch wickelte, „mir scheint, dass ihr auf etwas gestoßen seid, was den einen oder anderen interessieren dürfte."

„Allerdings", erwiderte Julian. „Es beweist, dass Kleopatra vergiftet wurde."

Der Skorpion erhob sich schwerfällig. „Du sagst es. Die Frage ist nur, wer dahintersteckt."

Auch Julian stand auf. „Wir müssen sofort Alarm schlagen."

„Ja, wir laufen gleich in den Palast!", rief Leon.

Der Mann hob die Hände. „Bleibt ruhig", mahnte er. „Das könnte gefährlich für euch werden. Ich werde gehen. Ihr bleibt so lange hier." Der Skorpion ließ die Flöte unter seinem Gewand verschwinden und ging zur Tür.

„Nein", protestierte Kim, „wir wollen mit."

Doch der Mann ignorierte ihren Einwand völlig und

schlüpfte rasch aus dem Raum. Kim lief ihm hinterher und wollte die Tür aufreißen. Aber es war zu spät. Ein Riegel wurde vorgeschoben.

Das Mädchen schlug gegen die Tür. „He, was soll das?"

„Kein Grund zur Beunruhigung", sagte der Skorpion sanft. „Es ist nur zu eurer Sicherheit. Ich komme gleich wieder, verlasst euch darauf …"

Die Freunde hörten ihn weggehen.

„Ich will hier sofort raus!", rief Kim empört. „Wieso schließt dieser Kerl uns ein?"

„Meinst du, mir passt das?" Julians Stimme zitterte. „Ich habe ja von Anfang an vor diesem Kerl gewarnt!"

Plötzlich kam ihm ein böser Gedanke: „Und was ist, wenn der Typ mit dem Mörder unter einer Decke steckt?"

Kim antwortete nicht und lief zum Fenster. Doch das war mit massiven Metallstreben gesichert. „So ein Mist!", fluchte sie.

Sie suchten zu dritt den Raum ab, fanden aber kein Schlupfloch. Dafür fiel ihnen ein Messer in die Hände. Damit versuchten sie, die Metallstreben aufzusägen – aber es war sinnlos, die Klinge brach ab. Sie waren gefangen!

Eine Stunde bangen Wartens verstrich.

„Psst, seid mal still!", rief Julian unvermittelt.

Sogar Kija spitzte die Ohren. Ihre Schnurrbarthaare zitterten.

„Schritte, ich höre Schritte!", rief Julian. „Der Skorpion scheint zurückzukommen, aber offenbar nicht allein!"

Keine Minute später quietschte der Riegel und die Tür flog auf. Herein kamen der Skorpion und mehrere mit Schwertern bewaffnete Männer. Sie hatten die seltsamen schwarzen Tuniken an, die auch die Angreifer im Palast getragen hatten. Erneut konnten die Gefährten nicht erkennen, ob es sich um Ägypter oder Römer handelte.

„Das sind sie", sagte der Skorpion gelassen und deutete auf die Freunde. „Sie haben die Flöte gefunden."

„Ja!", rief Julian, während er die Bewaffneten musterte. Wer von ihnen war der Anführer? „Wir ..." Er brach ab. Die Männer starrten ihn und seine Gefährten stumm an.

Hier stimmte etwas nicht!

Nun bildeten die Schwertträger eine Gasse.

„Auf den Boden, Köpfe runter!", blaffte einer der Bewaffneten die Freunde an.

Vorsichtshalber gehorchten sie.

Julian zitterte leicht, als seine Stirn den staubigen Boden berührte. Wieder Schritte. Jemand kam auf sie zu. Heimlich hob Julian den Kopf ein wenig und starrte auf ein Paar Ledersandalen und den Saum einer roten Tunika.

„Köpfe runter!", rief der Bewaffnete wieder.

Erneut gehorchte Julian. Jetzt zitterte er noch stärker.

„Nun, wen haben wir denn da?", ertönte eine sonore Stimme, die den Gefährten durchaus bekannt vorkam.

„Drei neugierige Kinder und ihre Katze, die schlauer sein wollen als das römische Volk", sagte die Stimme.

Julians Gedanken rasten. Die rote Tunika und diese Stimme – der Mann, der da zu ihnen sprach, war zweifellos ein Römer und er würde wetten, dass es ...

„Steht auf", sagte die Stimme. „Ich will euch in die Augen sehen, bevor ich euch, sagen wir mal, verurteile ..."

Verurteilen? Welche Strafe drohte ihnen? Wie in Zeitlupe stand Julian auf. Nun schaute er dem Mann ins Gesicht. Ihm wurde schwindelig. „Octavian!"

„Ja, ich bin es", sagte der Römer ruhig. Er streckte die Hand aus, und der Skorpion reichte ihm die Flöte.

„Es ist schade um euch", sagte der Triumvir mit singendem Tonfall und lächelte. „Ihr seid kluge Kinder. Niemand außer euch ist auf die Idee gekommen, dass der Tod der großen Pharaonin mit diesem kleinen, hübschen Instrument zu tun haben könnte!"

„Dann wart Ihr es, der sie umgebracht hat! Feiger Mörder!", platzte Kim heraus.

Schon wurde sie von einem der Schwertträger im Nacken gepackt. Er drückte ihren Kopf herunter. „Wie redest du mit unserem Herrscher?", zischte der Soldat sie an.

Kim trat ihm mit voller Wucht auf den Fuß. Der Mann brüllte auf und ließ sie los, wollte sich jedoch augenblicklich wieder auf sie stürzen.

„Stopp", bremste Octavian ihn. „Lass sie in Ruhe."

Widerwillig gehorchte der Soldat. Aber in seinen Augen brannte ein gefährliches Feuer.

„Kleopatra hat versucht, auch mich zu umgarnen. So, wie ihr das einst bei Julius Caesar und später auch bei Marcus Antonius geglückt ist", sagte Octavian. „Sie wollte an der Macht bleiben, indem sie mich, den Sieger der Schlacht bei Actium, betörte. Doch ich habe sie durchschaut. Und du hast Recht, Mädchen, ich habe sie umbringen lassen. Aber es musste so aussehen wie ein Selbstmord. Denn ein Mord hätte vermutlich einen Volksaufstand der Ägypter zur Folge gehabt. Es

352

hätte Krieg gegeben und das wollte ich unbedingt vermeiden. Die Ägypter sollen glauben, dass ihre Königin freiwillig aus dem Leben schied – oder durch einen Unfall. Die Sache mit dem Gerüst am Leuchtturm hätte fast geklappt." Er warf einen durchdringenden Blick auf die Kinder. „Aber dann seid ihr mir dazwischengekommen!"

Julian war fassungslos. Tatsächlich steckte niemand anderes als der große Octavian hinter dem Mord!

„Und der Anschlag mit dem Öl auf der Brücke und dem Krokodil war wohl auch Eure Idee, oder?", fragte Leon jetzt.

„Allerdings", sagte der Triumvir. „Auch das wäre ein bedauerlicher Unfall gewesen. Nun, es hat ebenfalls nicht geklappt. Also musste Kleopatra Selbstmord begehen – durch den Biss einer Kobra."

Kim zog die Stirn kraus. „Deshalb kroch die Schlange also in jener Nacht in Kleopatras Schlafgemach."

„Ja, ich bestach die Palastwachen und sorgte dafür, dass sie ihre Aufgabe kurz vernachlässigten. Dann ließ ich die Schlange in das Gemach hineinschmuggeln", erwiderte Octavian.

„Was für ein brillanter Plan, Herr", heuchelte der Skorpion.

„So brillant war er nun auch wieder nicht", widersprach Kim. „Die Kobra war völlig ungefährlich!"

Auf Octavians Stirn erschien eine Zornesfalte. „Das spielt nun auch keine Rolle mehr. Die Ägypter glauben, dass Kleopatra Selbstmord begangen hat – allein darauf kommt es an, beim *Jupiter!* Es wird ruhig bleiben in Alexandria, und es wird ruhig bleiben in ganz Ägypten", fuhr er fort.

„Und ein Ägypter hat bei diesem Plan geholfen", sagte Kim kopfschüttelnd und blickte Akif geringschätzig an.

Octavian deutete ein Lächeln an. „Wieder richtig. Er ist ein unbezahlbarer Mann."

Geschmeichelt verbeugte sich der Giftmischer. „Es ist mir stets eine Ehre, Euch zu Diensten zu sein, großer Octavian."

Kim verdrehte die Augen. Dieser Kerl war auch noch ein elender Speichellecker!

„Das hoffe ich für dich", sagte der Triumvir, während das Lächeln aus seinem Gesicht verschwand.

„Also hat er das Gift an der Flöte angebracht", sagte Leon.

Der Skorpion nickte stolz. „So ist es. Eine absolut tödliche Mischung und nahezu unsichtbar. Einfach perfekt!"

„Ich bin beeindruckt", sagte Leon voller Abscheu.

Akif überhörte das. „Tja, und es liegt auf der Hand, dass ich euch aus dem Verkehr ziehen musste, als ihr mit der Flöte zu mir kamt. Ich lief geradewegs zu Octavian und alarmierte ihn. Deswegen habe ich euch auch eingesperrt. Ich hatte Angst, dass ihr untertaucht."

Leon schloss die Augen. Er war es gewesen, der die Idee gehabt hatte, zu diesem gemeingefährlichen Giftmischer zu gehen und ausgerechnet ihn, diesen Mörder, um Rat zu fragen. Er hatte seine Freunde und sich selbst in diese Situation gebracht! Wie hatte er nur so leichtfertig sein können …

„Und wir haben eine Zeit lang Octavia verdächtigt", murmelte er, mehr zu sich selbst.

„Meine Schwester?", fragte der Triumvir ungläubig. „Aber nein, sie hat nichts mit der Sache zu tun. Obgleich sie nicht allzu traurig über den Tod der großen Pharaonin war. Nun, wie dem auch sei. Zum Glück ist die Flöte wieder da. Nicht auszudenken, wenn sie in die falschen Hände geraten wäre. Zum Beispiel in die dieses Kindskopfes namens Caesarion."

„Haben Eure Männer ihn im Palast überfallen?", wollte Kim wissen.

„Aber ja, schließlich glaubt dieser Träumer, dass er auf den Thron darf. Er muss noch sehr viel lernen, vor allem Demut vor dem römischen Volk!", antwortete Octavian.

„Er scheint die Zügel aber wieder in der Hand zu haben ...", wandte Kim ein.

Der Triumvir winkte ab. „Nur vorübergehend. Natürlich hätten meine Truppen ihn einfach niedermachen können. Aber auch das hätte zu einem Volksaufstand geführt. Nein, es sollte wie eine Palastrevolte aussehen. Ich hatte lediglich einen kleinen Trupp meiner Männer in den Palast geschickt, die selbstverständlich keine römischen Uniformen trugen. Aber Caesarion entkam, sammelte einige Getreue um sich und eroberte den Palast zurück. Gönnen wir ihm diese letzte Nacht im Palast. Ich werde ihn ausschalten, gleich morgen, bevor er seine große Rede halten kann. Dann ist der Weg für uns endlich frei."

Kim stockte der Atem. „Ihr werdet also auch ihn ermorden!"

„Mord? Was für ein hässlicher Ausdruck", erwiderte Octavian. „Es wird so aussehen, als sei Caesarion geflohen – nicht vor uns Römern selbstverständlich, den Freunden und Beschützern der Ägypter, sondern vor der Verantwortung."

Bedrückt sah Kim zu Boden. Da spürte sie Kija an ihren nackten Beinen und das gab ihr wieder ein wenig Kraft. Sie hob den Kopf und blickte Octavian gerade in die Augen. „Ihr habt die Flöte und damit das einzige Beweisstück. Auch wenn wir reden wollten, wird uns niemand glauben, weil wir unsere Anklage nicht belegen können. Also könnt Ihr uns gehen lassen", sagte sie.

Octavian legte den Kopf in den Nacken und lachte laut los. „Euch gehen lassen? Wie kommst du denn nur darauf?"

# Das Licht

„Ein netter Versuch, aber mehr nicht", kommentierte Akif Kims Vorstoß und blickte Beifall heischend zu Octavian, der ihn aber nicht weiter beachtete.

Der Triumvir gab seinen schwarz gekleideten Soldaten den Befehl, die Freunde abzuführen. „Bringt sie in mein Hauptquartier."

„Was habt Ihr mit uns vor?", fragte Kim.

Octavian sah sie kurz an, und für einen Moment wirkte der Triumvir nachdenklich, fast bedrückt. Doch dann ging ein Ruck durch den Körper des Römers. „Ihr habt ein gefährliches Spiel gespielt. Euch musste klar sein, dass euer Einsatz sehr hoch ist. Und ihr habt dieses Spiel verloren", sagte er tonlos.

Kim spürte, wie Tränen in ihr aufstiegen. Sie fühlte sich klein und hilflos, verraten und verkauft, war traurig und wütend zugleich. Da spürte sie Leons Hand in der ihren. Trotzig wischte sie sich die Tränen aus den Augenwinkeln und schob das Kinn kämpferisch nach vorn.

Octavian, der über eine scharfe Beobachtungsgabe verfügte, war das nicht entgangen. „Du kommst doch nicht auf dumme Gedanken, oder?"

„Wir könnten sie fesseln", schlug der Skorpion vor.

Der Triumvir winkte ab. „Nein, ich will kein Aufsehen erregen, wenn wir durch das Hafenviertel laufen. Auf geht's!"

Die schwarzen Schwertträger drängten die Kinder nach draußen und nahmen sie in die Mitte. Dann ließen sie die Waffen unter ihren Gewändern verschwinden. Während der Skorpion in seinem Haus zurückblieb, setzte sich der Triumvir an die Spitze des kleinen Zuges und marschierte auf den Hafen zu.

Leon trottete mit gesenktem Kopf durch die staubige Gasse. Hinter seiner Stirn wirbelten die Gedanken. Die Römer hatten sie nicht gefesselt und geknebelt. Sollten sie um Hilfe rufen oder versuchen wegzulaufen? Nein, wegrennen kam nicht infrage. Die Römer würden sie augenblicklich stellen und womöglich niedermachen. Und um Hilfe rufen, sobald sie den ersten Ägypter sahen? Was durften die Freunde erwarten? Dass sich der Ägypter auf die Römer stürzte? Wohl kaum. Außerdem würden die Römer sie zum Schweigen bringen, da brauchte er sich keinen Illusionen hinzugeben. Also war es vielleicht doch besser, mit ins Hauptquartier zu gehen. Vielleicht bot sich dort eine Chance zur Flucht. Doch das war nur eine ganz schwache Hoffnung. Der Junge blickte zu den funkelnden Sternen über der herrlichen Hafenstadt hinauf. Die Nacht war mild, voller geheimnisvoller Gerüche und Geräusche. Aus einem Haus drang ein unbekümmertes Frauenlachen, und als sie an der Gaststätte „Zum Nilpferd" vorbeikamen, vernahm Leon zarte Harfenmusik, gefolgt von Klatschen. Er seufzte. Niemand ahnte, was auf der Straße vorging, dass man sie abführte und zu einem Ort brachte, wo es vermutlich kein Zurück mehr geben würde. Leon ließ den Kopf wieder sinken. Dabei geriet Kija in sein Blickfeld. Die Katze lief neben den Soldaten her, die die Gefährten flankierten. Ihr Schwanz stand kerzengerade, jeder Zoll des Tieres verriet gespannte Aufmerksamkeit.

Erneut seufzte Leon. Wie sollte Kija ihnen helfen? Und was würde aus der stolzen, klugen Katze werden? Leon hoffte, dass die Römer wenigstens sie verschonten.

Ein grelles Licht flammte auf, zerschnitt den schwarzen Himmel wie ein Schwert aus Feuer. Pharos wies den Weg nach Alexandria.

Leon presste die Kiefer zusammen. Wenn sie doch nur den gewaltigen Turm erreichen könnten! Dann könnten sie heim nach Siebenthann und dieser Albtraum wäre vorbei.

Aus den Augenwinkeln kontrollierte er die Reihen der Soldaten. Nein, da gab es kein Durchkommen.

Jetzt hatten sie den Platz am großen Hafenbecken erreicht. Etwa zweihundert Meter vor ihnen zweigte der Damm ab, der zum Leuchtturm führte, und verlor sich in der Dunkelheit. Plötzlich sah Leon, dass Kija wegrannte – und zwar direkt zum Damm.

Der Junge zupfte an seinem Ohrläppchen. Was sollte das? Doch da keimte Hoffnung in ihm auf. Womöglich würde die Katze von Senmut und Hapu aufgenommen. Bei den beiden hätte sie es bestimmt gut … Leon beobachtete, wie Kija den Damm erreichte, mit weiten Sätzen auf ihm entlangsauste und immer kleiner wurde.

Mach's gut, dachte der Junge und schluckte. Erinnerungen stürmten auf ihn ein. Was hatten sie nicht alles für Abenteuer gemeinsam erlebt, im alten Rom, in Ägypten, Griechenland oder im Mittelalter! Aber das hier, das war die letzte Reise, zumindest für Kim, Julian und ihn selbst.

Doch irgendetwas passte nicht ins Bild. Es war nicht Kijas Art, einfach wegzulaufen. Hatte sie etwas vor? Sie rannte geradewegs zum Leuchtturm … Der Atem des Jungen ging schneller. Vielleicht hatten sie doch eine Chance, vielleicht! Noch etwa hundertfünfzig Meter trennten sie von dem Damm. Sie mussten Zeit gewinnen! Unvermittelt blieb Leon stehen.

„Was ist los? Weiter, verdammt!", blaffte ihn einer der Soldaten an.

Leon beugte sich zu seinem linken Fuß hinab. „Einen Moment, ich bin in etwas hineingetreten. Vielleicht eine Scherbe. Es tut furchtbar weh."

Besorgt schauten Kim und Julian ihren Freund an. Er zwinkerte ihnen zu.

„Was ist da los?", zischte Octavian, der sich umgedreht hatte.

„Der Kleine hat sich wohl verletzt", sagte der Soldat ärgerlich.

Octavian packte Leon grob am Arm und zog ihn hoch. „Lass den Unsinn. Und jetzt weiter, sofort!"

Mit schmerzverzerrtem Gesicht hob Leon die Schultern. „Es geht nicht, wirklich. Ich kann nicht auftreten."

Ratlos blickte der Soldat den Triumvir an. „Soll ich den etwa tragen?"

Octavian winkte wütend ab. „Nein, ich will jedes Aufsehen vermeiden." Er sorgte dafür, dass seine Männer einen Kreis um ihn bildeten. Dann zog er sein Schwert und deutete damit auf Leon. „Bist du dir sicher, dass du nicht doch laufen kannst?"

Leon lächelte gequält. „Äh, na gut, ich will es wenigstens versuchen."

Der Triumvir lächelte kalt. „Das ist genau die Antwort, die ich hören wollte."

Leon setzte sich wieder in Bewegung. Er humpelte theatralisch und sorgte dadurch dafür, dass der Trupp erheblich langsamer vorwärts kam. Dabei warf er einen Blick zum Leuchtturm. Oben, ganz oben vor der Lichtkuppel meinte er Schatten zu erkennen.

Leon beugte sich zu Kim, die neben ihm lief, und flüsterte ihr schnell und heimlich etwas ins Ohr. Ungläubig blickte sie ihn an. Dann huschte ein Lächeln über ihr angespanntes Gesicht. Sie gab die Nachricht ebenso heimlich an Julian weiter.

Jetzt waren sie noch etwa hundert Meter von dem Damm entfernt. Leons Gedanken rasten. Hatte Kija den Turm schon erreicht? Vermutlich. Aber wie lange brauchte sie hinauf bis zur Kuppel?

Er begann zu jammern und blieb erneut stehen. Sie mussten noch mehr Zeit gewinnen! Es dauerte keine zehn Sekunden, bis Octavians Gesicht unmittelbar vor dem seinen erschien. Es war zu einer wütenden Fratze verzerrt.

„Ich habe deine Spielchen allmählich satt!", giftete der Triumvir.

„Nur eine kurze Pause, gleich wird es wieder gehen", entgegnete Leon und stützte sich auf Julian ab.

„Das hoffe ich für dich, mir reicht es langsam!", zischte der Römer böse.

Leon humpelte weiter und schaute wieder zu Pharos. Lauf, Kija, lauf!, flehte er innerlich.

Das Licht wanderte über das Meer, strich über die dunklen Wellen, ließ ihre weißen Kämme aufleuchten.

Noch fünfzig Meter bis zum Damm.

Leon schloss die Augen. Bitte, Kija!

Plötzlich erfasste das Leuchtfeuer die ersten Häuser der Stadt. Leons Herz machte einen Sprung.

„Köpfe runter, nicht hochschauen!", wisperte er Julian und Kim eindringlich zu.

Und dann, dann ging alles blitzschnell. Das Licht flutete grell über den Platz und brannte auf den Trupp hernieder. Octavian und seine Soldaten brüllten auf, als das Leuchtfeuer sie blendete. Sie wandten sich ab, aber es war zu spät. Schreiend bedeckten sie ihre Augen und taumelten wie blind umher.

„Jetzt!", schrie Leon und durchbrach die Mauer der Männer neben ihm.

Er spürte eine Hand an seiner Schulter, die ihn festzuhalten versuchte. Finger aus Stahl gruben sich in seinen Arm. Leon schlug um sich, die Hand glitt ab. Geduckt rannte der Junge weiter. Der Damm, nur noch wenige Meter entfernt. Ein Blick zurück. Kim war ihm dicht auf den Fersen – aber Julian? Wo war Julian? Leon erschrak. Sein Freund war von großen Gestalten umzingelt, die tastend die Arme nach ihm ausstreckten. Jetzt endlich gelang auch Julian der Durchbruch. Aber dann strauchelte er und stürzte. Ein Mann kam auf ihn zu. Es war Octavian, der sein Schwert gezückt hatte.

„Julian!", schrie Leon.

Julian rappelte sich hoch. Seine Knie bluteten. Er blickte sich um, sah den Römer, das Schwert über dessen Kopf, bereit zum Schlag – und erstarrte vor Angst.

„Wo seid ihr?", schrie der Römer voller Hass. „Wir kriegen euch, beim *Mars!*" Hilflos stolperte er an Julian vorbei, der jetzt endlich aus seiner Starre erwachte und zu den Freunden sprintete.

„Schnell, zum Turm!", rief Leon.

Die Freunde rannten um ihr Leben. Am Sockel von Pharos erwartete sie bereits eine gute Bekannte: Kija, die fröhlich miaute.

„Oh, du bist wirklich die Beste!", rief Leon erleichtert, nahm die Katze auf den Arm und schaute in ihre unergründlichen Augen. „Sie wird Hapu und Senmut alarmiert und auf unsere Lage aufmerksam gemacht haben. Und genau das hatte ich gehofft", erklärte Leon. „Die beiden haben erkannt, dass man uns verhaftet hat. Dann haben sie die Römer geblendet und uns so zur Flucht verholfen."

„He, was ist mit euch los?", rief ihnen jemand von oben zu. Es war Hapu. „Kommt rauf!"

Die Freunde warfen sich Blicke zu. Was jetzt?

Weitere Stimmen erklangen. Sie kamen vom Hafen. Die Gefährten erkannten nun, dass Octavian und seine Männer auf sie zukamen. Offenbar konnten sie wieder sehen.

„Schade, wir werden uns wieder einmal nicht richtig von unseren neuen Freunden verabschieden können", sagte Julian.

„Ja, sieht so aus." Kim seufzte. „Wir dürfen keine Zeit verlieren."

Leon nickte. „Wir haben ein Rätsel gelöst. Wir wissen, wie

Kleopatra starb und wer dahintersteckt. Aber ein kleines, neues Rätsel geben wir selbst auf."

Julian und Kim schauten ihn fragend an.

Leon lächelte. „Nun, ich denke, dass sich Hapu und Senmut fragen werden, wo wir geblieben sind."

Dann ging er voran zu der Stelle des Sockels, an der Tempus sie in die Welt der alten Ägypter entlassen hatte.

Ein letzter Blick zurück auf die Stadt mit ihren funkelnden Lichtern, die sich tanzend auf dem Meer spiegelten, auf den hell erleuchteten Palast und den einzigartig schönen Tempel der Göttin Isis.

Rufe wurden laut, Kommandos gebrüllt. Die Römer kamen schnell näher.

„Gut, gehen wir", sagte Leon leise. Dann ging er mit Kija auf dem Arm in den Sockel hinein. Kein noch so harter Stein konnte ihn und seine Freunde aufhalten.

Tempus holte sie nach Hause. Heim nach Siebenthann.

# Ein Geheimnis wird gewahrt

Kim, Julian und Leon saßen in der altehrwürdigen Bibliothek des Bartholomäus-Klosters von Siebenthann. Aber diesmal nicht, um eine neue Spur aufzunehmen und ein Rätsel zu knacken. Nein, die Freunde saßen hier, um ihre Hausaufgaben zu erledigen. Die drei hatten sich zusammengetan, um ein Referat zu halten. Thema: Schlangen. Ihre Biologielehrerin Irmtraud Wellenberg-Otenbröck verlangte, dass dieses Referat Ende der Woche fertig war. Nun blieb Leon, Kim und Julian nicht mehr sehr viel Zeit.

Kim hockte auf der Fensterbank und ließ die Beine baumeln. Auf ihrem Schoß lag ein Bildband mit zahlreichen Abbildungen von Schlangen. Neben Kim saß Kija, die mit mäßigem Interesse Kims Bewegungen verfolgte. Die Katze wirkte ungeduldig, was womöglich auch daran lag, dass Kija lieber gespielt hätte – zum Beispiel mit dem kleinen Ball, den Kim neuerdings stets dabeihatte, der aber jetzt unbenutzt und damit auch nutzlos in ihrer Hosentasche steckte und dort eine unübersehbare Beule bildete. Die Katze fixierte den gefangenen Ball und legte eine Pfote darauf.

„Gleich", sagte Kim und seufzte.

Kija maunzte voller Ungeduld.

„He, Jungs", rief Kim. „Ich habe hier ein paar prima Abbildungen, unter anderem von der Uräusschlange. Die könnten wir scannen, ausdrucken und in unser Referat einarbeiten. Das sieht bestimmt cool aus."

Leon und Julian, die an einem der Lesepulte über zwei anderen Werken brüteten, kamen zu Kim.

„Stimmt, mit den Fotos können wir garantiert punkten", sagte Leon zuversichtlich. „Julian, ihr habt doch einen Scanner, oder?"

Julian nickte. „Kein Problem, das bekomme ich hin." Er wurde nachdenklich. „Ist schon komisch, jetzt über Schlangen – und insbesondere die Uräusschlange – ein Referat zu halten, oder?"

„Ja", erwiderte Kim. „Andererseits war ich einem solchen Tier sogar mal sehr nahe …" Mit leichtem Schaudern dachte sie an die Nacht zurück, als die Schlange auf das Bett der Pharaonin zugekrochen war.

„Eine schöne Schlange", murmelte Kim. „Und ganz schön giftig. Aber nicht giftig genug, um Kleopatra zu töten. Für den Tod der Pharaonin waren Menschen verantwortlich, von denen einer den Namen eines giftigen Tieres trug – der Skorpion."

„Richtig", sagte Julian leise. „Aber diese Information darf nicht Teil unseres Referates werden. Manchmal ist das irgendwie schade."

Leon grinste. „Aber unvermeidlich. Denkt an die nächste Reise mit Tempus. Ich weiß zwar noch nicht, wohin sie uns führen wird. Aber ich weiß, dass wir das Geheimnis des Zeit-Raums wahren müssen. Sonst war die Reise zu Kleopatra unsere letzte."

Kim sprang mit dem Buch von der Fensterbank. „Stimmt. Und jetzt haben wir mehr als genug Material gesammelt."

Kija huschte um Kims Beine herum und sprang schließlich an ihr hoch. Ihre Pfote landete punktgenau auf dem Ball.

Kim lächelte. „Außerdem habe ich Kija vor unserem Ausflug an den Nil versprochen, mit ihr Ball zu spielen. Kommt ihr mit?"

„Na klar!", riefen Leon und Julian. „Und danach gehen wir ins Venezia Eis essen!"

# Kleopatra, die rätselhafte Königin vom Nil

Nur wenige Frauen der Geschichte haben die Fantasie so beflügelt wie Kleopatra. Es gibt zahlreiche Spielfilme über ihr Leben, über fünfzig berühmte Maler haben sie verewigt. Viele Bücher und Dramen beschäftigen sich mit ihr, wobei das Stück „Antonius und Kleopatra" von *William Shakespeare* wohl das berühmteste ist.

Kleopatra VII. Philopator, so ihr vollständiger Name, wurde um 69 vor Christus in Alexandria geboren. Sie war die Tochter von *Ptolemaios XII. Auletes,* einem gebildeten und kulturell höchst interessierten Mann. Die Ptolemäer regierten von Kleinasien bis nach Nordafrika die Küsten des Mittelmeeres. Diese Herrscherfamilie war nach dem mazedonischen Heerführer Ptolemaios benannt, der an der Seite Alexanders des Großen gekämpft und nach dessen Tod einen Teil des Großreichs an sich gerissen hatte.

Ptolemaios XII. Auletes sorgte dafür, dass seine Tochter eine umfangreiche Ausbildung erhielt. Kleopatra sprach sieben Sprachen und war sehr musikalisch und belesen. Nach dem Tod des Vaters im Jahr 51 vor Christus bestieg Kleopatra mit ihrem Bruder *Ptolemaios XIII.* den Thron. Der Vater hatte jedoch verfügt, dass seine Kinder unter der Vormundschaft der Römer regierten. Der Grund: Das Ptolemäer-Reich wurde von mehreren Seiten bedroht, und Ptolemaios hatte den Schutz der damals aufstrebenden Supermacht Rom gebraucht, um seinen Einfluss zu wahren. Unter anderem zahlte er hohe Bestechungsgelder an Julius Caesar. Im Gegenzug verlangten die Römer von ihm weitreichende Machtbefugnisse.

Vormund des Königspaars (lateinisch = tutor mundi regis) war der römische Kaiser, damals Julius Caesar. Doch schon bald gab es unter dem Geschwisterpaar Streit um die Macht, den der jüngere Bruder – unterstützt von namhaften erwachsenen Beratern – zunächst für sich entscheiden konnte. Kleopatra musste nach Syrien fliehen. Beide sammelten Truppenverbände um sich, es drohte ein Krieg.

In dieser angespannten Lage reiste Caesar nach Alexandria, um die Streitigkeiten zu beenden. Doch die Situation eskalierte und Caesars Truppen vernichteten schließlich das Heer von Ptolemaios XIII. Auch er fiel in der Schlacht.

Nun war der Weg für Kleopatra frei, die unter dem Schutz von Julius Caesar weiterregieren durfte. Allerdings musste sie der Tradition folgend einen männlichen Mitherrscher haben – dieser wurde ihr jüngster Bruder *Ptolemaios XIV.*

Julius Caesar wurde der Geliebte von Kleopatra, obwohl er mit einer Römerin verheiratet war. Kleopatra bekam einen Sohn von Caesar, der Caesarion (griechisch = kleiner Caesar) getauft wurde. In Rom löste die Beziehung heftigste Proteste aus, zumal Kleopatra mit ihrem Hofstaat sogar nach Rom umzog. Nachdem Caesar 44 vor Christus ermordet worden war, mussten Kleopatra und ihr Sohn nach Alexandria fliehen. Wenig später starb Ptolemaios XIV. unter nie geklärten Umständen, und Kleopatra ernannte nun Caesarion zu ihrem Mitregenten.

In Rom übernahmen Marcus Antonius, Octavian (der später unter dem Namen Augustus berühmt wurde) und *Marcus Aemilius Lepidus* (der politisch unbedeutend blieb) als Triumvirn die Macht. Marcus Antonius heiratete Octavians Schwester Octavia – wohl auch, um das Bündnis der beiden mächtigen Männer zu vertiefen. Politisch gesehen war Marcus Antonius unter anderem auch für Ägypten zuständig.

Kleopatra gelang es erneut, einen römischen Herrscher für sich zu gewinnen. Auch Marcus Antonius erlag ihren Reizen und verstieß seine Frau Octavia, die in Rom sehr beliebt war. Kleopatra und er hatten drei gemeinsame Kinder (das Zwillingspaar Alexander Helios und Kleopatra Selene sowie Ptolemaios Philadelphos).

Octavian wertete diese Beziehung als Verrat an Rom, vor allem, als Marcus Antonius begann, Teile des Römischen Reichs an seine Kinder, die er mit Kleopatra hatte, zu verschenken.

Am 2. September 31 vor Christus kam es bei Actium zur entscheidenden Seeschlacht zwischen dem Heer von Kleopatra und Marcus Antonius auf der einen und der Armee von Octavian auf der anderen Seite. Bei dieser Schlacht siegte Octavian deutlich.

Der römische Herrscher ließ sich Zeit damit, seinen Sieg auch in Alexandria auszukosten. Erst Ende Juli 30 vor Christus brach er nach Alexandria auf.

Marcus Antonius stürzte sich am 1. August 30 vor Christus in sein Schwert, weil er ahnte, dass er keine Milde erwarten durfte. Kleopatra aber versuchte, an der Macht zu bleiben – oder sie wenigstens für ihren damals siebzehnjährigen Sohn

Caesarion zu sichern. Doch diesmal gelang es ihr nicht, einen römischen Herrscher zu verführen.

Octavian ließ sie abblitzen. Am 12. August 30 vor Christus starb die Pharaonin, angeblich durch den Biss einer Kobra. Das Ganze wurde als Selbstmord dargestellt. Caesarion wurde wenig später ermordet – mit ziemlicher Sicherheit im Auftrag von Octavian. Auch der kleine Alexander Helios wurde getötet. Die beiden anderen Kinder der Kleopatra kamen in die Obhut von Octavia, die sie großzog.

Aber zurück zu Kleopatras mysteriösem Tod: Der Biss einer Kobra ist nur in den seltensten Fällen tödlich – etwa bei bereits kranken Menschen. Kleopatra aber war nicht krank. Außerdem gibt es keinen Zeugen für den Selbstmord. Der römische Autor Plutarch schrieb diese Version des Freitods nieder – allerdings hundert Jahre nach Kleopatras Tod, und berief sich dabei auf mündliche Überlieferungen aus dem Palast. Offenbar war dem Autor die Sache selbst nicht ganz geheuer. „Den wahren Hergang der Sache jedoch weiß niemand", fügt er am Ende seiner Darstellung hinzu.

„Wahrscheinlicher ist, dass Octavian die Königin umbringen und den Selbstmord vortäuschen ließ, um in Alexandria keinen Aufstand zu riskieren", vermutet dagegen heute der renommierte deutsche Archäologe Bernard Andreae. Machtpolitisch gesehen war das ein kluger Schachzug. Denn so konnte Octavian die Kontrolle über das reiche Land am Nil übernehmen – es blieb ruhig.

Kleopatra aber lebte in den Köpfen der Menschen weiter. Die kluge und machtbewusste Pharaonin ist eine der berühmtesten Frauen der Geschichte.

# Glossar

**Actium**  antike Hafenstadt im Westen Griechenlands, berühmt geworden durch die Seeschlacht 31 v. Chr. zwischen Kleopatra und Marcus Antonius auf der einen und Octavian auf der anderen Seite

**Alexander der Große**  makedonischer König (356 bis 323 v. Chr.). Er eroberte auch Ägypten und war dort Pharao.

**Alexandria**  Die Stadt im Nildelta wurde 331 v. Chr. von Alexander dem Großen gegründet. Rasch wuchs sie zu einer Metropole mit 500 000 Einwohnern heran. Alexandria war die Residenzstadt von Kleopatra und wurde auch wegen des Leuchtturms Pharos und der Bibliothek berühmt.

**Amphore**  antikes Gefäß zum Lagern und Transportieren von Wein oder Öl

**Amun**  ehemals höchster Gott der Ägypter. Er wurde sitzend mit einem Zepter oder stehend mit einer Krone und zwei Federn dargestellt.

**Ankh**  Henkelkreuz, das ewiges Leben symbolisierte

**Anubis**  altägyptischer Gott der Mumifizierung und der Toten, dargestellt mit dem schwarzen Kopf eines Hundes oder eines Schakals

**Barke**  kleines Boot ohne Mast

**Bastet**  Schutzgöttin der Ägypter, dargestellt als Katze

**Caesar, Gaius Julius** Er lebte vom 13.7.100 bis zum 15.3.44 v. Chr. und war ein bedeutender römischer Staatsmann, Feldherr (er eroberte Gallien) und Autor. Caesar wurde Opfer einer Verschwörung.

**Caesarion** lebte von 47 bis 30 v. Chr., Sohn von Kleopatra und Julias Caesar, Mitregent von Kleopatra. Nach dem Tod seiner Mutter ließ vermutlich Octavian, der spätere Kaiser Augustus, ihn ermorden.

**Fries** Begriff aus der Architektur: Ein Fries ist ein waagerechter gemalter, geschnitzter oder gemeißelter Streifen, der Flächen voneinander abgrenzt.

**Hathor** altägyptische Göttin des Himmels, der Musik und der Liebe, oft dargestellt als Kuh

**Hatschepsut** ägyptische Pharaonin, um 1500 v. Chr. geboren, regierte bis zu ihrem Tod im Jahr 1457. Sie ließ unter anderem in Theben einen prächtigen Totentempel – Deir el-Bahari – für sich errichten, der dort noch heute im Tal der Könige besichtigt werden kann.

**Horus** falkenköpfiger Gott der antiken Ägypter, der vom Pharao/von der Pharaonin verkörpert wurde

**Irep** Wein

**Isis** altägyptische Göttin der Magie und der Heilkunst, oft als Frau mit einem kleinen goldenen Thron auf dem Kopf dargestellt, Frau von Osiris, Mutter von Horus

**Jupiter** in der Antike wichtigster Gott der Römer, der Himmelsvater, oft dargestellt mit einem Blitz in der Hand

**Kapitell** schmückender Abschluss einer Säule

**Kleopatra** Die letzte ägyptische Pharaonin wurde im Jahr 69 v. Chr. geboren und starb am 12.8.30 v. Chr. in Ale-

xandria. Ihr vollständiger Name war Kleopatra VII. Philopator.

**Legionär**  römischer Soldat. Das Wort stammt vom lateinischen Wort legere = sammeln, auslesen. Eine römische Legion hatte zwischen 4000 und 6000 Soldaten, war eine selbstständige militärische Einheit und wurde von Hilfstruppen unterstützt.

**Lepidus, Marcus Aemilius**  römischer Politiker, bildete mit Marcus Antonius und Octavian das zweite Triumvirat, lebte von 90 bis 13 v. Chr.

**Maat**  ägyptische Göttin der Gerechtigkeit, dargestellt als Frau mit einer Feder auf dem Kopf

**Marcus Antonius**  römischer Politiker und Feldherr (geboren am 14.1.83, gestorben am 1.8.30 v. Chr.), Geliebter von Kleopatra

**Mars**  römischer Kriegsgott

**Museion**  die berühmte Bibliothek von Alexandria. Beherbergte mindestens eine halbe Million Schriftrollen (die Wissenschaftler sind sich bei dieser Zahl uneins) und war die größte und wichtigste Bibliothek der Antike. Wie es genau in der Bibliothek aussah, ist nicht bekannt, die Darstellung in diesem Buch beruht auf der Fantasie des Autors. Nicht sicher ist auch, wann die Bibliothek völlig zerstört wurde – am häufigsten werden die 70er-Jahre des dritten Jahrhunderts nach Christus genannt. Vermutlich brannte die Bibliothek bei einem Angriff des römischen Kaisers Aurelian (214 bis 274 n. Chr.) nieder.

**Octavia**  Frau von Marcus Antonius, mit dem sie zwei Töchter hatte

**Octavian** römischer Politiker, geboren am 23.9.63 v. Chr., gestorben am 19.8.14 n. Chr., ab 31 v. Chr. römischer Alleinherrscher und Kaiser. Der Senat verlieh Octavian 27 v. Chr. den Beinamen Augustus (= der Erhabene).

**Oktogon** Fachbegriff aus der Architektur: achteckiges Bauwerk

**Osiris** Gott der Unterwelt, der Toten, der Auferstehung und der Fruchtbarkeit, zumeist mit Krummstab und Geißel dargestellt, Ehemann von Isis, Vater von Horus

**Pharao/nin** ägyptische/r König/in, wörtlich übersetzt „großes Haus"

**Pharos** Der Leuchtturm von Alexandria gehört zu den sieben Weltwundern. Er wurde zwischen 299 und 279 v. Chr. für umgerechnet neun Millionen Euro gebaut. Er war etwa 135 Meter hoch und damit neben den Pyramiden von Gizeh das höchste Bauwerk der damaligen Welt. Zwei Erdbeben (1303 und 1323 n. Chr.) zerstörten den einmaligen Leuchtturm.

**Plutarch** griechischer Schriftsteller, Verfasser zahlreicher Biografien, lebte etwa von 45 bis 125 n. Chr.

**Ptolemaios I., Ptolemäer** Ptolemaios I. war ein General von Alexander dem Großen. Nach dessen Tod 323 v. Chr. übernahm Ptolemaios I. die Herrschaft in Alexandria und gründete das Reich der Ptolemäer, das bis zum Tod von Kleopatra im Jahr 30 v. Chr. Bestand hatte. Das Reich umfasste in seiner Blütezeit weite Teile des heutigen Ägyptens.

**Ptolemaios XII. Auletes** (Auletes = der Flötenspieler) König der Ptolemäer, Vater von Kleopatra. Er lebte von 117 bis 51 v. Chr.

**Ptolemaios XIII. und Ptolemaios XIV.** Söhne von Ptolemaios XII., regierten jeweils kurze Zeit mit ihrer Schwester Kleopatra

**Pylon** die beiden massiven Türme, die das Steintor zu einem Tempel flankieren

**Re** ägyptischer Gott der Sonne, zumeist dargestellt als Mensch mit einem Falkenkopf und einer Sonnenscheibe

**Shakespeare, William** englischer Dichter und Dramatiker, lebte vom 23.4.1564 bis zum 3.5.1616. Er gilt als der berühmteste Schriftsteller aller Zeiten.

**Stadion/Stadien** ein antikes Längenmaß. Ein Stadion entspricht 188 Metern. 300 Stadien entsprechen also 56,4 Kilometern.

**Thot** Gott des Schreibens und Wissens, aber auch der Magie, oft mit einem Pavian- oder Ibiskopf dargestellt

**Triton** griechische Gottheit des Meeres, Sohn des Poseidon, dargestellt mit menschlichem Oberkörper, Pferdebeinen statt Armen und einem delfinähnlichen Unterkörper. Wenn Triton in eine Muschel blies, so der Glaube der alten Griechen, konnte er das Meer aufwühlen oder beruhigen.

**Triumvir/Triumvirat** Triumvirat ist abgeleitet vom lateinischen tres viri (= drei Männer) und bezeichnete im antiken Rom das amtierende Herrscher-Trio. Ein Triumvir ist also einer der drei Herrscher Roms.

**Tunika** ärmelloses Kleidungsstück der Antike. Es bestand aus zwei rechteckigen Stoffstücken aus Wolle oder Leinen, die an den Seiten und an der Schulter zusammengenäht wurden und Öffnungen für Arme und Beine frei ließen.

**Uräusschlange** Die zu den Kobras zählende Uräusschlange

(Naja haje) wird etwa 2,5 Meter lang. Sie lebt in Nordafrika und gilt als beißlustig. Die Grundfarbe variiert zwischen Gelbbraun, Braun und Schwarz. Zumeist ist diese Schlange einfarbig gefärbt, seltener auch gefleckt oder mit abwechselnd graubraunen und schwarzbraunen Querbändern. Der Bauch ist immer einfarbig gelbbraun oder grau. Ihr Biss ist sehr giftig, aber nur in den seltensten Fällen tödlich. Sie ist nachtaktiv und jagt Vögel sowie Kröten. Im alten Ägypten war die Uräusschlange heilig und galt als Symbol der Pharaonenmacht. Die Ägypter glaubten, dass sie dem Pharao half, Feinde zu besiegen.

# Die Zeitdetektive
## Spannende Reisen durch die Zeit

### Diese Abenteuer der Zeitdetektive sind bereits erschienen:

| Habe ich | | | ISBN 978-3-473- |
|---|---|---|---|
| ○ | Band 1 | Verschwörung in der Totenstadt | 34518-2 |
| ○ | Band 2 | Der rote Rächer | 34519-9 |
| ○ | Band 3 | Das Grab des Dschingis Khan | 34520-5 |
| ○ | Band 4 | Das Teufelskraut | 34521-2 |
| ○ | Band 5 | Geheimnis um Tutanchamun | 34522-9 |
| ○ | Band 6 | Die Brandstifter von Rom | 34523-6 |
| ○ | Band 7 | Der Schatz der Wikinger | 34524-3 |
| ○ | Band 8 | Das Rätsel des Orakels | 34525-0 |
| ○ | Band 9 | Das Silber der Kreuzritter | 34526-7 |
| ○ | Band 10 | Falsches Spiel in Olympia | 34527-4 |
| ○ | Band 11 | Marco Polo und der Geheimbund | 34528-1 |
| ○ | Band 12 | Montezuma und der Zorn der Götter | 34531-1 |
| ○ | Band 13 | Freiheit für Richard Löwenherz | 34532-8 |
| ○ | Band 14 | Francis Drake, Pirat der Königin | 34533-5 |
| ○ | Band 15 | Kleopatra und der Biss der Kobra | 34534-2 |
| ○ | Band 16 | Die Falle im Teutoburger Wald | 34535-9 |
| ○ | Band 17 | Alexander der Große unter Verdacht | 34536-6 |
| ○ | Band 18 | Das Feuer des Druiden | 34537-3 |
| ○ | Band 19 | Gefahr am Ulmer Münster | 34538-0 |
| ○ | Band 20 | Michelangelo und die Farbe des Todes | 36984-3 |
| ○ | Band 21 | Der Schwur des Samurai | 36985-0 |
| ○ | Band 22 | Der falsche König | 36982-9 |
| ○ | Band 23 | Hannibal, Herr der Elefanten | 36983-6 |

Ravensburger

# Die Zeitdetektive
## Spannende Reisen durch die Zeit

**Fabian Lenk/Almud Kunert**

## Der falsche König

Band 22

London – 1549 nach Christus. In einer finsteren Gasse stoßen zwei Jungen zusammen, die sich verblüffend ähnlich sehen: Eduard VI, König von England und Irland, und Julian, der Zeitdetektiv. Sie tauschen zum Spaß die Kleider und werden dadurch zu Spielbällen in einer bösen Intrige.

ISBN 978-3-473-**36982**-9

www.ravensburger.de

ZD_°®_063

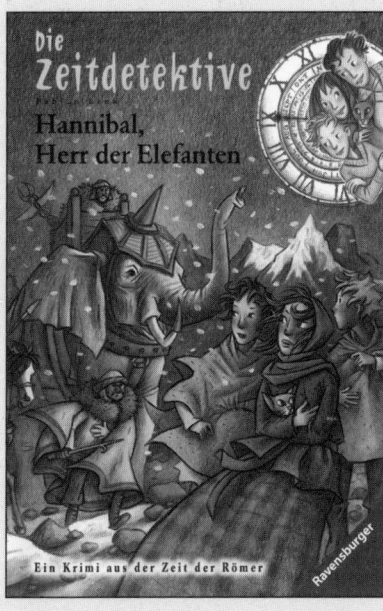